Das Märchen vom Untergang von Kasch (Naphta)

Kordofan

Vier Meleks, Könige, regierten in dem großen Reiche, der eine in Nubien, der zweite in Habesch, der dritte in Kordofan, der vierte in For.

Der reichste von ihnen war der Nap von Naphta in Kordofan, dessen Hauptstadt in der Richtung von Hophrat-en-Nahas lag. Er war der Besitzer von allem Gold und Kupfer. Sein Gold und sein Kupfer wurden nach Nubien gebracht und von den großen Königen aus dem Westen geholt. Von Osten her kamen Gesandte auf Schiffen über das Meer, und im Süden herrschte der König über viele Völker, die für ihn Waffen aus Eisen schmiedeten und Sklaven sandten, die zu Tausenden am Hofe des Nap lebten.

Der Nap von Naphta war der reichste Mann auf der Erde. Sein Leben aber war das traurigste und kürzeste unter allen Menschen. Jeder Nap von Naphta durfte nämlich nur eine Reihe von Jahren sein Land regieren. Während seiner Regierung beobachteten jeden Abend die Priester des Landes die Sterne, brachten Opfer dar und entzündeten Feuer. Keinen Abend durften sie mit ihren Gebeten und ihren Opfern aussetzen, sonst verloren sie den Weg eines Sternes aus den Augen und wußten dann nicht, wann nach ihrer Vorschrift der König getötet werden mußte. So ging dies eine lange Zeit hindurch. So sahen einen Tag nach dem andern, jahraus jahrein, die Priester nach den Sternen und erkannten den Tag, an dem der König getötet werden mußte.

Einmal war wieder der Tag des Todes eines Königs. Den Stieren waren die Hinterschenkel durchschlagen. Alle Feuer im Lande waren erloschen. Die Frauen waren in den Häusern eingeschlossen. Die Priester entzündeten das neue Feuer. Sie riefen den neuen König. Der neue König war der Sohn der Schwester des soeben Getöteten. Der neue König hieß Akaf; dieser war es, unter dessen Regierung die alten Einrichtungen des Landes geändert wurden. Das Volk aber sagt, daß diese Änderung der Grund des späteren Unterganges von Naphta war.

Die erste Handlung, die ein neuer Nap vorzunehmen hatte, war, zu bestimmen, wer ihn auf seinem Todeswege seiner Zeit zu begleiten hatte. Der Nap wählte diese unter den Liebsten seiner Umgebung. Er mußte vor allem den ersten bestimmen, der der Führer der andern war. Nun hatte vor einiger Zeit ein König aus dem fernen Osten über das Meer her an den Hof von Naphta einen Mann gesandt, der berühmt war durch die Geschicklichkeit, Geschichten zu erzählen. Dieser Mann hieß Far-li-mas. Far-li-mas war so gerade als Sklave an den Hof des Nap gekommen. Der König Akaf hatte ihn gesehen. Far-li-mas gefiel dem König Akaf. Der König Akaf sagte: »Dieser soll mein erster Begleiter sein. Er wird mich in der Zeit bis zu meinem Ende durch seine Geschichten unterhalten. Er wird mich auch nach dem Tode froh machen.«

Als Far-li-mas hörte, was der König beschlossen hatte, erschrak er nicht. Er sagte bei sich nur: »Gott will es.«

In Naphta war damals der Brauch, daß ein ständiges Feuer unterhalten wurde, so wie heute noch in entlegenen Orten von For. Die Priester bestimmten zur Unterhaltung dieses Feuers stets einen Burschen und ein Mädchen. Die mußten das Feuer hüten und ein keusches Leben führen. Auch diese beiden wurden getötet, aber nicht mit dem König, sondern bei der Entzündung des neuen Feuers. Als nun das neue Feuer für den König Akaf entzündet wurde, bestimmten die Priester die jüngste Schwester des neuen Königs zur Hüterin des Feuers. Ihr Name war Sali. Als Sali hörte, daß die Wahl auf sie gefallen war, erschrak sie. Denn Sali hatte große Angst vor dem Tode.

Eine Zeitlang lebte der König glücklich und in großer Freude; denn er genoß die Reichtümer und Herrlichkeiten seines Landes; jeden Abend verbrachte er mit Freunden und mit Fremden, die als Gesandte in das Land Naphta gekommen waren. Eines Abends aber sandte Gott ihm den Gedanken, daß er mit jedem der fröhlichen Tage um einen Tag dem sicheren Tode näher gekommen war. Der König erschrak. Der König versuchte den Gedanken fortzuwerfen. Der König vermochte es nicht. Der König Akaf ward sehr traurig. Da sandte Gott ihm den zweiten Gedanken, Far-li-mas kommen und sich eine Geschichte erzählen zu lassen.

Far-li-mas wurde gerufen. Far-li-mas kam. Der König sagte: »Far-li-mas, heute ist der Tag gekommen, an dem du mich erheitern sollst. Erzähle mir eine Geschichte.« Far-li-mas sagte: »Die Ausführung ist schneller als der Befehl.« Far-li-mas begann zu erzählen. – Der König Akaf hörte. Die Gäste hörten. Der König und die Gäste vergaßen zu trinken. Sie vergaßen zu atmen. Die Sklaven vergaßen die Bedienung. Sie vergaßen zu atmen. Far-li-mas' Erzählung war wie Haschisch. Als er geendet hatte, waren alle wie von einer wohltuenden Ohnmacht umfangen. Der König Akaf hatte seinen Gedanken an den Tod vergessen. Keiner der Anwesenden hatte gemerkt, daß Far-li-mas vom Abend bis zum Morgen erzählt hatte. Als die Gäste von dannen gingen, war die Sonne aufgegangen.

Am andern Tage konnten der König Akaf und seine Gäste kaum die Abendstunde erwarten, in der Far-li-mas eine Geschichte erzählen würde. Jeden Tag mußte Far-li-mas erzählen. Die Nachricht von den Märchen des Far-li-mas verbreitete sich am Hofe, in der Hauptstadt, im Lande. Far-li-mas aber erzählte in jeder Nacht besser. Der König schenkte ihm jeden Tag ein schönes Kleid, die Gäste und Gesandten schenkten ihm Gold und edle Steine. Far-li-mas ward reich. Wenn er durch die Straßen ging, folgte ihm ein Zug von Sklaven. Das Volk liebte ihn. Das Volk begann die Brust vor ihm zu entblößen.

Die Nachricht von den wunderbaren Erzählungen des Far-li-mas drang überall hin. Auch Sali hörte davon. Sali sandte zu ihrem Bruder, dem König, und bat ihn: »Laß mich einmal den Erzählungen des Far-li-mas zuhören.« Der König antwortete: »Erfüllung geht dem Wunsche voran.« Sali kam. Sali wollte die Erzählung hören. Far-li-mas sah Sali. Far-li-mas verlor für einen Augenblick die Sinne. Far-li-mas sah nichts als Sali. Sali sah nichts als Far-li-mas. Der König Akaf sagte: »Warum erzählst du nichts? Weißt du nichts mehr?« Far-li-mas riß die Blicke von Sali und begann zu erzählen. Far-li-mas' Erzählung war erst wie Haschisch, der eine leichte Betäubung hervorruft, dann aber wurde seine Erzählung wie Haschisch, der die Menschen durch Ohnmacht zum Schlafen führt. Nach einiger Zeit entschlummerten die Gäste, entschlummerte der König Akaf. Sie hörten die Erzählung nur noch im Traum, bis sie völlige Entrückung erfüllte. Nur Sali blieb offenen Auges. Ihre Augen hingen an Far-li-mas. Ihre Augen nahmen Far-li-mas ganz in sich auf. Sali war ganz erfüllt von Far-li-mas.

Als Far-li-mas geendet hatte, erhob er sich. Sali erhob sich. Far-li-mas ging auf Sali zu. Sali ging auf Far-li-mas zu. Far-li-mas umfing Sali. Sali umschlang Far-li-mas und sagte: »Wir wollen nicht sterben.« Far-li-mas lachte in Salis Augen und sagte: »Der Wille ist bei dir. Zeige mir den Weg.« Sali sagte: »Laß mich jetzt. Ich suche den Weg. Wenn ich den Weg gefunden habe, rufe ich dich.« Sali und Far-li-mas trennten sich. Der König und seine Gäste schliefen.

Am andern Tage ging Sali zu dem ersten Priester und sagte: »Wer bestimmt den Zeitpunkt, in dem das alte Feuer gelöscht und ein neues entzündet wird?« Der Priester sagte: »Das bestimmt Gott.« Sali fragte: »Wie teilt euch Gott seinen Willen mit?« Der Priester sagte: »Wir betrachten jeden Abend die Sterne. Wir verlieren sie nie aus den Augen. Wir sehen den Mond jede Nacht und wissen von einem Tag zum andern, wie jener Stern zum Mond oder vom Monde weggeht. Daraus wissen wir die Stunde.« Sali sagte: »Jede Nacht müßt ihr das tun? Was geschieht denn, wenn ihr in einer Nacht nichts gesehen habt?« Der Priester sagte: »Wenn eine Nacht nichts zu sehen ist, müssen wir Opfer darbringen. Wenn wir viele Nächte hindurch nichts sehen würden, könnten wir uns nicht zurecht finden.« Sali sagte: »Könntet ihr dann nicht mehr den Zeitpunkt des Feuerlöschens erfahren?« Der Priester sagte: »Nein, dann könnten wir nicht mehr tun, was unseres Amtes ist.«

Sali sagte: »Gottes Werke sind groß. Das größte ist aber nicht seine Schrift am Himmel. Sein größtes ist das Leben auf der Erde. Ich habe es vorige Nacht erkannt.« Der Priester sagte: »Was meinst du?« Sali sagte: »Gott gab Far-li-mas die Gabe zu erzählen, wie solches noch nie geschehen ist. Das ist größer als die Schrift am Himmel.« Der erste Priester sagte: »Du hast unrecht.« Sali sagte: »Den Mond und die Sterne kennst du. Hast du denn aber auch die Erzählungen des Far-li-mas gehört?« Der Priester sagte: »Nein, ich habe sie nicht gehört.« Sali sagte: »Wie kannst du denn ein Urteil aussprechen? Ich sage dir, daß auch ihr alle beim Zuhören vergessen werdet, nach den Sternen zu sehen.« Der erste Priester sagte: »Schwester des Königs, du behauptest.« Sali sagte: »So beweise mir, daß ich unrecht habe, daß die Schrift am Himmel größer und stärker ist als das Leben auf der Erde.« Der Priester sagte: »Ich werde es beweisen.«

Der erste Priester sandte zum König Akaf und ließ ihm sagen: »Erlaube den Priestern, heute abend in dein Schloß zu kommen und den Erzählungen des Far-li-mas vom Untergang der Sonne bis zum Aufgang der Sonne zuzuhören.« Der König Akaf antwortete: »Es ist mir recht.« Sali sandte zu Far-li-mas und ließ ihm sagen: »Heute mußt du erzählen wie gestern. Das ist der Weg.«

Als es Abend war, versammelte der König Akaf seine Gäste und die Gesandten. Sali kam und setzte sich zu ihm. Die sämtlichen Priester kamen. Sie entblößten den Oberkörper und warfen sich nieder. Der erste Priester sagte: »Die Erzählungen dieses Far-li-mas sollen das herrlichste Werk Gottes sein.« Der König Akaf sagte: »Entscheidet es selbst.« Der erste Priester sagte: »Verzeihe es, o König, wenn wir beim Aufgang des Mondes dein Haus verlassen, um unseres Amtes zu walten.« Der König Akaf sagte: »Tut, wie es Gottes Wille ist.« Die Priester ließen sich nieder. Alle Gäste und Gesandten ließen sich nieder. Der Saal war gefüllt von Menschen. Far-li-mas bahnte sich zwischen ihnen den Weg. Der König Akaf sagte: »Beginne, mein Todesgenosse.«

Far-li-mas blickte auf Sali. Sali blickte auf Far-li-mas. Der König Akaf sagte: »Weshalb erzählst du nicht. Weißt du nichts mehr?« Far-li-mas ließ den Blick von Sali. Far-li-mas begann. Er hub mit seiner Erzählung an, als die Sonne unterging. Seine Erzählung war wie Haschisch, der umnebelt und entrückt. Seine Erzählung ward wie Haschisch, der in ertötende Ohnmacht versenkt. Als der Mond aufging, lag der König Akaf mit seinen Gästen und Gesandten in Schlummer, lagen alle Priester in tiefem Schlafe. Nur Sali wachte und zog mit den Blicken stets süßere Worte von Far-li-mas' Lippen.

Far-li-mas endete. Er erhob sich. Far-li-mas schritt auf Sali zu. Sali schritt auf Far-li-mas zu. Sali sagte: »Laß mich diese Lippen küssen, von denen so süße Worte kommen.« Sie sogen sich fest an den Lippen. Far-li-mas sprach: »Laß mich diese Gestalt umschlingen, deren Anblick mir die Kraft gibt.« Und sie umschlangen sich mit Armen und Beinen und lagen wachend zwischen all den vielen Schlummernden und waren glücklich bis zum Zerbrechen des Herzens. Sali aber jubelte und sprach: »Siehst du den Weg?« Far-li-mas sagte: »Ich sehe ihn.« Sie gingen von dannen. Im Schloß blieben nur die Schlafenden.

Am andern Tage kam Sali zu dem ersten Priester und fragte ihn: »Sage mir nun, ob du ein Recht dazu hattest, meine Worte zu verurteilen.« Der Priester sagte: »Ich gebe dir heute noch keine Antwort. Wir werden dem Manne Far-li-mas noch einmal zuhören. Denn gestern waren wir nicht gehörig vorbereitet.« Sali sagte: »Es ist recht so.« Die Priester begingen die sämtlichen Opfer und Gebete. Vielen Ochsen wurden die Fesseln durchgeschlagen. Den ganzen Tag über wurden die Gebete im Tempel nicht unterbrochen. Am Abend kamen wieder alle Priester in den Palast des Königs Akaf. Am Abend saß Sali wieder bei ihrem Bruder, dem König Akaf. Am Abend begann Far-li-mas wieder seine Erzählung. Und ehe noch der Morgen graute, waren alle: der König Akaf, seine Gäste, die Gesandten und die Priester in Verzückung und Zuhören eingeschlafen. In ihrer Mitte saßen Sali und Far-li-mas, und sie sogen Glück aus ihren Lippen und umschlangen sich mit Armen und Beinen.

Einen Tag nach dem andern geschah solches.

Im Volke hatte sich erst die Nachricht verbreitet von den Erzählungen des Far-li-mas. Nun zog das Gerücht um, daß die Priester des Nachts ihre Opfer und Gebete vernachlässigten. Große Unruhe bemächtigte sich aller. Eines Tages begegnete ein angesehener Mann der Stadt dem ersten Priester. Der angesehene Mann sagte zu dem Priester: »Wann feiern wir das nächste Fest dieses Jahres? Ich möchte eine Reise unternehmen und zu dem Feste wieder zurückkehren. Wie weit sind wir von dem Feste entfernt?« Der Priester war verlegen. Seit vielen Tagen hatte er den Mond und die Sterne nicht mehr gesehen. Er wußte über ihren Lauf nichts. Der Priester sagte: »Warte noch einen Tag, dann werde ich es dir sagen.« Der angesehene Mann sagte: »Ich danke dir. Morgen werde ich zu dir zurückkehren.«

Der erste Priester rief seine Priester zusammen und fragte: »Wer von euch hat in der letzten Zeit den Lauf der Sterne gesehen?« Es antwortete keiner unter allen Priestern; denn alle hatten den Erzählungen des Far-li-mas gelauscht. Der erste Priester fragte wieder: »Ist denn nicht ein einziger unter euch, der den Lauf der Gestirne und den Stand des Mondes gesehen hat?« Alle Priester schwiegen, bis ein ganz alter unter ihnen sich erhob und sagte: »Wir alle lagen in Verzückung vor Far-li-mas. Keiner wird dir sagen können, an welchen Tagen die Feste zu halten sind, wann das Feuer zu löschen und wann es neu zu entzünden ist.« Der erste Priester entsetzte sich und sagte: »Wie konnte das geschehen? Was soll ich zum Volke sagen?« Der alte Priester sagte: »Es ist Gottes Wille. Wenn dieser Far-li-mas aber nicht von Gott gesandt wurde, so lasse ihn töten. Denn solange er lebt und spricht, wird ihm alles zuhören.« Der erste Priester sprach: »Was soll ich den Menschen sagen?« Da schwiegen alle und gingen auseinander.

Der erste Priester ging zu Sali. Er sprach zu ihr: »Welches Wort sagtest du am ersten Tage?« Sali sagte: »Ich sagte: ›Gottes Werke sind groß. Das größte ist aber nicht seine Schrift am Himmel, sondern das Leben auf der Erde.‹ Du schaltest mein Wort ›Unrecht‹. Sage mir nun heute, ob ich log.« Der Priester sagte: »Far-li-mas ist wider Gott. Far-li-mas muß sterben.« Sali sagte: »Far-li-mas ist der Todesgenosse des Königs Akaf.« Der Priester sagte: »Ich werde mit dem König Akaf sprechen.« Sali sagte: »Gott ist in meinem Bruder, dem König Akaf. Frage ihn nach seinen Gedanken.«

Der erste Priester kam zum König Akaf; dessen Schwester Sali saß bei ihm. Der Priester enthüllte sich vor dem König Akaf, warf sich vor ihm nieder und sprach: »Verzeih mir, König Akaf!« Der König sagte: »Sage mir, was an dein Herz rührt.« Der Priester antwortete: »Sprich zu mir von deinem Todesgenossen, von diesem Far-li-mas.« Der König sagte: »Erst sandte mir Gott den Gedanken an den näher rückenden Tag meines Todes, und ich erschrak. Dann sandte Gott mir die Erinnerung an diesen Far-li-mas, der mir als Gabe gesandt wurde aus dem Lande im Osten jenseits des Meeres. Mit dem ersten Gedanken verdüsterte Gott meinen Verstand. Mit dem zweiten erheiterte er mein Gemüt und machte mich und alle andern glücklich! Deshalb gab ich dem Far-li-mas viele Kleider. Meine Freunde gaben ihm Gold und edle Steine. Er verteilte viel unter dem Volk. Er ist reich, wie ihm gebührt, und das Volk liebt ihn wie ich.« Der erste Priester sprach: »Far-li-mas muß sterben. Far-li-mas zerreißt die Ordnung.« Der König Akaf sprach: »Ich sterbe vor Far-li-mas.« Der erste Priester sprach: »Gott wird in dieser Sache entscheiden.« Der König Akaf sprach: »So ist es. Alles Volk soll es sehen.« Der erste Priester ging. Sali sprach zum König Akaf: »König Akaf, mein Bruder, der Weg ist nahe dem Ende. Der Genosse deines Todes wird der Erwecker deines Lebens sein; ich aber fordere ihn als das Glück meines Daseins.« Der König Akaf sagte: »So nimm ihn denn, meine Schwester Sali.«

Boten gingen durch die Stadt und riefen in allen Quartieren aus, daß Far-li-mas heute abend auf dem großen Platze vor allem Volke sprechen würde. Auf dem großen

Platze zwischen dem Palast des Königs und den Häusern der Priester war ein verhüllter Stuhl für den König errichtet. Als es Abend war, strömte von allen Seiten das Volk zusammen und lagerte in der Runde. Tausende und Abertausende von Menschen waren versammelt. Die Priester kamen und lagerten sich. Die Gäste und Gesandten kamen und ließen sich nieder. Sali setzte sich neben dem verhüllten König Akaf nieder. Far-li-mas ward gerufen.

Far-li-mas kam. Alle Diener des Far-li-mas kamen hinter ihm her. Sie alle waren in glänzende Gewänder gehüllt. Die Diener des Far-li-mas ließen sich gegenüber den Priestern nieder. Far-li-mas warf sich vor dem König Akaf nieder. Dann nahm er seinen Platz ein.

Der erste Priester erhob sich und sprach: »Far-li-mas hat die Ordnung in Naphta zerrissen. Diese Nacht wird es zeigen, ob dies Gottes Wille war.« Der Priester setzte sich. Far-li-mas erhob sich. Er blickte Sali in die Augen. Far-li-mas ließ von Sali und schaute über die Menge. Far-li-mas schaute über die Priester. Far-li-mas sprach: »Ich bin ein Diener Gottes und glaube, daß ihm alles Böse im Herzen der Menschen zuwider ist. In dieser Nacht wird Gott entscheiden.«

Far-li-mas begann seine Erzählung. Die Worte aus dem Munde des Far-li-mas waren erst süß wie Honig. Seine Stimme durchdrang die Menschen wie der erste Sommerregen die dürstende Erde. Von Far-li-mas' Mund ging ein Duft aus, feiner als Moschus und Weihrauch. Das Haupt des Far-li-mas erglänzte wie ein Licht, wie die einzige Leuchte in der schwarzen Nacht. Far-li-mas' Erzählung war erst wie Haschisch, der den Wachenden beglückt. Dann ward sie wie Haschisch, der den Träumer umnächtigt. Gegen Morgen aber erhob Far-li-mas die Stimme. Sein Wort schwoll wie der steigende Nil in die Herzen der Menschen. Sein Wort ward für die einen beruhigend wie der Eintritt in das Paradies, für die andern aber erschrekkend wie die Erscheinung Azrails, des Todesengels. Glück erfüllte die Gemüter der einen, Entsetzen die Herzen der andern. Je näher der Morgen kam, desto gewaltiger stieg die Stimme, desto lauter ward der Widerhall in den Menschen. Die Herzen der Menschen bäumten sich gegeneinander auf wie im Kampf. Sie stürmten gegeneinander wie die Wolken am Himmel in einer Gewitternacht. Blitze des Zornes und Schläge der Wut trafen einander.

Als die Sonne aufging, endete die Erzählung des Far-li-mas. Unsagbares Erstaunen erfüllte den verwirrten Verstand der Menschen. Denn als die Lebenden um sich sahen, fiel ihr Blick auf die Priester. Die Priester lagen tot am Boden.

Sali erhob sich. Sali warf sich vor dem König nieder. Sali sprach: »König Akaf, mein Bruder, Gott hat entschieden. Der Weg ist zu Ende. O König Akaf, mein Bruder, wirf nun den Schleier von dir, zeige dich deinem Volke, und vollziehe nun du das Opfer; denn diese hier hat Azrail auf den Befehl Gottes hingemäht.« Die Diener nahmen die Hüllen vom Throne. König Akaf erhob sich. Er war der erste König, den das Volk von Naphta sah. Der König Akaf war aber schön wie die aufgehende Sonne.

Das Volk jubelte. Ein weißes Pferd ward herbeigeführt, das bestieg der König. Zu seiner Linken ging seine Schwester Sali-fu-Hamr, zu seiner Rechten ging Far-li-mas. Der König ritt zum Tempel. Der König ergriff im Tempel die Hacke und schlug in den heiligen Boden drei Löcher. In die warf Far-li-mas drei Saatkörner. Der König schlug in den heiligen Boden zwei Löcher. In die warf Sali zwei Saatkörner. Allsogleich keimten die fünf Saatkörner und wuchsen vor den Augen des Volkes. Am Mittag waren an allen fünf Pflanzen die Ähren reif. In allen Gehöften der Stadt durchschlugen die Väter großen Stieren die Fesseln. Der König löschte das Feuer. Alle Väter der Stadt löschten die Feuer auf den Herden. Sali entzündete ein neues Feuer, und alle Jungfrauen kamen und nahmen davon.

Seitdem wurden in Naphta keine Menschen mehr getötet. König Akaf war der erste König in Naphta, der so lange lebte, bis es Gott gefiel, ihn in hohem Alter zu sich zu nehmen. Als er starb, ward Far-li-mas sein Nachfolger. Mit diesem aber erreichte Naphta die Höhe des Glückes und sein Ende.

Denn der Ruf des Königs Akaf als eines weisen und wohlberatenen Fürsten verbreitete sich bald durch alle Länder. Alle Fürsten sandten ihm Geschenke und kluge Männer, um sich Rat zu holen. Alle großen Kaufleute ließen sich in der Hauptstadt von Naphta nieder. Der König Akaf hatte auf dem Meer im Osten große und viele Schiffe, die die Erzeugnisse Naphtas in alle Welt hinaustrugen. Die Gruben von Naphta konnten nicht genug Gold und Kupfer liefern, um stets die Ladungen voll zu machen. Als Far-li-mas dem König Akaf folgte, stieg das Glück des Landes auf das höchste. Sein Ruhm erfüllte alle Länder vom Meere des Ostens bis zum Meere des Westens. Aber mit dem Ruhm keimte auch der Neid in den Herzen der Menschen. Als Far-li-mas gestorben war, brachen die Nachbarländer die Bündnisse und begannen mit Naphta Kriege. Naphta unterlag. Naphta wurde zerstört und damit das stärkste Schloß in dem großen Reiche. Das große Reich zerfiel in Stücke. Es wurde von wilden Völkern überschwemmt. Die Menschen vergaßen die Kupfer- und die Goldgruben. Die Städte verschwanden.

Von der Zeit Naphtas blieb nichts übrig als die Erzählungen Far-li-mas', die dieser vom Lande jenseits des Meeres im Osten mitgebracht hatte.

Das ist die Geschichte vom Untergang des Landes Kasch, dessen letzte Kinder im Lande For leben.

Das Girdamädchen

Kordofan

Ein Emir hatte drei Söhne, die wuchsen langsam heran. Als diese Söhne große Burschen geworden waren, sagte der Vater eines Tages zu ihnen: »Nehmt eure Lanzen, und reitet mit mir hinaus aus dem Dorfe!« Die Söhne gingen und holten ihre Waffen, bestiegen ihre Pferde und ritten mit dem Vater hinaus in die Steppe. Der Vater sagte: »Nun, meine Söhne, möchte ich sehen, ob ihr geschickt genug in der Handhabung der Waffen seid, um eine Frau damit verteidigen zu können. Seht dort draußen die Gazellen. Jagt sie mit den Lanzen. Ich werde sehen, wie ihr eure Sache handhabt.«

Darauf ritten die drei Söhne schnell von dannen, und der Vater folgte ihnen langsam in einiger Entfernung. Die drei Söhne warfen ihre Speere nach den Böcken und trieben die Rudel bald nach der einen, bald nach der andern Seite.

Der Vater sah aus der Entfernung, wie geschickt sie ihre Lanzen den Tieren einsetzten, und als sie nach einigen Stunden zurückkamen, hatte jeder drei Antilopen erlegt. Der Vater sagte: »Kommt nun wieder mit mir zurück in unsern Ort. Wir wollen heimkehren. Wenn wir nun durch das Dorf reiten, könnt ihr ein jeder vor dem Hause, in dem das Mädchen wohnt, das er heiraten möchte, die Lanzen in die Erde stoßen, und ich werde nachher die Eltern der Mädchen aufsuchen und die Sache mit ihnen in Ordnung bringen.«

Der Vater ritt mit den Söhnen durch den Ort. Als sie an dem Hause eines sehr angesehenen Mannes vorbeikamen, der eine schöne Tochter hatte, die alle jungen Leute des Dorfes begehrten, stieß der älteste Sohn seinen Speer in die Erde. Der Emir sagte: »Es ist recht. Ich werde es nachher ausmachen.« Als sie an dem Gehöft eines andern angesehenen Mannes vorbeikamen, der auch eine vielbegehrte Tochter hatte, stieß der zweite Sohn seine Lanze in die Erde, und der Emir nickte wieder und sagte: »Es ist mir recht, auch das soll nachher in Ordnung gebracht werden.«

Dann ritten sie weiter und durch das ganze Dorf. Der jüngste Sohn sprang mit seinem Pferde spielend hierhin und dorthin. Er wirbelte seine Lanze in der Luft zwischen den Fingern, aber er machte keine Anstalten, vor irgendeinem Gehöft seine Waffe in die Erde zu stoßen. So kamen sie bis an das Ende des Ortes. Der Vater sagte: »Was willst du nun, mein Sohn? Willst du denn keine Frau heiraten?« Der jüngste Sohn lachte aber und sagte: »Sicherlich will ich eine Frau heiraten. Die Mädchen dieses Ortes sind aber alle nicht schön genug. Die Wüste soll mir ihr schönstes Mädchen geben!« Der Jüngste lachte und stieß sein Pferd in die Weichen, so daß es hoch aufstieg. Er warf seine Lanze, so daß sie mit dem Winde weit hinaus in die Wüste flog.

Der Emir schüttelte aber seinen Kopf und sagte: »Mein Sohn, du bist jung, sonst würdest du nicht so mit deiner Waffe und mit uns spielen. Wie soll ich nun da hinausreiten und die Sache mit einer Frau, deren Namen und Familie ich nicht kenne, in Ordnung bringen? Reite also selbst, mein Sohn, deinem Speere nach, und bringe selbst die Sache mit deiner Frau in Ordnung. Ich kann hierin nichts weiter tun.« Der Emir wandte sein Pferd um und ritt mit seinen beiden ältesten Söhnen wieder durch den Ort seiner Seriba zu.

Der jüngste Sohn blieb auf der Stelle und sah in die Wüste. Er schämte sich sehr, denn er sah, daß sein Vater gekränkt war und daß er die Schuld daran hatte. Der junge Mann war sehr schön, und alle Frauen und Mädchen liebten ihn sehr. Er selbst hatte aber noch keine Neigung gefaßt, und so hatte er nicht gewußt, was er sonst mit seiner Lanze hätte machen sollen, als sie hinaus in die Wüste werfen. Nun trieb er sein Pferd an und ritt in der Richtung, in der er die Lanze geworfen hatte, in die Wüste hinaus.

Der Jüngste ritt durch die Wüste und blickte aufmerksam nach allen Seiten, um seine Lanze wiederzufinden. Er ritt eine Stunde weit und sah seine Lanze nicht. Der Jüngste sagte: »Meine Lanze war mein bester Freund, seit ich ein Bube war, sie kann mir nicht fortgelaufen sein wie ein widerspenstiger Sklave.«

Der Jüngste ritt weiter und weiter und immer in der Richtung, in der er seine Lanze geworfen hatte. Er folgte der Richtung und blickte emsig rechts und links und sagte: »Meine Lanze ist nicht dumm wie eine Hüttenstange. Sie weiß, daß ich sie suchen muß, wie die Mutter ihr Kind. Was hat meine Lanze getan?«

Der Jüngste ritt weiter und weiter und achtete auf die Richtung, in der er sie geworfen hatte. Er blickte zur Rechten, und er blickte zur Linken, aber er sah nirgends, was er suchte. Der Jüngste sagte: »Mein Vater hat recht gehabt. Ich habe leichtsinnig gespielt. Ich sehe, daß meine Lanze allein nicht so weit geflogen sein kann. Ich werde eine Angelegenheit finden und werde sie zu bestehen haben. Aber da ich einmal auf dem Wege bin, will ich mich keinem Ereignisse entziehen, das auf mich wartet.«

Der Jüngste ritt noch ein wenig weiter. Dann sah er einen einsamen Baum aus der Wüste aufragen und in seinem Stamm seine Lanze stark eingerammt. Der Jüngste sagte: »Auf diesem Baum wohnt also meine von mir selbst gewählte Frau.« Der Jüngste ritt heran und blickte zu dem

Baume hinauf. In der Mitte desselben saß zusammengekauert ein junges Girdaweibchen, ein Affenweibchen. Der Jüngste sah das Girdaweibchen. Der Jüngste sagte: »Du bist also meine selbstgewählte Gattin?« Das Girdaweibchen sagte: »So ist es.« Der Jüngste sagte: »Nun, du kannst wenigstens sprechen. Wenn du mir also auch keine wertvollen Teppiche und kein weiches Angareb und Öl und schmackhafte Speisen mit ins Haus bringen wirst, so kannst du doch wenigstens sprechen.«

Das Girdaweibchen sagte: »Das kann ich. Vergiß aber nicht, daß du mich durch den Lanzenwurf selbst zur Gattin gewählt hast.« Der Jüngste sagte: »Nein, das werde ich nicht vergessen können. Aber mein Vater wird nicht hier herauskommen wollen, um die Sache mit deinen Eltern in Ordnung zu bringen. Komm also gleich mit auf mein Pferd, damit ich dich in mein Haus nehme.«

Der Jüngste riß den Speer aus dem Stamm des Baumes. Er hielt dem Girdaweibchen den Arm hin. Das Girdaweibchen erfaßte ihn und ließ sich auf das Pferd hinab. Dann ritt der Jüngste mit seinem Girdaweibchen nach Hause.

In seinem Hause zeigte er dem Girdaweibchen das Angareb. Das Girdaweibchen legte sich hin und schlief ein. Der Jüngste ging zu seinem Vater und sagte: »Mein Vater, du hast recht gehabt. Ich habe den Speer in die Wüste geworfen, und als ich ihm nachritt, fand ich ihn vor dem Hause eines Girdaweibchens im Sande.« Der Vater sagte: »Was hast du getan?« Der Jüngste sagte: »Ich habe das Girdaweibchen mitgebracht.« Der Emir sagte: »Du hast das selbst zu ordnen.« Der Jüngste sagte: »Ich muß mein Haus nun bewohnen, wie es meine Frau herrichtet. Ich habe dem Girdaweibchen ein Angareb gegeben, es wird Essen und Trank erhalten. Das ist alles, was ich tun kann.«

Die beiden ältesten Söhne des Emirs heirateten. Ihre Frauen richteten ihnen die Häuser ein. Es waren Teppiche und Polster und allerhand Geräte da. Der Emir sagte eines Tages zu seinem ältesten Sohne: »Mein Sohn, ich werde dich morgen einmal besuchen und werde bei dir essen. Denn ich möchte sehen, wie du nun lebst, nachdem du verheiratet bist.« Der älteste Sohn eilte zu seiner Frau und sagte: »Morgen wird mein Vater zu uns kommen und bei uns essen. Sorge, daß es ihm gefällt!«

Am andern Tag kam der Vater und wurde von seinem Sohne empfangen. Der Sohn führte den Vater hinein und lud ihn ein, auf den Kissen und Teppichen Platz zu nehmen. Es kamen wohlgekleidete Sklaven und reichten duftenden Sorbet, und nachher brachten sie auf einer schönen Sinia viele verschiedene Gerichte. Der Vater sah um sich und erhob sich erst spät. Er sagte zu seinem Sohne: »Ich sehe, mein Ältester, daß du gut verheiratet bist und daß deine Frau für dich und alle deine häuslichen Angelegenheiten vorzüglich sorgt.«

Am Tage darauf besuchte der Vater in der gleichen Weise seinen zweiten Sohn, nachdem er ihm vorher sein Kommen angekündigt hatte. Der Emir fand hier ebenso reiche Herrichtungen und gute, geordnete Bewirtung. Er wünschte auch ihm zu seinem häuslichen Leben viel Glück.

Der jüngste Sohn des Emirs hatte am Nachmittag zu Pferd sein Haus verlassen und war in die Umgebung geritten, denn seit das Girdaweibchen in seinem Hause weilte, fühlte er sich in den Lehmmauern nicht mehr wohl, und wenn er sie vorher nie häßlich gefunden hatte, so schienen sie ihm jetzt, wo das Girdaweibchen bei ihm war und wo er seine Wohnung mit der schönen Zurichtung seiner glücklich verheirateten Brüder verglich, unerträglich. Der jüngste Sohn kam nun nach Hause und traf auf dem Wege seinen Vater, der bei seinem zweiten Sohn gegessen hatte. Der Jüngste begrüßte den Emir. Der Emir sagte: »Wie geht es dir, mein Jüngster? Ich habe gestern bei meinem ältesten

Sohne gegessen und heute bei meinem zweiten. Ich habe es bei beiden ausgezeichnet gefunden. Sie führen beide ein glückliches Leben, seit sie verheiratet sind.« Der jüngste Sohn sagte zu seinem Vater: »Mein Vater, ich kann dich nicht bitten, morgen bei mir zu essen.«

Der Jüngste kam spät in der Nacht heim. Er setzte sich auf sein Angareb und seufzte. Er seufzte und war betrübt. Im Raume nebenan lag das Girdaweibchen auf seinem Angareb. Das Girdaweibchen hörte seinen Mann seufzen und stöhnen und kam herüber zu ihm. Das Girdaweibchen setzte sich neben den jungen Mann auf das Angareb und sagte: »Sage mir, was dich bedrückt, vielleicht ist die Sache auszugleichen.« Der Jüngste sagte: »Du bist ein gutes Girdaweibchen, daß du dich um meinen Kummer bemühst. Es ist aber nicht mehr möglich, mir zu helfen, denn ebenso wie dir ein Girdamännchen lieber wäre als ein Mensch, und wenn er auch der Sohn des Emirs ist, so würde jedes Mädchen und jede Frau mir meine Angelegenheiten besser ordnen können als du, wenn sie auch nicht ein so freundliches Mitgefühl hat.« Das Girdaweibchen sagte: »Höre, du bist der Sohn eines Emirs, aber du bist nur ein Mensch und kannst nicht wissen, was ein Girdaweibchen ist, was sie empfindet und was sie kann. Sage mir also deinen Kummer!« Der Jüngste sagte: »Gutes Girdaweibchen, ich habe am gleichen Tage dich gewonnen, an dem meine älteren Brüder ihre Frauen erwählten. Die Frauen haben nun ihren Männern die Häuser eingerichtet und wohnlich gemacht. Vorgestern hat mein Vater bei meinem ältesten Bruder, gestern bei meinem zweiten Bruder gegessen, und er hat alles sehr schön und reich und wohnlich gefunden, weil die Frauen alles gut und reich hergerichtet haben. Morgen müßte mein Vater nun bei mir essen. Wie soll ich ihm auf diesem Erdboden zwischen diesen Lehmwänden ein Essen vorsetzen?« Das Girdaweibchen sagte: »Ist das denn alles?« Der Jüngste sagte: »Es ist genug, um mich traurig zu machen.«

Das Girdaweibchen sagte: »Das ist sehr einfach! Sattle schnell dein Pferd, und bringe mich heute nacht noch zurück in die Wüste. Dann stört dich das häßliche Girdaweibchen nicht mehr. In der Wüste ist aber eine Stadt, in der schöne, reiche Frauen sind. Ich weise dir den Weg. Du gewinnst eine von den schönen Frauen. Sie kommt mit allem ihrem Besitz, und bis morgen abend kann sie dir dein Haus hergerichtet haben. Glaube mir, das ist keine schwierige Sache.« Der Jüngste sagte: »Du bist ein gutes Girdaweibchen, sage mir aber doch, was aus dir werden würde?« Das Girdaweibchen sagte: »Ich würde sterben.« Der junge Mann sagte: »Du bist ein gutes Girdaweibchen, du sollst nicht sterben. Ich habe dich durch meinen Lanzenwurf gewonnen. Nun sollst du nicht sterben durch mich. Geh nur auf dein Angareb und schlafe. Ich kann auch so leben und brauche den Besuch meines Vaters nicht. Ich danke dir aber dafür, daß du hierher gekommen bist, um mich nach meinem Kummer zu fragen. Mein Kummer ist nun zerflossen.«

Das Girdaweibchen sagte: »Du willst mich also nicht in die Wüste zurücktragen, um eine schöne, junge Frau zu gewinnen?« Der junge Mann lachte und sagte: »Nein, das will ich nicht. Du bleibst als mein gutes Girdaweibchen in meinem Hause.«

Das Girdaweibchen sagte: »Dann will ich dir eine andere Angelegenheit sagen. Hast du schon einen Girda gesehen, der sprechen kann?« Der junge Mann sagte: »Nein, ich habe das noch nicht gesehen!« Das Girdaweibchen sagte: »Wenn du dieses Ungewöhnliche selbst siehst, dann wirst du mir auch anderes Ungewöhnliche glauben?« Der junge Mann sagte: »Gewiß glaube ich dir!« Das Girdaweibchen sagte: »Dann geh morgen mittag zu deinem Vater, dem

Emir, und bitte ihn, zu dir zu kommen, um mit dir zu speisen. Dein Vater wird alles ebensogut finden wie bei deinen Brüdern.« Der junge Mann sagte: »Ich werde es tun.« Das Girdaweibchen erhob sich und ging in ihr Zimmer, um auf ihrem Angareb zu schlafen.

Der junge Mann blieb auf seinem Lager sitzen. Er sagte: »Diese Sache mit meinem Girdaweibchen ist anders als irgend etwas, was ich vorher gehört habe.« Nach einiger Zeit ging der junge Mann leise in den andern Raum, um das merkwürdige Girdaweibchen noch einmal zu sehen. Er trat an ihr Angareb.

Ein wenig vom Licht des Mondes schlüpfte durch eine Ritze in der alten Mauer hinein und beleuchtete das Girdaweibchen, das vom Licht abgewendet auf dem Angareb schlief. Der junge Mann betrachtete das Girdaweibchen und sah, daß aus einem Riß des Affenfelles lange Haare herausgefallen waren, die waren weich wie Seide, und goldene Fäden waren hineingeflochten. Der junge Mann betrachtete das Haar. Er befühlte es vorsichtig mit der Hand. Da seufzte das Girdaweibchen im Schlafe auf, und er schlich schnell und leise wieder in seinen eigenen Raum. In seinem Raum stand der Speer, mit dem er geworfen hatte. Er ließ die Hand über den Speer gleiten und sagte: »Mein guter Freund, du kannst gut fliegen und weithin eilen, aber sprechen kannst du nicht. Was würdest du mir sonst wohl hierüber sagen können?«

Am andern Mittag ging der Jüngste zu seinem Vater und sagte: »Mein Vater, du hast vorgestern bei deinem ältesten Sohne gegessen. Du hast gestern bei deinem zweiten Sohne gegessen. Komme heute zu mir und speise mit mir, deinem dritten Sohne.«

Der Vater sagte: »Mein bedauernswerter Sohn, du bist nicht verheiratet und hast dein Glück und deine Bequemlichkeit für ein Girdaweibchen fortgeworfen. Du wirst das noch schlimmer fühlen, wenn ich mit dir in deinem einsamen Hause dein Essen teile.« Der Jüngste sagte: »Mein Vater, ich bitte dich! Komm doch nur heute einmal zu mir.« Der Emir sagte: »Ich will dir deinen Wunsch nicht abschlagen. Ich werde kommen.«

Der Vater bestieg sein Pferd. Er ritt mit seinem Sohne zu dessen Haus hinüber.

Als die beiden Reiter vor dem Hause angekommen waren, traten zwei prächtig gekleidete Sklaven aus der Tür und hielten die Pferde. Zwei andere Diener aber rollten eine lange seidene Decke aus der Tür bis zum Tor. Sie halfen dem Emir und seinem Sohne aus dem Sattel und folgten ihnen, als beide über den seidenen Stoff zum Hause hineingingen.

Als der Emir und sein Sohn an die Türe kamen, traten ihnen schöne Knaben entgegen, die hielten Schale und Brig und Trockentuch, so daß sie den Staub abspülen konnten. Andere nahmen ihnen die Straßenschuhe ab, so daß sie nicht die schönen Teppiche zu beschmutzen brauchten, die den Boden bedeckten. Der Emir stand als erster in dem Raum und fragte seinen Sohn sogleich: »Mein Sohn, erkläre mir dieses.« Der Jüngste sagte: »Mein Vater, ich kann dir von all dem nichts erklären, denn ich weiß nicht einmal, ob dies überhaupt mein Haus ist oder nicht. Ich bitte dich aber, auf diesen Kissen Platz zu nehmen und meine Bewirtung anzunehmen – soweit ich das Recht habe, diese Bewirtung die meine zu nennen.« Der Emir setzte sich. Der jüngste Sohn setzte sich. Sie betrachteten beide die Teppiche, die auf dem Boden und an den Wänden ausgebreitet waren. Sie sahen die Kursi, auf die eine goldene Sinia mit dreißig verschiedenen Gerichten gestellt wurde.

Der Emir aß und fand das Essen besser als irgendeines, das er vorher zu sich genommen hatte. Er schwieg aber und dachte bei sich: »Ich werde meinen Sohn nach nichts fragen, denn diese ganze Geschichte mit dem Girdaweibchen ist eine Lüge, und er wird, wenn ich ihn frage, mir nur noch mehr vorlügen. Ich will aber sehen, wie ich diese Lügen aufdecken und meinen Sohn dafür strafen kann.«

Der jüngste Sohn aß und fand, daß er nie in seinem Leben so gut gegessen habe. Er sagte aber nichts, denn er dachte bei sich: »Seit ich die seidenen, golddurchwirkten Haare unter dem Affenfell meines Girdaweibchens gesehen habe, weiß ich überhaupt nur noch, daß ich von allem, was mit dem Mädchen zusammenhängt, nichts weiß. Wenn ich meinem Vater etwas sage, wird er es mir nicht glauben, sondern wird mich für einen Lügner halten. Ich werde aber zusehen, daß ich herausbekomme, was sonst noch unter dem Affenfell meines Girdaweibchens verborgen ist.«

Nachdem der Emir und sein Sohn gegessen hatten, erhob sich der Vater und sagte: »Mein jüngster Sohn, ich sehe zu meiner Freude, daß du in ebenso glücklichen Umständen lebst wie deine älteren Brüder. Ich verlasse dich nun. Begleite mich heim und vergiß nicht, daß ich euch eine Mahlzeit schuldig bin, die eure Frauen bereitet haben. Darum will ich euch drei mitsamt euren drei ausgezeichneten Frauen morgen abend zum Essen bei mir sehen.« Der Sohn sagte: »Es ist gut, ich werde kommen!« Der Emir lachte und sagte: »Du wirst aber nicht allein kommen, sondern deine Frau mitbringen, die heute so vortrefflich für mich gesorgt hat, so daß ich sie kennenlerne und ihr danken kann.« Der Sohn begleitete seinen Vater heim. Als der Sohn in sein Haus zurückkam, war es schmutzig und kahl wie früher. Er schlich sich in den andern Raum, da lag das Girdaweibchen auf dem Angareb. Er konnte aber keine Haare sehen. Der Mond schien auch nicht durch die Mauerritze. Der Wind blies nur Sand herein, so daß der ihm in die Augen fiel und ihn in seinen eigenen Raum zurückjagte.

Am andern Morgen ging der junge Mann sogleich zu seinem Girdaweibchen hinüber. Er setzte sich auf den Rand des Angarebs und sagte zu dem Girdaweibchen: »Mein Vater ging gestern sehr zufrieden fort.« Das Girdaweibchen sagte: »Das weiß ich.« Der junge Mann sagte: »Mein Vater hat gesagt, daß heute seine drei Söhne mit ihren Frauen zu ihm kommen und bei ihm essen sollen.« Das Girdaweibchen sagte: »Das weiß ich.« Der junge Mann sagte: »Was soll ich nun tun?« Das Girdaweibchen sagte: »Du mußt hingehen.« Der junge Mann sagte: »Und welche Frau soll ich mitnehmen?« Das Girdaweibchen sagte: »Bringe mich schnell in die Wüste, und hole eine andere Frau, die ich dir zeigen werde.« Der junge Mann sagte: »Und was wird aus dir werden?« Das Girdaweibchen sagte: »Du weißt es doch schon, ich werde sterben.« Der junge Mann sagte: »Ich habe dir auch schon gesagt, daß ich das nicht will.« Das Girdaweibchen sagte: »Dann ist nur noch eines möglich, daß ich nämlich als deine Frau zum Feste deines Vaters gehe!«

Der junge Mann erschrak. Er wußte, daß die Frauen seiner Brüder sehr schön waren. Er wollte nicht das zottige Affenweib als seine Frau mitbringen. Der junge Mann sagte nichts. Das Girdaweibchen sagte: »Dein Vater hat mich als deine Frau heute abend eingeladen. Mach, was du willst. Bringe mich in die Wüste zurück, und hole dir eine andere Frau oder laß mich allein gehen. Ich verlange nicht, daß du mit mir gehst. Ich aber gehe hin.« Der junge Mann ging heraus.

Der junge Mann legte sich auf den Hof und war sehr traurig. Als es Mittag war, kam das Girdaweibchen zu ihm und sagte: »Ich schlage es dir noch einmal vor: bringe mich zurück in die Wüste, und laß mich für eine schöne Frau für dich sorgen.« Der junge Mann sagte: »Nein, du sollst nicht sterben.« Das Girdaweibchen sagte: »Ich werde aber zu dem Feste deines Vaters gehen.« Der junge Mann sagte: »Gut, geh hin. Geh aber allein. Ich gehe auch allein.« Dann erhob sich der junge Mann und sattelte sein Pferd. Er ritt ein Stück weit, stellte sein Pferd bei einem Freunde unter und stieg dann über die Dächer bis dahin, von wo aus der Mond sein Licht durch die Ritze in der Mauer auf das Angareb des Girdaweibchens geworfen hatte.

Als es dunkel wurde, sah er, daß das Girdaweibchen sich von seinem Angareb erhob. Das Girdaweibchen griff mit der Hand in den Schlitz des Affenfelles und zog einen Almas, einen Diamanten, hervor, der leuchtete wie keine Lampe heller leuchten kann. Danach zog das Girdaweibchen das Affenfell nach hinten über den Kopf. Da sah der Jüngste, daß die seidenen Haare lang und länger hervorquollen, daß zwischen die schwarzen Seidenhaare lange Goldfäden gesponnen waren. Das Mädchen strich mit der Hand eine rauhe Stelle der Lehmwand, da war da ein Spiegel, und nun konnte der junge Mann durch die Mauerritze sehen, daß das Girdaweibchen über alle Maßen schön war, so schön, daß er vor Schreck zu zittern begann und fast über die Dachkante herab auf die Erde gefallen wäre.

Dann streifte das Girdaweibchen die Affenhaut auch vom Leibe und von den Gliedern, und nun konnte er sehen, daß unter dem feinen Linnen, in das sie gehüllt war, ein junger, schöner Körper, weiße Glieder und gewölbte Brüste lebten. Als das Girdaweibchen so schön unten in dem Lehmhaus vor dem Spiegel stand, da war der jüngste Sohn des Emirs so glücklich, daß er fast geschrien hätte. Um das zu unterdrücken, biß er sich in die Hand, und er konnte sich nicht anders helfen, als daß er tief hineinbiß.

Das Girdaweibchen betrachtete sich inzwischen im Spiegel. Es ordnete die Haare. Es nahm aus dem Affenfell allerhand Schmuck hervor. Es legte goldenen Schmuck um den Hals. Es legte goldene Ringe um Handgelenk und Füße. Es warf das Affenfell auf das Angareb, hüllte sich in ein langes Umschlagtuch des jungen Mannes und verließ das Haus, um zu seinem Schwiegervater zu gehen. Kaum hatte aber der jüngste Sohn gehört, daß das Girdaweibchen sein Haus verlassen hatte, so stieg er von seinem Dache herab und lief zu seinem Hause. Er blickte in den Raum des Girdaweibchens. Er sah da das Affenfell. Er nahm das Affenfell und warf es ins Feuer. Dann setzte er sich auf das Angareb und wartete die Rückkehr des Mädchens ab. Das junge Mädchen ging inzwischen hinüber zur Seriba des Emirs. Sie trat zunächst in das Haus ein, in dem die Frau des Emirs die Herstellung der Speisen beaufsichtigte. Als die alte Frau das verhüllte Mädchen hereinkommen sah, fragte sie: »Wer bist du?« Das Mädchen sagte: »Ich bin die, die dein jüngster Sohn sich als Gattin erwählt hat.« Die alte Frau sagte: »Zeige dein Gesicht!« Das junge Mädchen schlug das Tuch zurück. Die Mutter betrachtete sie lange und sagte: »Hüte dich vor dem Vater deines Gatten, meinem Manne, dem Emir, meine Tochter!« Das Mädchen sagte: »Meine Mutter, ich bitte dich, gib mir ein Brot!« Die alte Frau gab dem Mädchen ein Brot. Das Mädchen nahm das Brot unter den Arm und ging aus dem Haus zum Emir hinüber.

Die beiden ältesten Söhne mit ihren Frauen waren schon beim Emir angekommen. Die Frauen waren schön, sie waren reich gekleidet und hatten wertvollen Schmuck.

Der Emir sprach mit den Frauen seiner Söhne. Der Emir sagte: »Die Frau, die mein jüngster Sohn sich erwählt hat, wird auch kommen.« Der Türhüter kam und sagte: »Es kommt eine verhüllte Frau über den Hof.« Die Brüder sagten: »Das wird die Klugheit unseres jüngsten Bruders sein, die da kommt.« Die Frauen der Brüder sagten: »Das wird das Affenweib sein, das kommt. Müssen wir mit ihm aus einer Schüssel essen?« Der Emir sagte zum Türhüter: »Laß die Frau hereinkommen!«

Die Tür wurde geöffnet. Die verhüllte Frau schritt herein und blieb stehen. Der Emir sagte: »Wer bist du?« Die verhüllte Frau sagte: »Ich bin das Mädchen, das dein jüngster Sohn sich zur Frau erkoren hat.« Der Emir sagte: »Die Frauen meiner andern Söhne sind auch hier und nicht verhüllt. Zeige dich. Wir werden dich nicht kränken.« Die verhüllte Frau sagte: »Wie sollte mich der Vater dessen, der mich zur Frau begehrt, kränken wollen?« Dann ließ sie das lange Umschlagtuch fallen. Es wurde aber im Zimmer sogleich ganz hell, und war nun ein Unterschied, als ob vorher Nacht gewesen und nun gerade die Sonne aufgegangen sei.

Das Mädchen sagte: »Weshalb solltet ihr mich kränken?«

Die ersten beiden Söhne des Emirs blickten auf das Mädchen. Die Frauen der beiden Söhne blickten auf das Mädchen. Der Emir blickte auf das Mädchen und sagte bei sich: »Dieses Mädchen soll meine eigene Frau werden. Ich werde meinen Sohn töten.« Das Mädchen nahm das Brot unter dem Arm hervor, das die Frau des Emirs ihr gegeben hatte; es war ein Almas geworden. Das Mädchen reichte den Diamanten dem Emir und sagte: »Nimm dieses als Begrüßungsgabe. Ich bin nicht das, was ihr glaubtet. Ich habe die Haut des Affen umgenommen, um zu sehen, ob dein jüngster Sohn so gut wie schön ist. Ich habe ihm schweren Kummer mit der Affenhaut bereitet und will nun nach Haus gehen, um seinen Kummer zu stillen. Denn auch im großen Kummer hat er nicht gewollt, daß das elende Affenmädchen sterbe, und deshalb will ich ihm eine gute Frau werden und will ihm alles geben, was ich als Tochter des Melik der Alledjenu ihm geben kann.« Als das Mädchen das gesagt hatte, nahm sie das Umschlagtuch wieder auf und ging. Es hatte aber keiner Zeit, etwas zu sagen.

Der Jüngste saß auf seinem Angareb und wartete. Als er einige Zeit gewartet hatte, sah er, daß es in der Dunkelheit draußen heller wurde. Dann hörte er Schritte, und er sah, daß seine Wohnung von einer Reihe von Ampeln und Lichtern beleuchtet wurde. Wo er hinsah, traten Teppiche und Kissen hervor. Je näher die Schritte kamen, desto höher und weiter wurden die Räume. Er fühlte, daß seine Kleidung sich änderte; er hörte, daß draußen Vögel sangen, obwohl es Nacht war. Dann tat sich die Tür auf, und die Tochter des Alledjenukönigs trat herein und ließ das Umschlagtuch fallen. Die Tochter des Alledjenukönigs kam auf ihn zugeschritten und kniete nieder und küßte die Wunde, die er sich vorher in die Hand gebissen hatte, um seinen freudigen Schreck zu überwinden. Und sogleich war die Wunde geschlossen. Der Sohn des Emirs hob die Tochter des Alledjenukönigs auf. Beide gingen dann durch die hell erleuchteten Säle des Serails, in dem von nun an der jüngste Sohn mit seiner schönen Frau wohnte.

Der Emir dachte die ganze Nacht darüber nach, wie er seinen Sohn töte, um seine schöne Schwiegertochter heiraten zu können. Am andern Tag ließ er seinen jüngsten Sohn rufen und sagte zu ihm: »Mein Sohn, ich höre, du legst dir einen Garten an. Wenn du das für dich tun kannst, dann kannst du auch für deinen Vater etwas tun. Sorge also dafür, daß bis morgen nachmittag in meinem Garten ein neuer Weinstock wächst. Ich habe mir für morgen abend Gäste eingeladen, und sie sollen von den reifen Trauben dieses Weinstocks genießen. Wenn dir dies nicht gelingt, werde ich dich morgen abend töten lassen.«

Der Sohn ging betrübt von dannen. Er trat betrübt in sein Serail und warf sich betrübt auf die Kissen. Nach einiger Zeit kam seine schöne junge Frau. Sie strich ihm über die Haare und sagte: »Sage mir deinen Kummer!« Darauf erzählte der Sohn des Emirs, was sein Vater von ihm verlangt habe. Als er berichtet hatte, lachte die Tochter des Alledjenukönigs und sagte: »Wenn es weiter nichts ist, so kann das leicht geschehen. Bringe Wasser aus dieser kleinen Flasche in den Garten deines Vaters. Stecke ein Stück trockenen Reisigs in die damit angefeuchtete Erde, und sage deinem Vater nur, er solle bestimmen, wieviel Trauben an dem Weinstock sein sollen.« Der Sohn nahm die Flasche, die seine Frau ihm reichte, bestieg wieder sein Pferd und ritt in den Garten. Dort pflanzte er das Reisig und ging dann zu seinem Vater und sagte: »Nun brauchst du nur zu bestimmen, wieviel Trauben an dem Weinstock sein sollen, und alles ist in Ordnung.« Dann ritt der Sohn des Emirs wieder fort. Als aber am andern Tag die Gäste des Emirs versammelt waren und in den Garten ginge, da war aus dem trockenen Reisig ein großer Weinstock aufgewachsen, und jeder der Gäste konnte sich eine große, volle Traube abpflücken.

Der Emir ward dadurch aber nur noch zorniger. Er ließ am andern Morgen wieder seinen jüngsten Sohn kommen und sagte zu ihm: »Mein Sohn, sorge dafür, daß morgen um diese Stunde neben meinem Hause ein Garten mit Wassermelonen angelegt ist, der überall Früchte zeigt.« Der Sohn sagte: »Das soll da sein, wo jetzt nur Sand ist?« Der Emir sagte: »Jawohl, eben da sollen morgen abend viel Melonen reif sein, denn ich habe viele Leute zu Gast, und jedem will ich eine Melone vorsetzen.« Der Sohn ging nach Hause. Der Sohn des Emirs suchte seine Frau auf und erzählte ihr von dem neuen Befehl und der wiederholten Drohung seines Vaters. Die Tochter des Alledjenukönigs lachte und sagte: »Das ist wieder sehr einfach. Nimm dieses Wasser und diese Kerne, und mische beides mit Erde von dem Sandplatz. Dann wirf das Gemischte über den Sandplatz hin.« Der Sohn des Emirs tat, wie seine Frau ihm geboten hatte. Als der Emir am andern Tag den Sandplatz betrat, fand er ihn bedeckt mit den Ranken der Wassermelonen, an denen so viele Früchte hingen, daß ein jeder Mann des Ortes eine oder auch mehrere erhalten konnte.

Als der Emir sah, daß sein Sohn auch das zu vollenden vermocht hatte, wurde er über alle Maßen zornig, und in seiner Wut rief er einen seiner Freunde beiseite und sagte zu ihm: »Sage mir doch etwas, was ich meinem Sohne anbefehlen und was er doch unmöglich ausführen kann, damit ich einen Grund finde, ihn wegen Ungehorsams zu töten.« Der Freund sagte: »So fülle doch ein Haus mit Brot und Fleisch und verlange, daß er es in einer Nacht verzehre.« Der Emir sagte: »Das ist wahr!«

Am andern Tag rief der Emir seinen jüngsten Sohn und sagte: »Heute abend werde ich dich in ein Haus einschließen, das ich mit Brot und Fleisch fülle. Bis morgen früh muß das alles verzehrt sein, oder ich lasse dich töten.« Der Sohn des Emirs ging nach Hause und erzählte seiner Frau von dem neuen Befehl des Vaters. Die Tochter des Alledjenukönigs lachte aber und sagte: »Laß dich ruhig einschließen. Die Zeit eines Augenaufschlags genügt meinen Leuten, um mehrere Häuser voller Speise zu leeren.« Abends ging der Sohn zum Emir und ließ sich von ihm in das Haus voller Brot und Fleisch einschließen. Er legte sich auf die Erde zum Schlafen nieder, und als man am andern Tage das Haus öffnete und ihn herausrief, war von allem Brot und Fleisch auch nicht mehr so viel übrig, daß eine Maus es hätte zwischen den Zähnen und der Zunge spüren können.

Nun aber entschloß sich der Emir, einen Befehl zu geben, dessen Ausführung undenkbar war, denn er sehnte sich alle Tage mehr danach, seine Schwiegertochter zu ehelichen, und wollte also seinen Sohn deshalb auf alle Fälle töten. Er ließ also seinen jüngsten Sohn rufen und sagte: »Mein Sohn, nun höre meinen letzten Befehl. Ich will, daß ein Kind, das heute abend geboren wird, morgen früh schon gehen und sprechen kann. Wenn du das nicht vermagst, mußt du sterben.« Der Sohn des Emirs ging zu seiner Frau und erzählte ihr den neuesten Befehl seines Vaters. Die Tochter des Alledjenukönigs sagte: »Ich sehe jetzt, daß dein Vater mich auf jeden Fall ehelichen und dich töten will. Rufe deshalb alle Leute des Ortes zusammen, und fordere von deinem Vater folgende Vereinbarung: Kann das neugeborene Kind, das dein Vater heute abend schickt, morgen früh nicht sprechen, so darf er dich töten; kann das Kind aber sprechen, so muß er auf das Leben und das Emirat zu deinen Gunsten verzichten. Geh hin und fordere dies von ihm vor allen Leuten. Es ist die Stunde, da alle Angesehenen bei ihm versammelt sind.«

Der Sohn des Emirs ging zu seinem Vater. Alle angesehenen Leute waren bei dem Emir versammelt. Der Sohn trat vor den Vater und sagte: »Mein Vater, du verlangst von mir, daß ich ein Kind, das heute abend geboren wird, zu mir nehme und dafür sorge, daß es morgen früh spricht; das forderst du von mir und erklärst, daß du mich töten willst, wenn ich das nicht vermag. Ich erkläre mich vor allen diesen Zeugen hiermit einverstanden unter der Bedingung, daß, wenn ich das Unmögliche, was du jetzt unter Todesdrohung von mir verlangst, möglich mache, du dann selbst zu meinen Gunsten auf das Leben und das Emirat verzichtest.« Der Emir sagte: »Das ist mir recht. Denn wenn du hiernach nicht stirbst, hat das Leben für mich auch keinen Wert mehr.« Der Sohn ging.

Am Abend ward in der Stadt ein Kind geboren. Man brachte es in das Haus des jüngsten Sohnes. Die Tochter des Alledjenukönigs legte es auf eine Matte. Der jüngste Sohn des Emirs und seine Frau legten sich zum Schlafen nieder. Am andern Morgen erwachten sie von einem starken Geräusch. Der Emir war mit allen angesehenen Leuten gekommen und wartete vor dem Hause. Der Emir betrachtete das neue, große Haus und die Gärten, und alle Leute stießen Schreie der Bewunderung aus. Der Emir forderte laut Einlaß.

Da erhob sich der kleine Knabe, der am Tage vorher geboren war, von der Matte, auf die ihn die Tochter des Alledjenukönigs gelegt hatte, ging hin und öffnete das Tor. Der kleine Knabe blickte auf den Emir und die angesehenen Leute, die um ihn waren. Der Emir sagte: »Ist das nicht der Knabe, der gestern geboren wurde?« Die Leute sagten: »Ja, das ist er!« Der kleine Knabe sagte: »Ja, ich bin der Knabe, der gestern abend geboren war. Ich kann, wie du und alle Zeugen hier hören, sprechen, und du hast damit dein Leben und dein Emirat verloren.« Als der Knabe das gesagt hatte, fiel der Emir hin und war tot.

Darauf wurde sein jüngster Sohn der Herr des Landes.

Die Rache des betrogenen Ehemannes

Kordofan

Ein Mann hatte eine junge Frau geheiratet, und das vor nicht langer Zeit. Da erschien ihm eines Nachts sein Vater im Traum und sagte ihm, er müsse nach Mekka pilgern. Am andern Morgen rüstete der Mann sogleich sein Gepäck, ging zu seiner Frau und sagte: »Meine junge Frau, mein Vater ist mir im Traum erschienen und hat mich aufgefordert, nach Mekka zu reisen; das will ich nun sogleich tun. Nun ist es sehr wohl möglich, daß du in den wenigen Tagen, die wir miteinander verheiratet sind, empfangen hast. Ich hoffe aber, wenn du das Kind ausgetragen hast, zurückzukehren, so daß ich zu der Zeit der Geburt dann in deiner Nähe bin. Wende dich aber immerhin, wenn du die ersten Anzeichen der Schwangerschaft wahrnimmst, an eine alte Frau, der ich den Auftrag geben werde, für dich zu sorgen.« Darauf nahm der junge Ehemann von seiner jungen Frau Abschied und trat seine Pilgerfahrt an.

In der gleichen Stadt wohnte nun ein Muezzin, der täglich von dem Minarett der großen Moschee aus seiner Berufspflicht nachkam. Dieser Muezzin hatte die junge Frau gesehen, und er hatte auch aus dem eigenen Munde des Mannes derselben gehört, daß dieser zu einer Pilgerfahrt nach Mekka abgereist sei. Der Muezzin sagte bei sich: »Diese junge Frau führt jetzt ein sehr stilles Leben und wird diese Stille um so schmerzlicher empfinden, als sie erst wenige Tage die Freuden der Ehe kennengelernt hat. Diese junge Frau ist aber so schön und gut gebildet, daß es mir scheint, ich könne derzeit nichts Angenehmeres erleben, als das weiterzuführen, was dieser Mekkapilger an ihr begonnen hat. Ich werde also mit der Alten, die bei der jungen Frau ein und aus geht, Freundschaft schließen. Vielleicht kann sie mir in meinem Drange, die junge Schöne über die Einsamkeit hinwegzutrösten, helfen.«

Der Muezzin sprach also eines Tages die Alte an und bat sie, ihn einmal aufzusuchen, da er mit ihr etwas besprechen wolle. Die Alte kam dem Wunsche sehr bald nach, und als der Muezzin sich mit ihr allein sah, sprach er zu ihr: »Meine liebe Frau, ich denke, du mußt eine reiche Erfahrung haben und mußt es wissen, daß die Bedürfnisse und Wünsche der Leute recht verschieden sind.« Die Alte sagte: »Gewiß weiß ich das und kann selbst viel darüber sagen.« Der Muezzin sagte: »Dann wirst du wissen, daß einigen Menschen dann und wann im Kopfe das herzlichste Bedürfnis aufwacht, nach Mekka zu pilgern, während andere Leute an tiefer gelegenen Körperteilen einen ebenso starken Drang empfinden, näher gelegene Ziele zu erreichen. Du wirst es wissen.« Die Alte sagte: »Hierin hast du sicherlich recht, und ich darf wohl annehmen, daß du mich nicht hast zu dir kommen lassen, um mich über den Weg nach Mekka zu befragen.« Der Muezzin sagte: »So ist es! Ich habe nicht im geringsten vor, nach Mekka zu pilgern.« Die Alte sagte: »Dann wohnt deine Bedrängnis also wohl tiefer und das Ziel deiner Sehnsucht näher.« Der Muezzin sagte: »Ganz so wollte ich es gesagt haben. Ich habe in der Tat eine Beschäftigung, die mich den halben Tag mit den Dingen des Propheten in so engem Zusammenhang erhält, daß ich nicht daran denken kann, den oberen Teil meines Leibes in der Richtung nach Mekka weiter wegzuführen, als das Gebet es vorschreibt. Ich habe auch vor einigen Tagen wieder einen Bekannten nach Mekka pilgern sehen, der mir außerdem versprach, für mich dort zu beten, so daß für den oberen Teil meines Körpers gesorgt ist.« Die Alte sagte: »Wenn du also dem Bedürfnis deines Kopfes durch deinen Freund in Mekka Rechnung getragen siehst, so meinst du wohl, daß du dafür hier jenen Pflichten nachkommen könnest, die jener Mekkapilger hier in der Stadt derweilen versäumt?« Der Muezzin sagte: »Ich sehe, du bist eine kluge Frau. Ich werde um die Welt nicht undankbar sein, weder gegen einen andern noch gegen dich.«

Die Alte sagte: »Wenn die Sache so steht, so will ich gern sehen, wie ich dich den Zielen deiner Sehnsucht näher bringen kann, und ich denke mir, daß mir das nicht schwer werden kann, wenn du nämlich den Wunsch hast, die Tätigkeit fortzusetzen, die der jungverheiratete Mekkapilger so plötzlich unterbrochen hat.« Der Muezzin dankte darauf der Alten, und diese eilte schnell zu der jungen Frau des Mekkapilgers hinüber. Die Alte sagte zu der Jungen: »Wenn ich es recht überlege, muß ich doch sagen, daß dein Mann sehr schlecht an dir gehandelt hat und daß du sehr zu bedauern bist!« Die junge Frau sagte: »Weshalb beschimpfst du meinen Mann?« Die Alte sagte: »Ich beschimpfe deinen Mann nicht; ich finde nur, daß er mit dem unfertigen Kinde sehr schlecht an dir gehandelt hat und daß er erst einmal das Kind seiner Frau ausarbeiten konnte, ehe er sich entfernte, um den Wunsch seines Vaters so schnell zu erfüllen.« Die junge Frau sagte: »Was meinst du mit dem unfertigen Kinde?« Die Alte sagte: »Nun, er hat dein Kind nicht fertig ausgearbeitet! Er hat nur für den Körper gesorgt. Wenn das Kind so geboren wird, werden ihm der Kopf und alle Glieder fehlen. Er ist von der unfertigen Arbeit fortgelaufen, und dir wird die Schande widerfahren, diesen Krüppel gebären zu müssen.« Die junge Frau erschrak sehr und sagte: »Ist es sicher so?«

Die Alte sagte: »Sicher ist es so! Du kannst jeden Menschen fragen, der davon genug versteht. Noch vor wenigen Tagen sprach ich mit dem Muezzin des großen Minaretts, der durch seine ausgezeichnete Kinderarbeit bekannt ist, über eine ähnliche Sache.« Die junge Frau sagte: »Ach, was ist mein Mann schlecht! Was ist mein Mann schlecht! Aber sage mir doch, kann mir jener Muezzin, der durch seine ausgezeichnete Kinderarbeit so bekannt ist, nicht noch helfen, so daß das Kind fertig wird?« Die Alte sagte: »Wenn du durchaus willst, soll es geschehen!« Die Junge sagte: »Ja, ich bitte dich! Und er soll auch schnell kommen, damit es nicht zu spät wird.« Die Alte sagte: »Ich will sogleich gehen. Wann soll der Muezzin kommen?« Die Junge sagte: »Bitte ihn herzukommen, sobald er Zeit hat.« Die Alte ging.

Die Alte kam zum Muezzin und sagte: »Geh nur schnell hinüber, mein Freund. Die junge Frau des Mekkapilgers bittet dich, nur ja recht schnell zu ihr zu kommen!« Der Muezzin bedankte sich bei der Alten und machte sich sogleich auf den Weg. Er kam zu der jungen Frau des Mekkapilgers. Die junge Frau begrüßte ihn und sagte: »Ich danke dir, daß du gekommen bist. Mein Mann hat mir ein unfertiges Kind zurückgelassen und ist nach Mekka gepilgert, ehe noch die Glieder angefangen waren. Ich habe dich bitten lassen, hierherzukommen, damit du diese Arbeit, in der du sehr geschickt bist, zu Ende führst.« Der Muezzin sagte: »Ich will das gern ausführen.« Die junge Frau sagte: »Wie lange wirst du hierzu benötigen?« Der Muezzin sagte: »Man kann das nicht auf einmal machen. Denn ich will die Arbeit gut machen, zumal dein Mann auch für mich in Mekka betet.« Die junge Frau sagte: »Es ist gut. Fange nur schnell an, damit wir keine Zeit verlieren.« Der Muezzin sagte: »Es ist gut, lege dich nur gleich auf das Angareb. Ich will dann schon mit allen Kräften arbeiten.«

Die junge Frau legte sich also auf das Angareb. Der Muezzin kam aber seinem Bedürfnis nach und erfüllte sein Versprechen, daß er mit allen Kräften arbeiten wolle, vollkommen, so daß die junge Frau über die Maßen zufrieden war. Als sie sich wieder von ihrem Angareb erhob, sagte sie: »Es ist wahr, du verstehst diese Arbeit wirklich besser als mein Mann. Komm nur recht häufig wieder, und bleibe weiter so bei der Sache.« Der Muezzin sagte: »Ich verspreche dir dieses und hoffe, daß du mit der Sache immer gleich zufrieden sein wirst. Nur mußt du, wenn du besondere Wünsche hast, mir diese beizeiten sagen, so daß ich alle Maßnahmen immer im betreffenden Augenblick beobachten kann.« Die junge Frau sagte: »Wenn du so freundlich sein willst, für alles beizeiten Maßnahmen treffen zu wollen, so vergiß doch ja nicht, daß das Kind, wenn es ein Junge wird, ein gleich gutes Arbeitswerkzeug erhält wie du. Es würde mir leid tun, wenn es bei dem Kinde so klein und schwächlich würde wie bei seinem Vater.« Der Muezzin sagte: »Alles das kann ich dir versprechen. Denn gerade in der Ausführung solcher Einzelheiten bin ich, wie ich glaube, geschickter als nur irgendein anderer Kinderarbeiter dieser Stadt.« Die junge Frau sagte: »Mußt du jetzt schon wieder gehen, oder könntest du noch ein wenig in der Sache weiterwirken?« Der Muezzin sagte: »Ich habe soeben den Mund des Kindes angebracht. Wenn du nicht zu ermüdet bist, so lege dich nur noch einmal hin; ich will dann die Nase einsetzen.« Die junge Frau sagte: »Ich bin ganz und gar nicht so müde, daß ich das Einsetzen der Nase nicht noch ertragen könnte, vielmehr scheint es mir, daß deine heftige Arbeitsweise mir mehr zusagt als die sanftere meines Mannes.« Damit legte die junge Frau sich noch einmal auf das Angareb, und der Muezzin setzte die Nase so stark an, daß die angehende Mutter bei der Wahrnehmung der geschickten Tätigkeit des Muezzins freudig stöhnte.

Von nun an kam der Muezzin so oft es ihm behagte zu der jungen Frau des Mekkapilgers, und diese war über seine emsige Arbeit ganz außerordentlich glücklich. Um sich nun aber ganz und ungeteilt der Tätigkeit bei der jungen Frau hingeben zu können, sandte der Muezzin seine eigene Frau, die auch noch jung, ihm aber gewohnter und deshalb gleichgültiger war, zu deren Eltern, damit sie diese für einige Monate besuche. Dann widmete er sich mit doppelter Kraft der jungen Frau des Mekkapilgers.

Inzwischen hatte der Mekkapilger seine Gebete verrichtet und kehrte eines Tages unerwartet nach Hause zurück. Als seine Frau ihn kommen sah, gewann sie es aber nicht über sich, ihn freundlich zu begrüßen. Vielmehr wandte sie dem eintretenden Gatten den Rücken zu und kümmerte sich nicht weiter um ihn, und als er sie dann nachher freundlich ansprach, ging sie ohne Antwort mit böser Miene von dannen. Der Mekkapilger sagte darauf bei sich: »Hier muß irgend etwas vorgefallen sein. Ich muß das erfahren.« Er sprach seine Frau bei der nächsten Gelegenheit wieder freundlich an. Sie aber wandte sich abermals mit schlimmer Miene ab und wollte von dannen gehen.

Der Mekkapilger sagte aber zu seiner jungen Frau: »Warte einmal! Bleib einmal hier und sage mir, warum du mir nicht antwortest und mir ein so unfreundliches Gesicht zeigst!« Die junge Frau wandte sich nun wohl ihrem Manne zu; sie sah ihn aber sehr zornig an und sagte: »Weshalb ich unfreundlich zu dir bin? Nun, weil du ein schlechter Mann bist, ein sehr schlechter Mann! Deinem toten Vater zuliebe bist du weggelaufen nach Mekka und hast mich, deine lebende junge Frau, mit einem unfertigen Kinde zurückgelassen. Und einen Krüppel hätte ich bei derart abgebrochener Arbeit mir zur Schande geboren! Dank aber dem fleißigen Muezzin vom großen Minarett, der in vorzüglichster Weise das unterbrochene Werk fortgesetzt hat und in so unermüdlicher Tätigkeit dem Rumpfe alle Glieder, von der Nase bis zur großen Zehe, zugearbeitet hat!«

Als der Mekkapilger das hörte, sagte er bei sich: »Oho, steht die Sache so!« Zu seiner Frau sagte der Mekkapilger nichts. Am gleichen Tage ging er aber zu dem Muezzin, den er von früher wohl kannte, und schloß mit ihm herzliche Freundschaft. Diese Freundschaft pflegte der Mekkapilger mit aller Sorgfalt und besuchte seinen neuen Freund alle Tage. So erfuhr er denn bald, daß dieser seine Frau in eine einige Tagereisen entfernte Stadt gesandt habe, damit sie dort für einige Monate bei ihren Eltern verbleibe. Der Mekkapilger merkte sich dieses alles ganz genau und besuchte außerdem seinen Freund, den Muezzin, so häufig, daß jener nicht imstande war, etwas ohne Wissen des Mekkapilgers auszuführen.

Einige Tage lang empfand der Muezzin die Behinderung an der ihm gewohnt gewordenen Nebenarbeit sehr angenehm, denn gerade in den letzten Tagen hatte die junge

Frau des Mekkapilgers bei der Ausarbeitung der großen Zehen große Rührigkeit an den Tag gelegt und hatte mehr Geduld und Aufnahmefähigkeit gezeigt, als er auf die Dauer zu ertragen vermochte. Nachdem der Muezzin also einige angenehme Tage der Ruhe an der Seite des neuen Freundes genossen hatte, begann er sich nach einer frischen Betätigung zu sehnen und sagte bei sich: »Zwar wünsche ich mir auf die Dauer nicht eine Frau wie die dieses Mekkapilgers, eine Frau, die mehr Bewegungsfreude und Ausdauer besitzt als ein Mann. Sehr angenehm wäre es mir aber, wenn meine eigene Frau nun wieder zu mir zurückkehrte, denn ihre Sanftmut ist auf die Dauer doch genußreicher und leichter zu ertragen als das Ungestüm der andern.«

Nachdem der Mekkapilger nun also einige Zeit in der Stadt und viel in der Umgebung des Muezzins geweilt hatte, sagte er eines Tages zu seinem Freunde: »Ich werde morgen wieder für einige Tage verreisen und werde jene Stadt aufsuchen.« Dabei nannte der Mekkapilger den Namen der Stadt, in der die Frau des Muezzins bei dessen Schwiegereltern wohnte. Als der Muezzin dies hörte, dachte er bei sich: »Dieser Mann verreist offenbar nur, um einmal wieder seiner Frau für einige Zeit zu entgehen und sich auszuruhen. Da seine Frau ihn also sehr in Anspruch genommen haben wird, scheint er mir für einige Zeit gänzlich ungefährlich für alle Frauen.« Der Muezzin sagte aber laut zu dem Mekkapilger: »Hast du in jener Stadt irgend jemand, bei dem du unterkommst?« Der Mekkapilger sagte: »Nein, ich kenne in dieser Stadt niemand.« Der Muezzin sagte: »Höre, mein Freund, das trifft sich ausgezeichnet. In jener Stadt wohnen nämlich meine Schwiegereltern, bei denen augenblicklich meine Frau zu Besuch weilt. Ich will dir also einen Brief an meinen Schwiegervater mitgeben, so daß du bei ihm wohnen kannst. Ich bitte dich aber um die Gefälligkeit, wenn du heimkehrst, meine Frau unter deinem Schutz mitzubringen und darauf zu achten, daß ihr auf dem Wege durch die Wüste nichts abhanden kommt.« Der Mekkapilger sagte: »Ich hatte zwar an ein anderes Unterkommen gedacht; wenn dir aber, meinem Freunde, daran gelegen ist, so will ich deinem Wunsche gern nachkommen.«

Am andern Tage machte sich also der Mekkapilger mit dem Briefe auf den Weg und kam nach einer längeren Reise auch bei den Schwiegereltern des Muezzins an. Er weilte bei diesen einige Tage und bereitete die Rückwanderung vor, und dem Inhalt des Briefes entsprechend, bat der Gastwirt den Mekkapilger, sich seiner Tochter anzunehmen und sie zu seinem Schwiegersohne zurückzuführen. Der Mekkapilger reiste also mit der Frau des Muezzins ab. Nachdem er am ersten Tage nur einen kleinen Marsch zurückgelegt hatte, schlug er am zweiten den Weg in die Wüste ein, der ein gut Teil kürzer als der übliche, aber für den ersten Tagesmarsch sehr anstrengend war, zumal die Reisenden die folgende Nacht unter einigen Bäumen allein in der Wildnis übernachten mußten.

Also kamen der Mekkapilger und die Frau des Muezzins abends sehr ermüdet an diesem einsamen Lagerplatz unter den Bäumen an. Der Mekkapilger sagte zu der Frau des Muezzins: »Höre, wir sind hier in großer Einsamkeit, und es wird gut sein, daß immer einer von uns wacht, damit wir auf das Herankommen von Dieben oder Raubtieren vorbereitet sind. Laß mich nun erst zwei Stunden schlafen, so daß ich ganz frisch bin. Dann wecke mich, und ich werde den Rest der Nacht wachen, so daß du ungestört und unbesorgt dich bis zum Morgen ausschlafen kannst. Wecke mich also nur nach zwei Stunden.« Die Frau des Muezzins sagte: »Damit bin ich ganz einverstanden.« Der Mekkapilger sagte: »Wecke mich nur nach zwei Stunden!«

Dann legte sich der Mekkapilger hin und schlief sogleich ein. Die Frau des Muezzins nahm sich zwar vor, wach zu bleiben, der Tagesmarsch war aber sehr beschwerlich gewesen, und so kam es, daß auch sie nach einiger Zeit einschlief. Der Mekkapilger erwachte aber bald darauf. Er sah vorsichtig hin, ob die junge Frau auch fest schlief; dann ging er zu ihr und nahm ihr vom Hals und von den Händen allen Goldschmuck, den sie umhatte, und steckte ihn in seine Beinkleider. Nun legte er sich an seinen alten Platz und schlief bis zum nächsten Morgen.

Am andern Morgen erwachte die Frau des Muezzins zuerst. Sie bemerkte sofort, daß ihr gesamter Schmuck abhanden gekommen war. Sie erschrak sehr und weckte sogleich den Mekkapilger. Dieser fuhr aus dem Schlafe und sagte: »Warum hast du mich nicht in der Nacht geweckt? Es hätte uns sehr leicht etwas geschehen können!« Die Frau des Muezzins sagte: »Es ist auch etwas geschehen. Ich bin vor Müdigkeit eingeschlafen, und da ist ein Dieb vorbeigekommen und hat mir meinen ganzen Goldschmuck gestohlen.« Der Mekkapilger fuhr auf und sagte: »Was, ein Dieb hat dich bestohlen? Wir müssen sogleich die Fußspuren im Sande suchen, um so zu erfahren, auf welchem Wege er von dannen gelaufen ist. Sieh gleich auf allen Seiten um dich. Ich gehe selbst auch umher.« Die Frau des Muezzins sah um sich. Sie blickte nach allen Seiten. Die Frau sagte: »Ich sehe nur die Spuren, die wir selbst getreten haben, als wir gestern abend unser Gepäck aufschichteten.« Der Mekkapilger schüttelte den Kopf und sagte: »Diese Sache ist sehr ernst; ich kann auch nicht mehr sehen. Wie kann das nur geschehen sein!«

Der Mekkapilger setzte sich hin und dachte nach. Die Frau des Muezzins setzte sich neben ihn und dachte nach. Die Frau des Muezzins sagte nach einiger Zeit: »Fällt dir nichts ein?« Der Mekkapilger sagte: »Es fällt mir schon etwas ein, aber es ist eine schwierige Sache!« Die Frau des Muezzins sagte: »Sage es mir, denn das ist mir eine schlimme Angelegenheit mit dem Verlust!« Der Mekkapilger sagte: »So höre denn, du Frau meines Freundes! Du weißt doch, daß Männer und Frauen einen Unterschied haben!« Die Frau sagte: »Das weiß ich!« Der Mekkapilger sagte: »Nun gut. Der Unterschied vieler Frauen ist diebisch und stiehlt sehr gern. Das Stehlen ist dem Unterschied der Frauen angeboren. Meist stiehlt der Unterschied der Frauen nun allerdings den Männern. Wenn er aber lange Zeit nichts bei Männern zu stehlen gehabt hat, so stiehlt er sehr leicht auch einmal seiner eigenen Herrin etwas. Da nun rund herum keine fremde Fußspur zu sehen ist, so kann ich es nicht anders annehmen, als daß dein eigener Unterschied, wenn er sonst längere Zeit nicht seinen Mann zu bestehlen Gelegenheit gehabt hat, dich selbst bestohlen und den Raub in seinem Innern verborgen hat.« Die junge Frau des Muezzins sagte: »Daß mein Unterschied bei Männern gern stiehlt, habe ich, seitdem ich verheiratet bin, oft bemerkt. Auch hat er in letzter Zeit keine Gelegenheit gehabt, etwas zu stehlen. Sage mir nur, ich bitte dich, wie kann man dem Unterschied die Schmucksachen wieder wegnehmen?«

Der Mekkapilger wiegte den Kopf hin und her und sagte: »Das kann eine Frau nicht allein machen. Ein Mann muß langsam und vorsichtig seinen eigenen Unterschied in das Innere führen und danach suchen. Es muß aber bald nach dem Raube und langsam und vorsichtig geschehen, denn sonst wird der Raub immer weiter im Innern versteckt, und du weißt, daß er dann erst als Kind wieder herauskommen kann. Dein Unterschied wird aus dem Schmuck also wohl ein steinernes Kind machen.« Die Frau des Muezzins schrie vor Schreck auf. Die Frau des Muezzins sagte: »Was? Ein steinernes Kind soll ich gebären?

Daran sterbe ich!« Der Mekkapilger sagte: »Ja, daran sterben die Frauen.« Die Frau des Muezzins warf sich vor dem Mekkapilger auf die Erde und sagte: »Ich bitte dich! Ich bitte dich! Versuche es schnell, ob du die gestohlenen Sachen wieder aus meinem Unterschiede herausholen kannst! Ich bitte dich!« Der Mekkapilger sagte: »Lege dich hin! Ich verspreche dir, daß ich alles tun werde, um deinem Unterschiede den Raub wieder zu entreißen!«

Die Frau legte sich hin. Der Mekkapilger begann mit großer Vorsicht mit seinem Unterschiede die Untersuchung; und als er dies eine Weile so ausgeführt hatte, daß auch die Frau seine Sorgfalt und Fürsorge bemerken mußte, griff er mit der Hand nach unten und langte aus seinem Hosenbein ein Armband heraus! Die Frau des Muezzins sagte: »Ja, das ist das erste! Ich danke dir! Ich danke dir! Schnell suche auch das andere!« Der Mekkapilger begann also nach einer kleinen Ruhepause die Untersuchung aufs neue und brachte diesmal das zweite Armband hervor. Die junge Frau war darüber sehr glücklich und hätte nun gern die Untersuchung sogleich zu Ende geführt gesehen. Der Mekkapilger bestand aber darauf, daß sie erst ein Frühstück einnähmen und einigen aus einer Flasche mitgenommenen Wein tränken, um so die Unterschiede zur Ruhe zu bringen.

Der genossene Wein hatte aber zur Folge, daß die junge Frau noch viel emsiger auf die Durchsuchung ihres diebischen Unterschiedes bestand. Sie sagte: »Mein Unterschied empfindet es gar nicht unangenehm, daß du ihn nach allen Richtungen auf den gestohlenen Schmuck hin untersuchst, und mir will es so scheinen, als ob er die gestohlenen Sachen auf diese Weise sehr gern wieder hergibt, ja, als ob er nach jeder Untersuchung nach einer Wiederholung dränge.« Der Mekkapilger sagte: »Dieses ist sehr erklärlich. Denn dein Unterschied hat deine Steine und dein Gold nur deshalb gestohlen, weil er so lange bei einem Manne nichts stehlen konnte.« Die Frau des Muezzins sagte: »Nun eile dich, und suche noch nach der Halskette!« Der Mekkapilger kam der Aufforderung wiederum nach und überreichte der jungen Frau diesmal den Halsschmuck.

So hatte die junge Frau denn allen ihren Schmuck wiedererhalten, und der Mekkapilger hätte nun ohne weiteres mit der Frau des Muezzins weiterreisen können. Nachdem beide sich aber noch ein wenig an Speise und Wein gestärkt hatten, sagte die Frau des Muezzins: »Höre, du freundlicher Mann! Vor einiger Zeit wurde im Hause meines Vaters ein Ring vermißt. Es scheint mir nun wohl möglich, daß mein Unterschied der Dieb auch dieses Gegenstandes ist. Ich wäre dir also sehr dankbar, wenn du ganz hinten einmal danach suchen wolltest!« Der Mekkapilger, dem der Wein auch noch mehr Freude an der annehmlichen Tätigkeit erweckt hatte, sagte: »Gewiß, du freundliche Herrin eines räuberischen Unterschiedes! Dieses soll sogleich geschehen!«

Der Mekkapilger begann die Untersuchung also zum vierten Male, und zwar betrieb er sie nunmehr so weitgehend und energisch, daß zum Abschluß die Frau des Muezzins einen Wind streichen lassen mußte. Der Mekkapilger, der sowieso an der Grenze aller Kräfte angekommen war, sagte also: »Hörst du? Eben hat dein Unterschied laut geschworen, daß er nun kein gestohlenes Gold und keine gestohlenen Steine mehr verborgen halte.« Damit erhob er sich. Die junge Frau richtete sich auch auf und sagte: »Ich habe es wohl gehört; außerdem spüre ich nun auch, daß die Widerstandskraft meines Unterschiedes gebrochen ist. Ich sage dir Dank!«

Der Mekkapilger und die Frau ruhten sich noch ein wenig aus, und dann machten sich beide auf den Weg und kamen zur guten Zeit wieder in der Stadt an, in der der

Mekkapilger sogleich seine Frau, seine Begleiterin aber ihren Mann, den Muezzin, aufsuchte.

Der Muezzin empfing seine Frau aufs freudigste, und da er nun schon längere Zeit ein sehr zurückgezogenes Leben geführt hatte, so war er doppelt zudringlich in seinen Freudenbezeugungen. Seine Frau wehrte ihn aber ab und sagte: »Unterwegs ist mir eine schlimme Sache widerfahren, an der du schuld bist. Du weißt, daß die Unterschiede der Frauen sehr diebisch sind. Du weißt, daß sie eigentlich nur die Männer bestehlen. Da du mich nun aber so lange allein bei meinen Eltern gelassen hast und ihm so jede Gelegenheit, sein angeborenes Diebsgelüst zu befriedigen, geraubt war, hat er mir nachts alle meine Steine, Silber- und Goldsachen gestohlen, um sich daraus ein steinernes Kind zu bilden, bei dessen Geburt ich dann nachher natürlich gestorben wäre. Dank aber dem freundlichen Mekkapilger, der jedes Schmuckstück eines nach dem andern schnell und mühsam dem Dieb wieder entrissen und ihn zuletzt zu dem Schwur, nichts anderes derartiges gestohlen zu haben, gezwungen hat. Ohne seine unterschiedlichen Bemühungen ginge ich nun, infolge deiner Gleichgültigkeit, dem sicheren Tode entgegen!«

Als der Muezzin das hörte, ging er hinaus und sagte bei sich: »Dieser Mann hat den Tauschhandel anscheinend so gründlich betrieben, daß meine Frau für die nächsten Tage mich wohl kaum freundlich aufnehmen wird.« Der Muezzin ging fort. Er traf unterwegs den Mekkapilger und sagte: »Meine Frau hast du so sicher zurückgebracht, daß ich für deine eingehende Fürsorge nicht dankbar genug sein kann.« Der Mekkapilger sagte: »Wie hätte ich dir sonst die freundliche Nachhilfe, die du mir früher gewidmet hast, danken können!«

Die kluge Hatumata Djaora

Sahel, Soninke

Nach der Zeit gab es in Wagadu eine Frau, die war wunderbar schön. Sie war noch schöner als Sia Jatta Bari und hieß: Hatumata Djaora, denn sie war aus der Familie der Djaora. Sie war die Schönste im ganzen Lande, und ihr Vater sagte: »Ich will nicht, daß du je einen Mann heiratest, den du nicht selbst gewählt hast. Ich werde dir keinen Mann aufdrängen. Dein Wille ist frei!« Hatumata sagte: »Wenn ein Mann reich ist, wenn er viele Pferde und Herden hat, so werde ich ihn deswegen nicht heiraten, denn ich liebe nicht die reichen, ich liebe nur die klugen Männer.« Der Vater richtete für Hatumata ein großes Gehöft ein, darin lebte sie mit ihrer Mutter. Das Gehöft hatte drei Torhäuser. In jedem Torhaus waren einige Gefangene und ein Hund als Wächter.

Es kamen nun viele Leute, die um Hatumata warben, da sie so schön war. Wer einen Ochsen hatte, der bot einen Ochsen, wer zwei Ochsen hatte, der bot zwei Ochsen, wer zehn Ochsen hatte, der bot zehn Ochsen, wer zwanzig Ochsen hatte, der bot zwanzig Ochsen. Hatumata antwortete aber: »Ich heirate nicht nach Ochsen, sondern ich heirate nach dem Kopfe, nach der Klugheit eines Mannes.« Der Vater hatte einen alten Hörigen, der hieß Alanj. Bei dem mußten alle Leute absteigen, die sich um Hatumata bewarben. Es kamen viele Leute. Es kamen auch einmal Leute aus Segu. Der Vater Hatumatas sagte: »Wohnt bei Alanj, meine Tochter wird euch Essen senden.« Hatumata sandte mit dem Essen einen kleinen Hörigen. Sie sagte zu dem Hörigen: »Achte genau darauf, wie die Leute essen, was ich ihnen sende. Achte darauf, was sie sprechen. Nachher trage die leeren Kalebassen fort und bringe sie mir.« Hatumata sandte als Essen eine Schüssel mit Brei und legte darauf ein Stück Knochen mit wenig Fleisch und vier rote Kolanüsse. Der kleine Hörige ging hinüber und brachte das Essen hin. Er setzte sich zur Seite nieder. Die Fremden griffen, ohne etwas zu sagen, in die Schüssel und aßen alles auf. Der kleine Hörige kam dann herbei, ergriff die leeren Kalebassen und brachte sie seiner Herrin. Hatumata fragte: »Wie ist es verlaufen?« Der kleine Hörige sagte: »Sie haben, ohne ein Wort zu sagen, alles aufgegessen.« Hatumata sagte: »Bestelle den Leuten, sie sollten sogleich wieder abreisen. Mit solchen Leuten habe ich gar nichts zu tun.« Der Knabe bestellte es. Die Leute gingen von dannen. So verlief es mit sehr vielen Leuten. Hatumata antwortete jedesmal: »Solche Leute heirate ich nicht.«

Im Lande Wagadu war ein Mann, der hieß Kide Djaora, stammte also aus der gleichen Sippe wie Hatumata. Kide sagte: »Wenn Hatumata sagt, sie heirate nicht nach Ochsen, sondern nach dem Kopfe und der Klugheit, dann will ich einmal versuchen, ob es mir gelingt, sie zum Weibe zu erhalten, dann wird das wohl kaum einem anderen besser gelingen als mir.« Er machte sich mit einem alten und einem jungen Begleiter auf den Weg und langte in der Hauptstadt an. Er kam zu dem Vater Hatumatas. Er sagte: »Ich möchte deine Tochter heiraten.« Der Vater sagte: »Geh und schlafe bei meinem alten Hörigen Alanj. Meine Tochter wird dir das Essen senden.« Die drei Leute stiegen also ebenfalls bei Alanj ab.

Hatumata stellte inzwischen den Brei her, legte vier rote Kolanüsse und einen Knochen mit wenig Fleisch darauf und sagte zu dem kleinen Hörigen: »Bringe das zu Kide und seinen Begleitern. Merke sehr wohl auf, wie sie das essen, und berichte mir, wenn du die Kalebassen zurückbringst, ganz genau.« Der kleine Hörige brachte das Essen in das Haus Alanjs zu den drei Gästen und merkte genau auf, was sich ereignen würde. Kide sah auf die Schüssel. Er nahm den Knochen mit dem wenigen Fleisch, legte ihn beiseite und sagte: »Vielleicht gibt es da, wo die Kalebassen wieder hingehen, jemand, der danach Hunger hat.« Dann nahm er die vier roten Kolanüsse beiseite und begann den Brei mit den Kameraden zu essen. Endlich legte er die roten Kolanüsse wieder in die leere Kalebasse und ließ sie durch den kleinen Sklaven zu Hatumata zurücktragen. Hatumata nahm die Kalebasse mit den vier roten Kolanüssen und fragte: »Wie ist es gegangen?« Der Hörige sagte: »Kide hat den Knochen mit dem wenigen Fleisch zur Seite gelegt und gesagt: ›Vielleicht gibt es da, wo die Kalebassen wieder hingehen, jemand, der danach Hunger hat.‹ Dann legte er die Kola beiseite, aß mit den Kameraden den Brei und legte die roten Kolanüsse wieder in die Kalebasse.« Hatumata sagte: »Kide kann bis morgen bleiben. Das sind andere Leute.« Der kleine Sklave ging zu den drei Männern hin und sagte: »Ihr könnt bis morgen bleiben.«

Am anderen Tage sandte Hatumata eine Schüssel mit Brei, auf dem zwei rote Kolanüsse, zwei weiße Kolanüsse und ein Knochen mit wenig Fleisch lagen. Kide betrachtete das Gericht. Er legte den Knochen mit dem Fleisch beiseite und sagte: »Vielleicht gibt es da, wo die Kalebassen wieder hingehen, noch jemand, der danach Hunger hat.« Alsdann legte er auch die roten Kolanüsse beiseite und aß den Rest der Schüssel mit den beiden weißen Kolanüssen auf. Zuletzt legte er die roten Kolanüsse wieder in die Kalebassen und sandte die leeren Schüsseln an Hatumata zurück. Hatumata nahm die Kalebassen mit den zwei roten Kolanüssen und fragte: »Wie ist es gegangen?« Der Hörige sagte: »Kide hat den Knochen mit dem Fleisch beiseite gelegt und gesagt: ›Vielleicht gibt es da, wo die Kalebassen hingehen, noch jemand, der danach Hunger hat.‹ Alsdann legte er die roten Kolanüsse beiseite, aß mit den Kameraden die weißen und den Brei auf und schickte die leeren Kalebassen mit den roten Kolanüssen wieder zurück.« Hatumata sagte: »Kide kann bis morgen bleiben. Das ist ein anderer Mann.«

Am dritten Tage sandte Hatumata ein Gericht von Brei, darauf hatte sie gelegt: vier weiße Kolanüsse, einen Knochen mit wenig Fleisch daran, einen Strohhalm, einen Baumwollsamen, einen Tommonokern. Außerdem war der Korbdeckel so darauf gelegt, daß nur die Hälfte des Inhaltes bedeckt war. Als Hatumata die Speise fortgesandt hatte, sagte sie zu ihren Leuten: »Macht mein Zimmer und mein Bett recht in Ordnung, denn heute kann sich vielleicht etwas ereignen.« Inzwischen kamen die Schüsseln mit den Speisen zu Kide. Kide nahm den Knochen herunter, legte ihn beiseite und sagte: »Vielleicht gibt es da, wo die Kalebassen wieder hingehen, noch jemand, der danach Hunger hat.« Dann nahm er Strohhalm, Baumwollsamen und Tommonokern weg, steckte sie in die Tasche und sagte: »Heute wollen wir alle Kolanüsse und den Brei essen.« Er aß alles auf und gab die gänzlich leeren Kalebassen dem Knaben zurück. Der kleine Hörige brachte sie zu Hatumata. Hatumata fragte: »Wie ist es abgelaufen?« Der kleine Hörige sagte: »Kide hat den Knochen genommen und beiseite gelegt. Dazu sagte er: ›Vielleicht gibt es da, wo die Kalebassen wieder hingehen, noch jemand, der danach Hunger hat.‹ – Dann hat er Strohhalm, Baumwollsamen und Tommonokern in die Tasche gesteckt und gesagt: ›Heute wollen wir alles aufessen, den Brei und die Kolanüsse.‹ – Sie haben alles gegessen und mir die leeren Schüsseln wiedergegeben.« Hatumata sagte: »Das ist der rechte Mann, richtet mein Schlafzimmer und mein Bett gut her.« Alsdann ging Hatumata zu den Sklaven, die an den Toren Wache hielten, gab ihnen einen Hammel und sagte: »Diese Nacht braucht ihr nicht zu wachen. Nehmt diesen Hammel, eßt ihn und macht euch irgendwo anders eine vergnügte Nacht.« Dann sagte sie zu ihrem Sklaven: »Bringe mir einen weißen großen Baumwollsamen!« Der Knabe brachte ihn. Als es Abend war, legten sie den Baumwollsamen vor die Türe und legten statt der Holztür eine Strohmatte in die Türöffnung, die aber den Eingang nur zur Hälfte schloß.

Gegen Mitternacht erhob sich Kide im Hause Alanjs, weckte seine beiden Kameraden und sagte: »Wacht auf!« Die beiden Kameraden erhoben sich. Der Alte sagte: »Was gibt es?« Kide sagte: »Heute nacht noch will ich hingehen und mich verheiraten.« Der Alte fragte: »Welche Frau willst du heiraten?« Kide sagte: »Ich will Hatumata heiraten.« Der Alte sagte: »Was sind das alles für Sachen. Alle anderen Leute dürfen nur einen Tag hierbleiben. Du aber bist schon drei Tage hier. Nun sagst du auch noch, daß du Hatumata in dieser Nacht heiraten willst.« Kide sagte: »Hatumata gefällt mir eben.« Der Alte fragte: »Sollen wir anderen wachen?« Kide sagte: »Nein, das braucht ihr nicht.« Der Alte sagte: »Dann will ich mir einen anderen Platz suchen. Die Sache scheint mir doch recht gewagt zu sein.« Der Alte verließ darauf das Haus Alanjs, ging zu einem anderen Bekannten und sagte: »Kide will heute Hatumata beschlafen. Ich komme zu dir, damit du mir nachher bestätigen kannst, daß ich nichts mit diesen Sachen zu tun hatte, wenn ich auch mit Kide gekommen bin.« Der Alte blieb da.

Kide machte sich auf den Weg. Im ersten Torhause waren keine Wächter, aber ein Hund. Der Hund wollte ihn anfallen, da warf er einen der drei Knochen hin. Der Hund war zufrieden. Im zweiten Torwege waren wieder keine Wächter, aber ein Hund. Der Hund wollte ihn anfallen, da warf er einen Knochen hin. Der Hund war zufrieden. Im dritten Torhause waren abermals keine Wächter, aber ein Hund. Der Hund wollte ihn anfallen. Er warf ihm den dritten Knochen hin. Hinter dem Torwege teilte sich der Weg, der eine führte nach rechts, der andere nach links. Kide sah scharf hin. Auf dem linken Wege lagen Tommonokerne. Er zog den Kern, den er von der dritten Schüssel genommen hatte, aus der Tasche, legte ihn vergleichend neben den Haufen von Tommonokernen und wählte diesen linken Weg. Danach betrat er einen Platz, an dem lagen vier Häuser mit vier Türen in einer Linie. Er bemerkte, daß drei der Häuser mit Holztüren, das vierte aber mit einer Rohrplatte halb geschlossen war. Vor der Strohtür lag ein weiß leuchtender Baumwollsamen. Kide nahm den Baumwollsamen und das Strohstückchen, welche beiden Sachen er von der Speise Hatumatas genommen hatte, aus der Tasche, legte den Baumwollsamen vergleichend neben den weißen Flocken am Boden, das Strohstück neben die Tür.

Danach trat er in die halb geöffnete Tür. In diesem Augenblick streckte sich Hatumata derart, daß der vorgehängte Stoff in den Schnüren riß und herunterfiel. Kide trat zu ihr. Hatumata sagte: »Was willst du hier?« Kide sagte: »Du gefällst mir.« Hatumata fragte: »Wie kommst du her?« Kide sagte: »Du sandtest mir am ersten Tage ein Gericht mit vier roten Kolanüssen. Man fügt sonst nicht zum Brei Kolanüsse. Es mußte mir dies um so mehr auffallen, als alle vier rot waren und daß daneben ein Knochen mit allzu wenig Fleisch für einen Menschen lag. Ich schloß daraus, daß ich nicht zu dir kommen dürfe, weil du die Regel hast, denn alle vier Kola waren von der roten Art. Der Knochen mußte aber bestimmt sein für den Hund, der in deinem Torwege lag. Am zweiten Tag sandtest du mir zwei rote, zwei weiße Kolanüsse – also war deine Regel schon nahe dem Ende. Dann war da ein zweiter Knochen, der mir anzeigte, daß im zweiten Torhofe ein zweiter

Hund zu überwinden war. Am dritten Tage erhielt ich vier weiße Kolanüsse und wußte, daß deine Krankheit beendet war. Ich fand außerdem den Deckel über der Speise nur halb geschlossen und mußte annehmen, daß du deine Tür nur halb geschlossen hättest und mich in der Nacht erwartetest. Aus dem Knochen schloß ich, daß ich noch einen Torweg durchschreiten müßte, in dem abermals ein Hund liege. Der Strohhalm, Tommonokern und Baumwollsamen mußten mir irgendwelche Angaben über den Weg zu bieten haben, und somit steckte ich sie in die Tasche. Nachts machte ich mich auf den Weg. Wie ich angenommen hatte, lagen drei Torweghäuser hintereinander, in deren jedem ein Hund zu beruhigen war. Ich gab die drei Knochen und war nicht in Versuchung, den richtigen Weg nach rechts und links zu verlassen. Nach den drei Torhäusern teilte sich der Weg. Ich fand aber sogleich die rechte Straße, denn links lagen Tommonokerne. Weiterhin kam ich an einen Platz, an dem vier Häuser waren mit Holztüren geschlossen, nur eine mit einer Strohplatte. Hier mußtest du wohnen und auf mich warten, denn einmal hattest du mir einen Strohhalm gesandt, zum zweiten einen Baumwollflocken, wie auch ein solcher durch die Nacht vor deiner Tür leuchtete, und endlich war die Strohtür nur halb geschlossen, gleich wie die Speise heute nur zur Hälfte bedeckt war. Also sagte ich mir, daß ich eintreten dürfte. Daß ich alles recht verstanden habe, erkannte ich daran, daß, als ich eintrat, du dich so lang strecktest, daß die Schnüre deines Vorhanges rissen und er herabfiel, so daß du jetzt in deiner Schönheit mich begrüßt.«

Da sagte Hatumata Djaora: »Komm!«

In dieser Nacht beschlief Kide Hatumata. Am anderen Morgen brach er auf und sagte zu seinem Weibe: »Ich will in mein Dorf gehen und meinem Vater erzählen, daß ich geheiratet habe. Dann komme ich, wenn sonst nichts geschieht, wieder.« Er nahm Abschied und machte sich auf den Weg. – Die wohlhabenden Leute von Wagadu waren darüber wütend, daß Kide, der nicht einmal aus der Hauptstadt war, Hatumata Djaora erlangt hatte, und beschlossen, sich hierfür zu rächen. Sie hörten, daß sich Kide aufmachte, um heimzukehren und seinem Vater die Nachricht von seiner Heirat zu bringen. So machten sich denn sieben bewaffnete Leute auf den Weg, um ihn irgendwo abzufangen und zu töten. Sie versteckten sich im Busch.

Nach einiger Zeit kam Kide. Die sieben Männer umringten ihn und sagten: »Wir wollen dich töten. Wie kannst du es wagen, die Frau zu nehmen, die wir alle nicht zu erreichen vermochten; wir werden dich töten!« Kide sah wohl, daß er sterben müsse; er sagte jedoch: »Ich will euch sagen, wie ihr das Gold erhalten könnt, das ich bei Hatumata zurückließ.«

Die Mörder sagten: »Rede!« Kide sagte: »Sagt zu meinem Weibe Hatumata, ich hätte euch gesandt, damit ihr euch von ihr das Geld geben laßt, das unter ihrem Bette liegt und von meinem Kopfe bis zu meinen Füßen reichte. Wenn sie euch dann nicht glauben sollte und euch um weitere Erkennungszeichen angeht, so sagt: ›Vom Morgen bis zum Abend sei der Kamerad mit den langen Hosen bei mir, vom Abend bis zum Morgen sei der alte Kamerad mit dem vorgestreckten Kopfe bei mir und ich erwarte den Kamerad ohne Füße und Hände.‹ Wenn ihr das Hatumata sagt, so wird sie meine Absicht genau erkennen und wird dafür sorgen, daß ihr das Geld erhaltet, das ich euch schulde.«

Die Mörder sagten: »Wir wissen nun, wie wir dein Geld erhalten werden. Du aber mußt nun doch sterben!« Darauf töteten ihn die sieben Mörder.

Alsbald kehrten die sieben Mörder in die Stadt zurück und gingen zu Hatumata. Sie kamen an das Gehöft Hatumatas und sagten: »Wir haben eine Nachricht Kide Djaoras an Hatumata Djaora zu bestellen.« Der Bote ging hinein und rief sie dann in den Hof. Hatumata erwartete sie und fragte: »Was läßt mir mein Mann sagen?« Die sieben Mörder antworteten: »Dein Mann läßt dir sagen, du sollest uns sein Gold geben, das er unter deinem Bette gelassen habe und das von seinem Kopfe bis zu seinen Füßen reiche.« Hatumata sagte: »Wartet, ich will meinen Vater rufen, damit er Zeuge dafür sei, daß ich nichts Unrechtes tue, indem ich die Botschaft ausführe.« Die sieben Mörder warteten. Der Vater Hatumatas ward gerufen. Er kam mit seinen Sklaven in den Hof.

Hatumata sagte: »Nun wiederholt die ganze Botschaft, die mein Mann euch aufgetragen hat.« Die sieben Mörder wiederholten Kides Rede und sagten: »Dein Mann hat uns gesagt: ›Sagt zu meinem Weibe Hatumata, ich hätte euch gesandt, damit sie euch das Gold gebe, das unter ihrem Bette liegt und von meinem Kopfe bis zu meinen Füßen reiche. Wenn sie euch nicht glauben sollte und euch um weitere Erkennungszeichen angeht, so sagt: vom Morgen bis zum Abend sei der Kamerad mit den langen Hosen bei mir, vom Abend bis zum Morgen sei der alte Kamerad mit dem vorgestreckten Kopf bei mir und ich erwarte den Kameraden ohne Füße und Hände. Wenn ihr das Hatumata sagt, so wird sie meine Absicht genau erkennen und wird dafür sorgen, daß ihr das Gold erhaltet, das ich euch schulde.‹ Das hat dein Mann uns gesagt. Nun gib uns das Gold.«

Hatumata sagte: »Mein Vater, du hast alles gehört. Du kennst diese Männer. Es sind Leute, die sich um meinen Besitz beworben haben, aber abgewiesen wurden. Sie konnten also mit Kide, den sie beneiden mußten, nichts

Gutes vorhaben und können ihm auch schwerlich einen Dienst erwiesen haben, den er mit vielem Gold lohnen müßte. Kide hat kein Gold zurückgelassen. Die Bestellung, die er mir aus dem Busch durch diese Leute hat zukommen lassen, hat einen anderen Sinn. Das Gold, das von seinem Kopfe bis zu seinen Füßen reichte, ist das Blut, das den Überfallenen vom Kopfe bis zu den Füßen überströmte. Der Kamerad, der vom Morgen bis zum Abend bei ihm ist, der Kamerad mit den langen Hosen, ist der Geier, dessen Federn bis auf die Klauen herabreichen. Er hackt an seinem Leibe tagsüber. Der Kamerad, der vom Abend bis zum Morgen bei ihm weilt, der alte Kamerad mit dem vorgestreckten Kopfe, das ist der Schakal, der nachts über an ihm zerrt. Der Kamerad, den er erwartet, der Kamerad ohne Füße und Hände, das sind die Würmer, die den Leichnam aufsuchen werden, um ihn zu vernichten. Die Absicht Kides ist vollkommen klar, wenn er sagt, daß diese sieben Mörder das Gold erhalten sollen, das Kide ihnen schulde, so heißt das, daß ich ihr Blut ebenso vergieße, wie sie das Kides vergossen haben. Das ist das Gold, das ich ihnen geben werde. Vorher aber wollen wir auf dem Wege nach dem Dorfe von Kides Vater die Tat feststellen, Kides Leichnam suchen und ihn bestatten. Denn er war ein kluger Mann, der eine ehrliche Bestattung erfahren muß.«

Die Hörigen des Vaters Hatumatas fesselten die sieben Mörder. Man suchte und fand den Leichnam Kides. Man bestattete Kide und ließ über seinem Grabhügel das Blut der sieben Mörder fließen.

Seitdem das geschehen ist, sollte niemand danach trachten, eine reiche Heirat zu machen, sondern jeder sollte danach sehen, eine kluge Frau oder einen klugen Mann zu ehelichen.

Die Freunde

Sahel, Gindo

In Sadia lebte der König Anko Gindo. Anko Gindo hatte siebzig Frauen. Aber keine dieser Frauen ward schwanger. Von allen diesen siebzig Frauen bekam er kein Kind. Darauf nahm er eine Urussufrau, und diese ward auch sogleich schwanger. Am selben Tage wie die junge Frau des Königs Anko gebar auch die Frau des Spielmanns des Königs, und so waren Königssohn und Spielmannssohn gleich alt. Der Königssohn erhielt den Namen Badju. Der Spielmannssohn erhielt den Namen Gimmile. Gimmile war von dem Stamme der Drami.

Da Badju Gindo und Gimmile Drami am gleichen Tage geboren waren, ließ der König sie auf einen hohen Turm an der Verteidigungsmauer bringen und dort oben ihnen einen Wohnplatz herrichten. Wenn die kleinen Kinder schrien und genährt werden mußten, mußten die Mütter immer auf den Turm steigen und nachher ihn wieder verlassen. Und das blieb so, bis die Kinder nicht mehr die Mutterbrust nahmen und auch nachher. Die beiden Kinder kamen nie zur Erde herab, sie mußten immer oben bleiben und sahen die Erde und das Leben auf der Erde nicht anders als von ihrem Turme aus. Und das wurde nicht anders, als bis sie erwachsen waren. Als sie erwachsen waren, durfte Gimmile zuerst einmal heruntersteigen. Er ging herab, und da sah er eine junge Frau des Königs, die war sehr schön. Sowie er sie sah, hatte er sie lieb. Es war aber eine Frau des Königs. Da wurde er traurig, stieg wieder auf den Turm zu Badju, band sich ein Tuch um den Kopf und legte sich in eine Ecke. Badju sagte: »Was ist dir, mein

Gimmile?« Gimmile sagte: »Mir ist nichts Besonderes. Ich habe Kopfschmerzen.« Badju sagte: »Wenn mein Gimmile Kopfschmerzen hat, habe ich auch Kopfschmerzen.« Er band sich ein Tuch um den Kopf. Badju und Gimmile waren so gute Freunde, daß sie nicht anders konnten, als alles miteinander zu teilen.

Nachher kam eine Frau mit dem Essen für die beiden auf den Turm. Beide Jünglinge lagen mit ihren verbundenen Köpfen nach der Wand zu und wandten sich gar nicht um. Badju sagte: »Nimm das Essen nur wieder mit, wir sind krank und wollen nichts haben. Badju und Gimmile sind krank.« Die Frau nahm das Essen wieder mit herab, gab es der Mutter Badjus und sagte: »Badju und Gimmile sind krank. Sie wollen nichts essen.« Badjus Mutter nahm darauf die Schüsseln und stieg auf den Turm. Sie sagte zu Badju: »Mein Badju, was fehlt dir?« Badju sagte: »Gimmile ging auf die Erde herab und kam dann mit Kopfschmerzen zurück. Du weißt, daß keiner von uns beiden etwas haben kann ohne den anderen! Nun habe ich auch Kopfschmerzen.« Die Mutter sagte: »So iß doch.« Badju sagte: »Ich kann nicht. Ich habe Kopfschmerzen. Gimmile ißt nicht. Da kann ich auch nicht essen.« Die Mutter Badjus ging.

Als die Mutter Badjus gegangen war, wandte sich Badju an Gimmile und sagte: »Mein Gimmile, wir sind in der gleichen Stunde geboren. Wir haben das Leben bisher auf diesem Turme verbracht. Nie sah einer etwas ohne den anderen. Warum willst du mir heute nicht sagen, was du hast!« Gimmile sagte: »Ich will es dir sagen, mein Badju. Als ich in den Hof herabkam, sah ich eine schöne junge Frau. Ich habe diese Frau sogleich über alles liebgewonnen, aber ich kann sie nicht gewinnen, denn die junge Frau ist eine Frau des Königs, deines Vaters!« Badju sagte: »Weiter ist es nichts? Das werde ich bald geregelt haben. Weiter ist es nichts?« Gimmile sagte: »Nein, weiter ist es nichts.« Badju sagte: »So binde das Stirntuch ab!«

Auch Badju stieg vom Turme in den Hof. Badju suchte die kleine junge Frau seines Vaters, des Königs, und sagte zu ihr: »Gestern kam mein Freund Gimmile vom Turme herab auf die Erde. Er hat dich gesehen und hat sich in dich verliebt. Gimmile weiß, daß du die kleine Frau meines Vaters, des Königs, bist. Aber Gimmile wird sterben, wenn er dich nicht erwerben kann. Tu ihm das nicht an.« Die junge Frau sagte: »Ich kann mir das wohl denken, denn ich sah ihn gestern auch zum ersten Male und habe ihn auch liebgewonnen. Ich sehe dich ja auch heute zum ersten Male. Sage Gimmile, er solle zu mir kommen, aber nicht am Tage, sondern nachts. Und er solle nicht kommen vor Mitternacht. Er solle auf die Felldecke sehen, die vor meinem Hause ist. Wenn auf der Decke zwei Kolanüsse liegen, soll er nicht hineinkommen, dann ist der König bei mir und ich bin also nicht allein. Dann soll er wieder fortgehen. Wenn er aber nur eine Kolanuß auf der Decke findet, soll er getrost hineinkommen. Dann bin ich allein und erwarte ihn.« Badju sagte: »Es ist gut.«

Badju ging auf den Turm zurück und sagte das alles Gimmile. Gimmile sagte: »Ich danke dir.« Als es Mitternacht vorbei war, ging Gimmile herab und suchte das Haus der jungen Frau auf. Er fand auf der Felldecke vor der Tür nur eine Kola. Er ging hinein. – Nun wanderte er alle Tage vom Turme herab. Fand er nur eine Kolanuß auf der Felldecke vor der Türe, so ging er hinein, und fand er zwei Kolanüsse auf der Felldecke vor der Tür, so kehrte er auf seinen Turm zurück.

Eines Tages hatte die junge Frau wieder zwei Kolanüsse auf die Felldecke vor dem Hause gelegt. Der König war bei ihr. Es entstand aber ein Wind, und der rollte eine der beiden Nüsse zur Seite. Nach einiger Zeit kam Gimmile und schaute auf die Felldecke. Er fand nur eine Kolanuß. Er trat in das Haus ein. Er ging auf das Lager der Frau zu. Er strich mit der Hand über das Lager. Aber eine starke Männerhand packte nach seiner Hand. Es war die Hand des Königs. Die Hand des Königs griff nach dem Ring, der auf dem kleinen Finger Gimmiles steckte. Gimmile zog die Hand schnell fort. Der Ring blieb in der Hand des Königs. Gimmile entfloh aus dem Hause auf den Turm. Auf dem Turme erzählte er alles Badju. Badju sagte: »Laß nur, ich werde das in Ordnung bringen.«

Am anderen Morgen, in aller Frühe, ging Badju zum Aufseher der Urussu und fragte: »Wo ist hier in der Nähe eine Löwin mit Jungen?« Der Urussuaufseher sagte: »Ich weiß es nicht, aber ich will den Hirten fragen. Der muß es wissen.« Der Hirt ward gerufen. Badju fragte: »Weißt du, wo in der Nähe eine Löwin mit Jungen ist?« Der Hirt sagte: »Ja, das weiß ich.« Badju sagte: »So führe mich hin.« Der Hirt führte Badju dorthin. Er sagte: »In diesem Buschwerk ist die Löwin mit ihren Jungen.« Badju ging in den Busch hinein. Die alte Löwin war fort, nur die Jungen waren da. Es waren vier Junge. Badju nahm sie. Er gab zwei Junge dem Hirten zu tragen. Zwei Junge trug er selbst. Dann machte er sich auf den Weg und brachte sie in seinen Turm.

Der König Anko ließ am Tage nachdem er Gimmile nachts im Hause seiner Frau den Fingerring abgezogen hatte, die öffentliche Trommel schlagen und verkünden, daß sich alle Männer seiner Stadt und der Ortschaften bei ihm zu versammeln hätten. Sie kamen alle zusammen. Als alle Männer gekommen waren, zog er den Fingerring hervor, den er nachts von Gimmiles Hand abgestreift hatte, und suchte den Mann, auf dessen kleinen Finger der Ring paßte. Er suchte den Ring dem ersten Manne aufzuschieben, er kam aber nicht über den Nagel. Er versuchte es beim zweiten. Es ging nicht viel besser. Er versuchte es bei einem nach dem anderen. Es gelang ihm bei keinem. Der König sagte selbst: »Es kann keiner dieser Leute gewesen sein.«

Darauf ging der König in sein Haus und dachte nach. Er hatte nun alle seine Leute kommen lassen. Der Ring hatte auf keine Hand gepaßt. Da fiel ihm ein: »Ich habe ja noch meine beiden Burschen oben im Turme.« Er rief eine Frau und sagte: »Rufe mir doch Badju und Gimmile.« Die Frau ging und brachte Badju und Gimmile herein. Der König nahm den Fingerring und setzte ihn Gimmile auf den kleinen Finger. Er paßte. Der König fragte: »Ist dies dein Ring?« Gimmile sagte: »Gewiß ist das mein Ring.« Der König fragte: »Warst du in dieser Nacht bei mir, als ich bei meiner Frau war?« Gimmile sagte: »Ja, ich war in dieser Nacht bei dir, als du bei deiner Frau warst. Da hast du mir den Ring genommen.«

Badju sagte: »Darf ich dir erzählen, mein Vater, wie dies kam?« Der König sagte: »Sprich!« Badju sagte: »In der vorigen Nacht stritten wir uns darum, wer von uns beiden den Mut habe, etwas Ordentliches zu wagen. Ich sagte: ›Es ist das gefährlichste, die Jungen der Löwin aus dem Busch zu holen.‹ Gimmile sagte: ›Es ist gefährlicher, den König nachts zu besuchen, wenn er bei seiner Frau liegt.‹ – Wir stritten nur deswegen, was gefährlicher wäre, und beschlossen, daß jeder seine Sache ausführen solle. Somit war Gimmile gestern nacht bei dir, als du bei deiner Frau warst, und ich war heute morgen im Busch, um die Löwin zu besuchen.« Der König sagte: »Den Ring Gimmiles habe ich hier. Und hast du nun die jungen Löwen geholt?« Badju sagte: »Sie sind oben auf dem Turme.« Der König sagte zu seinen Leuten: »Geht auf den Turm, und holt die jungen Löwen.« Die Leute gingen und brachten sie. Der König betrachtete sie und war sehr zufrieden. Er gab jedem der beiden Freunde eine junge Frau.

Seitdem sind die Habbe mit ihren Spielleuten ausgezeichnete Freunde. Es sind große Freundschaften. Aber wenn die Spielleute die Habbe besuchen, gehen sie nicht mehr in das Haus, sondern sie warten vor der Tür.

Nkolle

Kassaiden, Bassonge, Bena Ki

Der Jäger. – In alter, alter Zeit war einmal ein Mann, der hieß Nkolle. Er ging mit zwei Hunden in den Wald. Im Walde traf er eine Gulungwe, eine Antilope. Einer der Hunde setzte sogleich hinter ihr her. Nkolle kam zum Schuß. Nkolle tötete die Gulungwe. Die Gulungwe lag am Boden. Nkolle hatte vorn ein Fell und hinten ein Fell als Schurz. Über der Schulter hatte Nkolle einen Fellbeutel. Nkolle begann die Gulungwe zu zerschneiden. Er zerschnitt die Gulungwe.

Nkolle hatte die Antilope zerschnitten. Es kamen zwei Menschen aus dem Walde. Nkolle sah sehr wohl, daß es keine Männer waren. Sie waren ganz nackend. Sie hatten gar nichts an. Sie hatten vorn zwei Bibumbi. Nkolle sah auch die andern Körperteile. Nkolle hatte seine Gulungwe zerschnitten. Er steckte alles Fleisch in den Sack. Er machte sich daran fortzugehen.

Die beiden Menschen waren Frauen. Sie sahen mit Erstaunen auf den Menschen, der hinten und vorn Felle hatte. Sie sahen den Fellsack. Sie sahen das Fleisch der Antilope und sagten: »Was hast du da?« Nkolle sagte: »Es ist Fleisch von der Gulungwe.« Die Frauen wollten es haben. Nkolle sagte: »Ich muß es zum Essen haben.« Die Frauen fragten: »Was machst du damit?« Nkolle sagte: »Ich esse es roh.« Die Frauen sagten: »Wenn du uns ein Stück Fleisch gibst, so geben wir dir das Feuer.« Er gab den Frauen ein Stück Fleisch. Die Frauen sagten: »Komm morgen wieder an diesen Platz, dann werden wir dir das Feuer geben.«

Nkolle ging am andern Tage wieder in den Wald zurück. Er traf nur eine Frau. Die Frau fragte: »Warum sind nicht mehr Männer gekommen? Gibt es denn nur einen von deiner Art?« Nkolle antwortete: »Es gibt deren viele.« Die Frau fragte: »Warum sind sie denn nicht mitgekommen?« Nkolle sagte: »Ich habe den andern Männern erzählt, daß ich Menschen mit zwei Bibumbi gesehen habe.« Die Männer haben mir gesagt: »Du lügst!« Nkolle ging mit der Frau darauf ein wenig im Walde hin. Sie kamen an einen Platz, auf dem saßen lauter Menschen mit Bibumbi, und alle waren nackt. Es waren große, es waren kleine, es waren dicke, es waren dünne. In der Mitte war ein großes Feuer. Alle die Bibumbimenschen sagten zu Nkolle: »Guten Tag!« Nkolle sah, daß alle Frauen ganz nackt waren. Er sah, daß ihre Haut ganz glatt und kein Haar auf der Haut war. Da dachte er: »Die sind ganz glatt und haben kein Haar auf der Haut; das kommt vom Feuer. Wir haben kein Feuer, wir haben Haare auf der Haut und frieren. Sie haben warm!«

Die Frau brachte einen Stuhl für Nkolle. Der Sitz war ganz aus Kräutern. Nkolle setzte sich auf die Kräuter. Er saß ganz nah am Feuer. Nkolle ward ganz warm. Er sah in das Feuer. Da lag das Fleischstück, das er gestern der Frau gegeben hatte. Nkolle sagte: »Ich esse alle Tage mein Fleisch roh. Die Bibumbimenschen verstehen besser, es zuzubereiten. Das muß gut sein!« Er nahm alles Fleisch, das in seinem Schultersack war. Er gab es den Frauen, damit sie es zubereiteten. Die Frauen bereiteten es. Die Frau nahm den Sack von seiner Schulter, breitete ihn am Boden aus, legte das bereitete Fleisch darauf und sagte: »Iß und du wirst gut werden!«

Die Frau fragte wieder: »Weshalb kommst du nicht mit den andern?« Nkolle sagte: »Gebt mir von dem zubereiteten Fleisch! Steckt es in meinen Schultersack. Ich will es mit in mein Dorf nehmen, und es werden viele Männer kommen.« Nkolle nahm das Fleisch, steckte es in den Sack und ging in sein Dorf. Er rief alle Leute zusammen und sagte: »Ihr sagtet mir, daß ich gelogen habe; nun werde ich euch zeigen, ob ich gelogen habe!« Nkolle sagte: »Bringt mir euer Fleisch herbei!« Die Leute kamen mit ihrem Fleisch. Das Fleisch war roh, das Fleisch war schwarz, das Fleisch war alt und stank. Nkolle nahm das Fleisch, das die Frauen zubereitet hatten, aus dem Sacke und sagte: »Seht meines.« Das Fleisch war braun und duftete sehr gut. Alle Männer kamen und rochen daran. Das Fleisch duftete sehr gut. Nkolle sagte: »Seht, das kommt von meinen Bibumbimenschen.« Es rief ein Mann: »Ich will auch hingehen!« Es rief ein dritter Mann: »Ich will auch hingehen!« Sie riefen alle: »Ich will auch hingehen!« Nkolle sagte: »Es ist gut, kommt mit mir. Ich gehe zu den Bibumbimenschen. Ich komme aber nie wieder zurück. Ich bleibe bei den Bibumbimenschen!« Die andern sagten: »Es ist gut!« Nkolle ging voran. Ein Mann nach dem andern kam hinter ihm her.

Alle Männer gingen mit. Sie kamen zu dem Feuer der Frauen. Die Männer sahen erstaunt auf die Frauen. Sie sahen die glatte Haut, sie sahen die Bibumbi, sie sahen, daß sie nackt waren; sie sahen alles. Die Frauen sahen auf die Männer; sie sahen die Fellschürze; sie sahen die Fellsäcke. Jede Frau trat vor einen Mann. Jede Frau kniete vor einem Manne nieder. Jede Frau setzte einem Mann einen Kräutersitz hin. Jeder Mann setzte sich ans Feuer. Jeder Mann gab sein Fleisch der Frau vor ihm. Jede Frau bereitete das

Fleisch. Jede Frau breitete den Sack eines Mannes aus. Jeder Mann nahm das zubereitete Essen. Die Männer wagten erst nicht zu essen. Sie sahen, ob Nkolle äße. Nkolle aß. Die Männer aßen auch. Sie sagten: »Alle Tage war unser Fleisch blutig und schwarz. Alle Tage haben wir schlecht gegessen. Dies Essen ist gut.«

Nach dem Essen sagte Nkolle: »Ich bleibe hier!« Vier von den andern Männern sagten: »Wir bleiben hier!« Fünf Männer blieben im ganzen bei den Frauen. Alle andern Männer kehrten zurück. Nkolle ging in den Busch und schlug Stangen. Die Frauen schauten zu und sagten: »Was wird das?« Nkolle und die Männer sagten: »So machen wir es immer.« Nkolle ging hin und holte Koddi, Lianen. Nkolle baute ein Haus. Die Frauen starrten und sagten: »Was wird das?« Die Männer sagten: »So machen wir es immer.« Als die fünf Hütten fertig waren, nahmen die fünf Frauen der fünf Männer Brände und zündeten im Hause Feuer an. Die Frauen brachten Wasser hinein. Es regnete. Die Frauen sahen, daß die Hütten ein guter Schutz seien, und staunten. Die Frauen sagten: »Das ist sehr gut.« Es war allen sehr wohl. – Denen aber, die in das Männerdorf zurückgekehrt waren, ward nach einigen Tagen das Herz sehr schwer. Sie kamen ebenfalls wieder ins Frauendorf, bauten Hütten und blieben dort.

Nkolle hatte seine Hütte vollendet. Die Frau hatte Feuer, Holz, Wasser hineingetragen. Es ward Abend. Nkolle nahm sein hinteres Fell ab und breitete es nahe dem Feuer aus. Das sollte das Lager für die Frau sein. Er nahm das vordere Fell ab und breitete es zwischen dem Lager der Frau und der Wand aus. Nkolle legte sich nieder und schlief ein. Die Frau legte sich nieder und schlief ein. Morgens krähte der Hahn. Da schwoll das Glied Nkolles, wie dies bei Männern gewöhnlich so ist. Die Frau war erwacht. Sie sah das Glied Nkolles steigen und wußte nun, was das sei. Nkolle aber schlief und wußte es nicht. Die Frau näherte sich nun dem Manne. Der Mann lag schräg auf der Seite. Die Frau tat ihre Beine auseinander und stieg über ihn. Die Frau führte den Penis ein und begann den Beischlaf. Als der erste Beischlaf vollzogen war, stand die Frau auf, ging hinaus und wusch sich. Nkolle fühlte sich aber wie zerschlagen und schlief wieder ein. Die Frau trat wieder herein und fragte: »Nkolle, weshalb schläfst du?« Nkolle sagte: »Ach, ich bin so schlaff.« Am Tage darauf gingen alle Männer zur Jagd. Nkolle war zu erschöpft, um mitzugehen. Die Männer kamen mit Beute von der Jagd zurück. Man bereitete Essen. Sie aßen. Die Frau sagte zu Nkolle: »Wenn die Sonne untergeht und die Hühner ins Haus gehen, dann wollen wir zu Bett gehen, und während der Nacht wollen wir zweimal machen, was wir vorige Nacht einmal gemacht haben.« So sagte die Frau. Sie taten es so. Die Frau war sehr hübsch. Die Frau war sehr schön! Aber nur Nkolle und seine Frau machten es so. Die andern schliefen tschernana, ledig.

Die Frau Nkolles ward stärker. Die Brüste der Frau wuchsen. Die Männer sagten: »Was wird das werden?« Die Frauen sagten: »Was wird das werden?« Nkolle rief alle Männer in seiner Hütte zusammen und sagte: »Wir Männer sind anders als diese Beutelmenschen.« Die Männer sagten: »So ist es!« Nkolle sagte: »Nähert euch nur abends der Frau, und führt euer Glied ein. Das andere macht dann die Frau. Ihr werdet sehen, darauf kommt dann ein anderer Mensch aus eurer Frau. Es wird ein anderer Mensch aus eurer Frau kommen!« – Einer der Leute, die Nkolle in seine Hütte gerufen hatte, um sie zu unterrichten, lief hin zu seiner Frau und führte den Beischlaf aus. Er kam in die Hütte Nkolles zurück: Es waren noch alle Leute beisammen. Der Mann rief: »Bibua bikalabale! – Gut, ausgezeichnet!«

Nkolle hatte die Männer unterrichtet. Die Männer gingen zu den Frauen. Die Männer sagten zu den Frauen: »Warum habt ihr uns das nicht schon lange gesagt?« Die Frauen sagten: »Ja, seid ihr keine Männer?« – Wer nun Schamgefühl hatte, der führte den Beischlaf mit seiner Frau in der Nacht aus. Wer kein Schamgefühl hatte, der tat es bei Tage. Nach einem Monat waren viele schwanger. Nkolles Frau war nur einen Monat schwanger. Dann brachte sie einen Knaben zur Welt. – Das Dorf war in sehr gutem Zustand. Die Frauen waren gesund. Man hatte viel Essen. Die Gesundheit war gut.

Die betrogenen Freier

Kassaiden, Bena Lulua, Baqua Ngandu Mputu

Ein Mann hatte fünf Töchter. Vier Töchter heirateten nach andern Dörfern. Die fünfte Tochter hieß Kampingampenna. Sie blieb bei ihrem Vater. Es kam ein Mann, um sie zu heiraten. Er brachte zehn Ziegen. Der Vater sagte: »Nimm sie und schlafe bei ihr.« Der Mann legte sich abends mit Kampingampenna nieder. Sie schliefen beieinander.

Beim ersten Hahnenschrei erhob sich der Mann. Er sah sich nach Kampingampenna um. Kampingampenna lag tot neben ihm. Der Mann stand auf und floh von dannen. Er ließ die Ziegen zurück. Es floß Wasser aus Kampingampennas Kopf.

Es kam ein anderer Mann und brachte zehn Ziegen. Er schlief bei Kampingampenna, und am Morgen fand er sie tot neben sich. Es floß Wasser aus ihrem Kopf, und er ließ seine Ziegen zurück und floh. Es kam ein anderer Mann und brachte zehn Ziegen. Er schlief bei Kampingampenna, und am Morgen fand er sie tot neben sich. Es floß Wasser aus ihrem Kopf, und er ließ seine Ziegen zurück und floh. Es kam ein anderer Mann und brachte zehn Ziegen. Er schlief bei Kampingampenna, und am Morgen fand er sie tot neben sich. Es floß Wasser aus ihrem Kopf, und er ließ seine Ziegen zurück und floh.

Es kam ein anderer Mann, und der wollte auch Kampingampenna heiraten. Er traf auf dem Wege Kakaschi Kakullu. Der Mann hatte eine Kalebasse bei sich. Kakaschi Kakullu rief: »Gib mir von dem Malafu, Palmwein, zu trinken.« Der Mann gab ihm von dem Malafu. Kakaschi Kakullu sagte: »Du wirst Kampingampenna heiraten, und wenn du morgens aufwachst und hinsiehst, ist sie tot, und es läuft Wasser aus ihrem Kopfe. Die andern Männer sind fortgelaufen. Laufe nicht fort.« Der Mann ging hin.

Der Vater gab dem Manne Kampingampenna und sagte: »Schlafe bei ihr!« Der Mann wachte beim ersten Hahnenschrei auf. Er sah Kampingampenna neben sich, und sie war tot, und Wasser floß aus ihrem Kopfe. Der Mann lief nicht fort. Er blieb da und starb auch. Am Morgen rief der Vater seinen kleinen Sohn und sagte: »Ich höre nichts aus Kampingampennas Hütte; geh hin und sieh nach, was es gibt.« Der Sohn ging hin. Er fand in der Hütte beide tot. Er lief zurück und sagte es dem Vater. Der Vater sagte: »Die andern sind alle fortgelaufen. Der ist klug. Er ist geblieben.« Nach einiger Zeit wachten der Mann und Kampingampenna auf. Sie heirateten sich.

Utschudi

Kassaiden, Batetela, Wakussu

Utschudi, ein Schmied, hatte eine Frau, die hieß Tscheke. Tscheke wollte in das Dorf ihrer Mutter gehen. Utschudi sagte: »Was werdet ihr da machen? Ich weiß alles. Was werdet ihr da reden? Ich weiß alles. Ich arbeite inzwischen am Blasebalg.« Die Frau Tscheke ging. Die Mutter schenkte Tscheke sechs Hühner und einen Korb mit Zenga, Hirse, sowie Dischio, Öl. Tscheke kam zurück. Sie stellte die Sachen in das Haus und ging zur Schmiedehalle zurück. Der Schmied sagte sogleich: »Ich weiß alles. Deine Mutter hat dir sechs Hühner und Hirse und Öl gegeben. Schlachte sogleich drei Hühner, und mache ein gutes Essen.« Am andern Tage ging die Frau wieder zu ihrer Mutter und brachte eine Budi, eine Ziege, mit. Der Mann sagte, ehe er sie noch gesehen: »Du hast eine Ziege mitgebracht.« Die Frau sagte: »Mein Mann weiß immer alles, ehe er es noch gesehen hat.« Am dritten Tage ging Tscheke wieder zu ihrer Mutter und brachte ein Ukoko, ein Schaf, mit. Sie ließ es am Wege zurück und ging in das Dorf. Der Schmied sagte: »Du hast ein Schaf mitgebracht. Ich weiß alles; du hast es am Wege jenseits der Hügel zurückgelassen.«

Tscheke ging zu ihrer Mutter und sagte: »Was soll das sein? Mein Mann weiß immer alles.« Die Mutter sagte: »Man muß dem Mann einmal eine Sache bereiten.« Die Mutter glich ihrer Tochter Tscheke in Gestalt und Gesicht. Sie legte ihr eigenes Kleid ab und das Tschekes an. Sie machte ihre Haare wie Tscheke. Sie legte deren Ringe an. Abends ging sie ins Dorf zu Utschudi. Utschudi sagte: »Du bist lange geblieben. Du hast Essen. Komm, ich weiß alles.« Sie gingen in die Hütte. Der Schmied aß, trank und beschlief die Frau.

Am andern Morgen sagte die Frau neben ihm auf dem Bette: »Draußen steht meine Tochter Tscheke.« Dann rief sie alle Leute und rief: »Dieser Mann weiß alles.« Alle Leute lachten.

Aschi

Kassaiden, Batetela, Wakussu

Der Häuptling Boanjama hatte viele Frauen. Einmal ging er an das Wasser. Er traf am Wasser eine schöne Frau. Er fragte: »Wie heißt du?« Die Frau sagte: »Ich heiße Aschi.« Aschi war viel schöner als alle andern Frauen. Der Häuptling sagte zu Aschi: »Ich möchte dich gern heiraten.« Aschi sagte: »Es ist gut; du kannst mich hier am Wasser abholen. Vorher mußt du aber alle deine andern Frauen fortjagen und ihre Hütten verbrennen.« Boanjama sagte: »Du bist eine schöne Frau; ich will es tun.« Boanjama ging nach Hause.

Boanjama warf alle seine Frauen heraus. Er jagte sie zurück zu ihren Eltern. Er verbrannte ihre Hütten. Boanjama kam zurück, um Aschi zu holen. Aschi war im Wasser. Aschi sagte: »Hast du alle deine Frauen verjagt und ihre Hütten verbrannt?« Boanjama sagte: »Ich habe alle Frauen verjagt und alle Hütten verbrannt.« Aschi sagte: »So binde mir ein Tau um den Leib und ziehe mich daran aus dem Wasser.« Boanjama sagte: »Ach was, ich trage dich.« Boanjama wollte einen Arm Aschis fassen. Der Arm riß aus. Boanjama wollte ein Bein fassen und ziehen. Das Bein riß aus. Boanjama lief von dannen. Boanjama lief von dannen und weinte. Boanjama rief: »Nun habe ich alle meine Frauen fortgejagt um eine Aschi. Und diese Aschi ist zerrissen.« Ein alter Mann hörte das. Er sagte: »Boanjama, du warst nicht klug. Nun folge meinem Ratschlag. Gehe in jede Familie jeder deiner früheren Frauen. Setze dich mit betrübter Miene hin. Wenn man dir Essen vorsetzt, so rühre es nicht an, sondern starre immer nur zu deiner Frau hinüber. Dann wird man dir deine Frau sehr schnell aus Mitleid senden. Sind die Frauen bei dir, so sage: ›Ach, ich bin ja so krank. Ihr wißt nicht, wie krank ich bin. Ruft den Uetsi, den Häuptling.‹ Dann werden alle eilen, dir nützlich zu sein, und werden dich trefflich pflegen. Sage aber nie den wahren Sachverhalt.« Boanjama sagte: »Es ist gut.« Boanjama machte es so, wie der Alte es ihm geraten. Alle Frauen kamen zu ihm zurück. Er begann über seine Krankheit zu jammern. Alle Frauen gingen weg, und jede brachte von ihrem Vater eine Ziege. Boanjama ward wohlgenährt und fett. Eines Tages betrank er sich vor Freude und erzählte seinen Frauen im Rausche das Erlebnis mit Aschi.

Am selben Tage liefen alle Frauen fort, und nie wieder teilte ein Weib sein Lager.

Kabenajabo und Kenakuschipa

Kassaiden, Bena Lulua, Bena Koschi

Kabenajabo – eine arme Frau, die verachtet wird und die schwer einen Mann findet – war mit Kenakuschipa – der nicht tötet – verheiratet. Kenakuschipa nahm einen Feuerbrand und ging in die Ebene. Er zündete das Gras an. Er brannte das Gras an. Er fand die Löcher von Ratten. Mit einer Lukassu, einer Hacke, grub er nach und fing so einen ganzen Sack voll Ratten.

Er nahm den Sack mit Ratten mit nach Hause. Er gab ihn Kabenajabo. Kabenajabo tat alle Ratten in einen Topf, tat Mafuta, Fett, und Pillipilli dazu. Sie kochte. Als die Frau essen wollte, sagte sie zu ihrem Manne: »Wenn ich esse, so schlage die Trommel.« Er sagte: »Gut.« Kabenajabo aß. Kenakuschipa trommelte und sang: »Da hast du das Essen. Iß, während ich die Trommel schlage.«

Kenakuschipa legte einen langen Fallenzaun an. Er fing eine Tschintumbingi, eine Antilope. Er trug sie ins Dorf. Er schnitt die Beine, den Hals und das Innere ab und gab es seiner Frau zum Kochen. Kabenajabo tat Mafuta und Pillipilli hinzu und kochte es. Sie machte das Essen fertig. Sie wollte ihm etwas auf eine Schale füllen. Er sagte: »Nein, gib mir den ganzen Topf her.« Kenakuschipa sagte: »Ich will essen, schlage mir auch die Trommel.« Kabenajabo sagte: »Gut.« Kabenajabo trommelte und sang: »Da hast du das Essen. Iß, während ich die Trommel schlage.« Kenakuschipa aß; er aß alles auf. Es blieb nichts für Kabenajabo übrig.

Kabenajabo war ärgerlich. Sie ging ans Wasser. Sie ging ins Wasser. Ein Ngandu, ein Krokodil, kam und trug sie fort. Leute sahen es. Die Leute kamen zu Kenakuschipa. Sie sagten zu Kenakuschipa: »Du sitzt hier zu Hause. Deine Frau ist ins Wasser gegangen und vom Ngandu getötet.« Kenakuschipa ging ans Wasser. Er fragte: »An welcher Stelle hat Ngandu meine Frau fortgenommen?« Die Leute sagten: »An dieser Stelle hat Ngandu Kabenajabo fortgenommen.« Kenakuschipa ging da hin. Ngandu kam und packte Kenakuschipa.

Ngandu brachte Kenakuschipa unter das Wasser in sein Haus. In dem Hause traf Kenakuschipa Kabenajabo. Kabenajabo sagte: »Sieh, ich ging wegen des Streites ans Wasser.

Ngandu brach mir die Beine; ich kann aus seinem Hause nicht wieder fort. Ngandu hat dir die Beine nicht gebrochen. Du kannst klettern und schwimmen und kannst aus dem Hause wieder fort. Ich werde hier unten sterben. Du kehrst nach Hause zurück, aber du wirst sterben, sobald du eine Frau anfaßt.«

Kenakuschipa sah im Hause Ngandus einen langen Strick. Kenakuschipa kletterte an dem Stricke hoch. Er kam empor. Er kam ans Land. Er ging in sein Dorf. Die Leute sagten: »Wo kommst du her?« Kenakuschipa sagte: »Ngandu trug mich in sein Haus. Alle Leute dort haben gebrochene Beine. Meine Frau hatte gebrochene Beine. Mir waren die Beine nicht gebrochen. Ich fand einen Strick und kam heraus. Ich bin wieder hier.«

Kenakuschipa sprach mit einer Frau. Die Frau und Kenakuschipa wuchsen zusammen. Sie waren beide tot.

Des Häuptlings Söhne

Togo, Bassari

Ein großer und sehr reicher Häuptling hatte sechs Frauen, von denen er je einen Sohn hatte, und eine ganz junge Frau, die sehr schön war. Die sechs Söhne des Häuptlings waren erwachsen. Sie hüteten jeden Tag die Ochsen und Kühe des Häuptlings. Eines Tages hüteten sie draußen bei den Farmen die Kühe. Sie hatten Jams gegessen. Sie sprachen miteinander.

Der älteste Sohn sagte: »Ich möchte einmal während sechs Tagen alle Kühe meines Vaters haben. Ich würde sie mir dann alle jeden Tag vorführen lassen, würde täglich einige schlachten, würde das Fleisch verteilen und alles verbrauchen. Am siebenten Tage würde ich dann meinetwegen mich selber töten. Aber während der sechs Tage möchte ich das einmal ganz nach meinem Kopfe betreiben.«

Der zweite Sohn sagte: »Ich möchte einmal während sechs Tagen alles Korn und allen Jams meines Vaters haben. Ich würde mir dann alle Tage alle Frauen der Dörfer zusammenkommen lassen, würde jeden Tag viel, sehr viel Speise machen und Bier brauen lassen, und so alles in sechs Tagen verbrauchen. Am siebenten Tage würde ich mich dann meinetwegen selbst töten. Aber während sechs Tagen möchte ich das einmal ganz nach meinem Kopfe betreiben.«

Der dritte Sohn sagte: »Ich möchte einmal während sechs Tagen auf dem Ledersitz meines Vaters sitzen. Ich würde alle Leute zu mir kommen lassen, würde Geschenke verteilen, würde mir alle Angelegenheiten vortragen lassen, würde Menschen töten und einmal alles so ordnen, wie es nach meinem Kopf einem großen Häuptling geziemt. Ich würde reiten und Krieg führen und Gefangene machen. Am siebenten Tage würde ich mich dann meinetwegen selbst töten. Aber während sechs Tagen möchte ich es einmal ganz nach meinem Kopfe betreiben.«

Der vierte Sohn sagte: »Ich möchte einmal während sechs Tagen alles Fleisch habe, das in meines Vaters Dorf zu schlachten ist. Ich würde während der sechs Tage alles schlachten, kochen lassen und verteilen. Ich würde essen, was mir schmeckt, und alles vertun. Am siebenten Tage würde ich mich dann meinetwegen selbst töten. Aber während sechs Tagen möchte ich es einmal ganz nach meinem Kopfe betreiben.«

Der fünfte Sohn sagte: »Ich möchte einmal während sechs Tagen über alle jungen Leute meines Vaters gebieten. Einige würde ich um mich versammeln und tanzen lassen.

Einige würde ich auf die Jagd senden. Einige würde ich auf die Felder schicken. Einige würde ich in den Krieg schikken. Einige würde ich verkaufen, und jeden, der mir nicht paßt, würde ich töten lassen. Am siebenten Tage würde ich mich dann meinetwegen selbst töten. Aber während sechs Tagen möchte ich es einmal ganz nach meinem Kopfe betreiben.«

Der sechste Sohn sagte: »Ich möchte einmal während sechs Tagen mit der jungen Frau meines Vaters in einer Hütte leben. Ich würde morgens mit ihr schlafen, mittags mit ihr schlafen, nachts mit ihr schlafen. Ich würde sie nicht aus den Armen lassen, und wenn sie darüber stürbe. Am siebenten Tage würde ich dann meinetwegen mich selbst töten. Aber während sechs Tagen möchte ich das Weib so beschlafen, daß ich darüber alle meine Kraft verlöre!«

Ein Mann belauschte das Gespräch der sechs Brüder. Er ging hin und sagte dem Häuptling, was er gehört hatte. Der Häuptling ließ seine Söhne zu sich kommen und sagte zum ersten: »Nimm du alle meine Kühe!« Er sagte zum zweiten: »Nimm du all mein Korn und meinen Jams!« Er sagte zum dritten: »Nimm du Platz auf meinem Ledersitz!« Er sagte zum vierten: »Nimm du alles Fleisch!« Er sagte zum fünften: »Nimm du alle jungen Leute!« Er sagte zum sechsten: »Nimm du das junge Weib hin!«

Die sechs Söhne nahmen alles an sich, so wie der Vater es nach ihren Wünschen erlaubt hatte. Während sechs Tagen lebte jeder nach seinem Sinne. Alle Kühe und Ochsen des Häuptlings wurden getötet, alles Korn und Jams verbraucht, alles Fleisch gekocht und geröstet, alles Bier getrunken. Alle Leute zogen aus und ein, in Krieg, auf Jagd, zum Tanz. Viele Leute wurden getötet, verkauft, verjagt. Es wurde alles durcheinander gebracht. Der sechste Sohn aber hatte sich mit der jungen Frau des Häuptlings eingeschlossen und hielt sie ständig umschlungen, und die junge Frau sagte: »Dein Penis ist süß! Dein Penis ist süß! Dein Penis ist süß!«

Nach sechs Tagen war aller Besitz des Häuptlings zerstört, alle Mannschaft versprengt und der Friede mit den Nachbarn beendet. Der Häuptling aber holte inzwischen sechs Löwen. Die stellte er vor den Gehöften der Söhne auf. Die sechs Löwen sollten die sechs Söhne, wenn sie am siebenten Tage herauskommen, verschlingen. Nach sechs Tagen kam der erste Sohn heraus; er ward verschlungen. Nach sechs Tagen kam der zweite Sohn heraus; er ward verschlungen. Nach sechs Tagen kam der dritte Sohn heraus; er ward verschlungen. Nach sechs Tagen kam der vierte Sohn heraus; er ward verschlungen. Nach sechs Tagen kam der fünfte Sohn heraus; er ward verschlungen.

Am siebenten Tage sagte auch der sechste Sohn: »Heute ist der siebente Tag. Heute will ich sterben.« Die junge Frau sagte: »Nein, du sollst nicht sterben. Wir werden entfliehen. Ich werde dir den Weg zeigen.« Die junge Frau hob an der Hinterseite der Hütte die Grasdecke vom Mauerwerk empor. Sie sagte: »Komm mit mir hier heraus.« Der junge Mann stieg mit der jungen Frau heraus. Der junge Mann ging mit der jungen Frau ein Stück weit. Die junge Frau sagte: »Wir wollen hier eine Kuh töten und die vier Beine mitnehmen. Wir werden die Beine gebrauchen.« Der junge Mann tötete die Kuh. Sie schnitten die Beine ab und nahmen sie mit sich.

Als sie ein Stück weit gegangen waren, kam der Löwe hinter ihnen her. Er kam ganz dicht bis an die Flüchtlinge. Da warfen sie ihm einen Kuhfuß hin. Der Löwe stürzte sich auf den Kuhfuß und begann ihn zu zermalmen. Inzwischen liefen die Flüchtlinge weiter. Aber nach einiger Zeit hatte der Löwe seinen Kuhfuß verzehrt und kam wieder ganz dicht hinter ihnen angejagt. Da warfen sie ihm einen zweiten Kuhfuß hin. Der Löwe stürzte sich auf den Kuhfuß und begann ihn zu zermalmen. Inzwischen liefen die Flüchtlinge weiter. Aber nach einiger Zeit hatte der Löwe den zweiten Kuhfuß verzehrt und kam wieder ganz dicht hinter ihnen angejagt. Da warfen sie ihm den dritten Kuhfuß hin. Der Löwe stürzte sich auf den Kuhfuß und begann ihn zu zermalmen. Inzwischen liefen die Flüchtlinge weiter. Aber der Löwe hatte nach einiger Zeit auch den dritten Kuhfuß verzehrt und kam wieder ganz dicht hinter ihnen angejagt. Da warfen sie ihm den vierten Kuhfuß hin. Der Löwe stürzte sich auf den vierten Kuhfuß und begann ihn zu zermalmen.

Inzwischen kamen die Flüchtlinge an einen Fluß, über den konnte man nicht hinüber, denn er war breit und tief, und es gab da keine Boote. Auf der andern Seite ging aber ein junges Mädchen, das war die Tochter Unji-bugaras. Das Mädchen rief über den Fluß zu dem jungen Mann hinüber: »So kommt ihr nicht auf diese Seite. Wenn du mich aber heiraten willst, so will ich euch helfen.« Der junge Mann sagte: »Ja, ich will dich heiraten.« Das Mädchen lief fort. Es holte seinen Vater, der hatte einen langen, langen Bart. Der Mann warf den Bart hinüber. Das Ende des Bartes ward von dem jungen Manne aufgefangen. Der junge Mann und die junge Frau, die er aus seines Vaters Haus entführt hatte, kamen auf die andere Seite hinüber. Kaum waren sie drüben angelangt, so kam auch der Vater des jungen Mannes mit seinen Leuten an. Er hatte sich selbst aufgemacht, als er gehört hatte, daß sein Sohn mit seiner jungen Frau dem Löwen entronnen. Aber nun war der junge Mann mit seiner Frau auf der andern Seite, und sein Vater konnte mit seinen Leuten nichts anfangen.

Das junge Mädchen sagte zu dem jungen Manne, als er an dem Barte des Alten hinübergekommen war: »Du hast also versprochen, mich zu heiraten.« Der junge Mann sagte:

»Ich will es sehr gerne tun.« Das Mädchen sagte: »Dann will ich euch in das Gehöft meines Vaters bringen. Mein Vater ist ein großer Häuptling. Er bringt oft Menschen um. Du mußt dir also folgendes merken. Mein Vater heißt Unji-bugara. Er hat zehn Frauen, von denen neun gut sind. Unjankann aber ist schlecht. Mein Vater fragt jeden, welche Frau schlecht ist. Wenn du sie ihm nun nennen und zeigen kannst, so bist du der Gefahr entronnen.« Der junge Mann kam in das Gehöft. Das junge Mädchen zeigte auf eine Frau und sagte: »Siehst du, das ist Unjankann, die schlechte, zehnte Frau meines Vaters!«

Sie kamen zu Unji-bugara. Unji-bugara gab den Auftrag, ihnen eine Hütte bereiten zu lassen, Speise und Trank zu machen. Nachher sandte er zu dem jungen Manne und ließ ihm sagen: »Wir wollen zusammen auf dem Jworra spielen.« Der junge Mann kam und spielte mit Unji-bugara das Brettspiel. Unji-bugara sagte: »Ich habe zehn Frauen. Eine davon ist schlecht. Wenn du mir die nicht herausfindest, schneide ich dir den Kopf ab. Findest du sie aber heraus, so schneide du mir den Hals durch.« Der junge Mann sagte: »Es ist gut.« Unji-bugara sagte: »Alle meine Frauen sollen kommen.« Die zehn Frauen kamen. Unji-bugara sagte: »Welche ist es?« Der junge Mann betrachtete sie der Reihe nach; dann zeigte er auf die zehnte und sagte: »Das ist Unjankann, die schlechte unter deinen Frauen.« Unji-bugara sagte: »Du hast es getroffen. Schneide mir den Hals ab.« Der junge Mann schnitt Unji-bugara den Hals ab.

Der junge Mann heiratete, wie er versprochen hatte, die Tochter Unji-bugaras. Er erbte außerdem alle Frauen und die tausend Kühe Unji-bugaras. Er war nun ein reicher Mann und ein sehr großer Häuptling. Seine Kühe waren sehr groß und weiß. Es war eine Kuh darunter, die war so groß wie ein Berg und ganz, ganz weiß.

Die Tochter Unji-bugaras ward schwanger und gebar

ihrem Mann ein Kind. Die erste Frau des jungen Mannes ward auch schwanger und gebar ein Kind. Beide Kinder wuchsen heran. Sie konnten laufen. Sie spielten miteinander. Das Kind der Tochter Unji-bugaras sagte: »Der Schwanz der weißen Kuh gehört mir.« Das andere Kind sagte: »Wie kommst du dazu! Ich will den Schwanz haben.« Das erste Kind sagt: »Nein, der Schwanz ist mein.« Das andere Kind sagte: »Nein, der Schwanz gehört mir.«

Der Vater der Kinder hörte das. Er gab Auftrag, die weiße, große Kuh zu schlachten. Er ließ den Schwanz abschneiden. Er ließ den Schwanz auf der der Quaste entgegengesetzten Seite mit buntem Leder umflechten. Dann nahm er ihn und rief die beiden Kinder. Er sagte zu ihnen: »Ihr habt euch um den Schwanz dieser weißen Kuh gestritten. Ihr sollt euch nicht streiten. Nun werde ich den Schwanz in die Luft werfen. Wer ihn auffängt, der kann ihn behalten.« Die beiden Kinder stellten sich sprung- und laufbereit hin. Der Vater warf den Schwanz der großen, ganz, ganz weißen Kuh in die Luft. Der Schwanz flog hoch und höher. Aus dem Schwanz ward der Mond und aus den Haaren wurden die Sterne.

Seitdem sind die Kühe nicht mehr so groß wie früher.

Erste Geschlechtsverbindung

Togo, Bassari

Anfangs hatte Unumbotte, Gott, für Männer und Frauen je ein Dorf gemacht, die lagen getrennt voneinander, und im Männerdorfe waren nur Männer, im Frauendorfe nur Frauen. Zwischen beiden Dörfern war ein Weg, den hatte Unumbotte aber mit trockenen Blättern bestreut, damit man es knistern hörte, wenn jemand darüber hinging, und am Wege waren die Unumbotte biam, die Gotteskinder, aufgestellt; die sollten, sobald das Knistern einen darüber hingehenden Menschen verriet, denselben festhalten.

Der erste Mensch, der es wagte, den Weg zu nutzen, um zum Dorfe des andern Geschlechts zu gelangen, war eine Frau, und die Frau war klug genug, Wasser mitzunehmen und das Wasser auf die trockenen Blätter zu spritzen. So wurden sie feucht, und niemand konnte es hören, als sie in das Dorf der Männer und später aus dem Männer- ins Frauendorf zurückging. Darauf wollte nun auch ein Mann einmal die Wanderung unternehmen, denn der hatte nun den Beischlaf kennengelernt und sehnte sich nach weiterem Genusse. In seiner Begierde vergaß der Mann aber die trockenen Blätter anzufeuchten. Als er daher über die trockenen Blätter ging, knisterten sie, und das hörten natürlich die Gotteskinder, und also faßten die Unumbotte biam den Mann ab.

Die Gotteskinder packten ihn und schleppten ihn zu Unumbotte. Unumbotte fragte den Mann: »Wo willst du denn hin?« Der Mann sagte: »Ich wollte hierhin!« Unumbotte fragte: »Wo führt das denn hin?« Der Mann sagte: »Zu den Frauen.« Darauf bestimmte Unumbotte, daß die Männer in Zukunft den Frauen zahlen sollten, wenn sie mit ihnen schlafen wollten.

Und so kommt es, daß der Mann der Frau Geschenke geben muß, nicht aber die Frau dem Manne.

Jäger und Schlange

Togo, Tim

Eines Tages ging ein Jäger in den Busch, um zu jagen. Am gleichen Tage ging Löwe in den Busch, um zu jagen. Am gleichen Tag ging Dom, die Schlange, in den Busch, um zu jagen. Jeder ging seinen Weg. Keiner wußte vom andern. Sie kamen an einen Platz, auf dem stand eine Kuhantilope. Der Jäger nahm seinen Bogen und wollte einen Pfeil auflegen. Da sah er, wie Dom aufschnellte und die Antilope totbiß.

Löwe sah auch, wie Dom auf die Antilope sprang und sie totbiß. Löwe kam aus dem Busch heraus und sagte zu Dom: »Ich verfolgte diese Antilope. Gib sie mir heraus. Sie kommt mir zu. Ich habe sie gehetzt.« Dom sagte: »Die Antilope kommt mir zu, denn ich habe sie erlegt.« Löwe sagte: »Wir wollen einen andern fragen, was er meint.« Dom sagte: »Es ist mir recht. Wir wollen einen andern fragen, was er meint.«

Der Jäger dachte: »Wenn ich der Schlange recht geben würde, würde mich der Löwe beißen.« Dom hatte die Fähigkeit, alles zu verstehen, was ein anderer denkt. Dom sagte: »Wir wollen den Jäger fragen, der hinter dem Baume steht.« Dom sagte zu dem Jäger: »Komm nur hervor und sage deine Meinung. Wir werden dir nichts tun.« Löwe sagte: »Nein, wir werden dir nichts tun, wenn du deine Meinung sagst.« Darauf kam der Jäger hinter seinem Baume hervor.

Der Jäger sagte: »Löwe hat mit seiner Forderung nicht recht. Denn Schlange und nicht Löwe hat das Wild getötet. Wenn mehrere Jäger ein Wild verfolgen und erlegen, so teilen sich der, der es zuerst verwundet, und der, der es endlich tötete, darein. Also gehört die Antilope zuerst Dom. Ich denke aber, man kann sich hier ohne Schwierigkeiten einigen. Wir wollen die Antilope teilen.«

Dom sagte: »Ich bin damit einverstanden. Wir wollen die Antilope in drei Teile zerlegen, einen für den Jäger, einen für den Löwen, einen für mich!« Löwe sagte: »Gut, so bin ich zufrieden.« Danach zerlegten sie die Antilope. Sie teilten das Fleisch und häuften es in drei Teilen auf. Löwe nahm seinen Anteil und ging von dannen.

Dom sagte zum Jäger: »Nimm meinen Teil auch auf. Begleite mich und trage meinen Teil mit in mein Haus.« Der Jäger dachte bei sich: »Diese Schlange wird mich in ihrem Haus töten wollen.« Dom wußte sogleich, was der Jäger gedacht hatte, und sagte: »Du hast meine Angelegenheit mit dem habgierigen Löwen gut geregelt. Habe also keine Angst. Ich werde dir sicherlich nichts Böses tun.«

Sie gingen weiter. Nachdem sie weit gegangen waren, kamen sie an einen großen Fluß. Dom sagte: »In dem Fluß liegt meine Stadt. Komm mit in den Fluß.« Der Jäger sagte: »Ich werde im Wasser ertrinken.« Dom sagte: »Du wirst nicht ertrinken. Komm nur!« Sie gingen in das Wasser. Sie kamen unter das Wasser. Unter dem Wasser war eine große Stadt. In der Stadt lag auch das Gehöft Doms.

Sie kamen in das Gehöft Doms. Der Jäger legte sein Fleisch ab.

Die Frau und die zwei Kinder Doms nahmen es und trugen es zur Seite. Das eine der beiden Kinder Doms war ein sehr schönes Mädchen. Als der Jäger das Mädchen sah, dachte er bei sich: »Ich möchte einmal mit diesem Mädchen schlafen. Nachher will ich dann gern sterben.« Dom, der immer alle Gedanken sogleich liest, sagte: »Dies Mädchen ist meine Tochter. Schlafe mit ihr nach Herzenslust. Du brauchst deswegen nicht zu sterben.«

Der Jäger dachte: »Woher weiß nur Dom alles, was ich denke!« Dom sagte: »Gott sagt es mir! Gott sagt mir alles.« Dom gab dem Jäger ein großes Haus. Dom rief dann seine Tochter. Der Name der Tochter war »Wenn du den Mann gut bedienst, wird Gott dich nicht strafen«. Die Tochter Doms kam. Dom sagte zu seiner Tochter: »Mach das Haus für den Jäger rein!« Das Mädchen tat es.

Am Abend bereiteten die Frauen gutes Essen. Das Mädchen brachte dem Jäger eine Schüssel mit guter Speise in das Haus. Der Jäger aß. Das Mädchen blieb bei ihm. Er schlief mit dem Mädchen. Der Jäger blieb sechs Tage in dem Hause Doms.

Der Jäger ging dann zu Dom und sagte: »Nun muß ich nach Hause gehen. Ich möchte dich bitten, mir von der Medizin zu geben, die dir die Eigenschaft gibt, die Gedanken anderer Leute lesen zu können.« Dom sagte: »Ich werde dir von der Medizin geben, und ich werde dir auch meine Tochter als Frau mitgeben.« Dom ging und brachte die Medizin herbei. Dom sagte: »Nimm diese Medizin, und tue sie daheim auf das Essen!« Der Jäger sagte: »Es ist gut!«

Der Jäger nahm seine Medizin, die Tochter Doms und ging von dannen. Er ging mit seiner Frau aus dem Flusse und dann dem Dorfe zu, in dem er wohnte. Als er daheim angekommen war, beschloß er, die Medizin sogleich zu versuchen. Als er die Medizin hervorsuchen und eben auf sein Essen tun und dies zum Munde führen wollte, drängten sich die Ziegen heran. Der Jäger schlug darauf nach den Ziegen. Dabei fiel aber die Medizin herab, und zwar gerade auf den Penis des Jägers.

So kam es, daß die Eigenschaft, die Gedanken anderer lesen zu können, nicht auf den Kopf des Jägers, sondern auf seinen Penis überging. Und seitdem weiß es der Penis sogleich, wenn eine Frau verliebt an den Mann denkt. Und seitdem geht der Penis in die Höhe.

Die Schwängerung

Togo, Tim

Ein Mann heiratete eine Frau. Die Frau gebar ein Kind. Es war ein Mädchen, ein sehr hübsches Mädchen. Ein junger Mann bewarb sich um das junge Mädchen. Der Vater war damit einverstanden. Der Vater sagte: »Wenn das Mädchen reif ist, kannst du es heiraten.« Der Vater sperrte das junge Mädchen nun ein, damit es mit keinem Manne in Verbindung kommen könne. Die Mutter brachte dem eingeschlossenen Mädchen täglich das Essen. Das Mädchen sollte bei Tage nie die Hütte verlassen.

Einmal bei Nacht kam das junge Mädchen ins Freie, um ein Bedürfnis zu erledigen. Als sie wieder ins Haus trat, erblickte sie einen jungen Mann. Der junge Mann verliebte sich sogleich in das junge Mädchen. Er ging zu seinen Freunden und sagte: »Wer ist das junge Mädchen, das bei Nacht in dieses Haus ging?« Die Freunde sagten: »Der Vater hat sie einem jungen Manne versprochen, und sie darf nun nicht mehr das Haus verlassen.« Der junge Mann sagte: »Das ist mir ganz gleich. Ich muß das Mädchen besitzen. Ich kann nicht ohne sie sein.« Die Freunde sagten: »Es geht nicht. Kein Mensch darf aus diesem Hause heraus oder in dieses Haus hinein. Sie ist immer eingeschlossen.«

Darauf sagte der Jüngling zu seinen Freunden: »Wickelt mich in viele Tücher, so daß man nicht mehr erkennt, daß ich ein Mann bin. Dann bringt mich dem Vater des Mädchens und sagt: »Das ist ein Kissen, das deine schöne Tochter unter den Kopf legen soll, damit sie nicht so hart liegt.« Die Freunde taten es. Der Jüngling ward in viele Tücher eingewickelt. Die Freunde brachten das Paket dem Vater.

Der Vater nahm es an. Die Mutter brachte es dem Mädchen und sagte: »Dies Kopfkissen senden dir die jungen Männer des Dorfes, damit du mit dem Kopfe weich liegst.«

Dann ging die Mutter hinaus und ließ das Mädchen mit dem Kopfkissen allein. Als die Mutter hinausgegangen war, legte das Mädchen sich auf das Kopfkissen. Das Mädchen sagte: »Das ist gut.« Dann stand das Mädchen auf und betrachtete das Kopfkissen. Das Mädchen wickelte einen Stoff ab, dann noch einen, dann noch einen. Es fühlte mit der Hand zwischen die Stoffe, um zu sehen, ob das alles Stoffe seien. Sie kam nach innen. Sie bekam dann gerade den Penis des jungen Mannes in die Hand. Das junge Mädchen sagte: »Was ist denn das?« Sie drückte den Hodensack, da geriet der Penis des jungen Mannes in Erektion.

Das junge Mädchen machte die Stoffe auseinander. Sie sah, daß ein Mensch darin war. Das junge Mädchen erschrak, denn sie hatte noch nie einen Mann gesehen. Der junge Mann aber nahm das Mädchen in seine Arme. Sie wurde ruhig. Das junge Mädchen zeigte auf den Penis des jungen Mannes und fragte ihn: »Was ist denn das?«

Dann beschlief der junge Mann das junge Mädchen. Am andern Morgen sagte er: »Nun wickle mich wieder in die Tücher, damit deine Mutter mich nicht sieht.« Das junge Mädchen tat es. Am Abend aber schlug sie die Tücher wieder auseinander und ließ den jungen Mann bei sich schlafen.

Nach einigen Monaten sagte die Mutter des jungen Mädchens zu ihrem Manne: »Der Leib unserer Tochter schwillt. Sie muß schwanger sein!« Der Vater ließ seine Tochter kommen und fragte sie: »Wer hat dich schwanger gemacht?« Das junge Mädchen sagte: »Das Kopfkissen, das Mutter mir gebracht hat.«

Deshalb schließt man junge Mädchen nicht mehr ein. Man kann doch nichts dagegen machen, wenn die jungen Leute so verliebt sind.

Die Geschlechtsteile

Togo, Tim

Kudo, die Vagina, Finde, der Penis, und Labau, der Hodensack, machten einmal eine gemeinsame Wanderung. Sie gingen weit weg, um an einem fernen Platze Salz einzukaufen. Als sie dieses Geschäft vollendet hatten, machten sie sich auch wieder gemeinsam auf den Rückweg, und jeder trug seine eigene Last Salz.

Nach einiger Zeit begann es zu regnen. Kudo sagte zu den andern: »Es regnet, euer Salz wird naß werden und schmelzen, wenn ihr es auf den Köpfen tragt. Gebt es mir her. Seht, ich stecke mein Salz in meine Öffnung. Da kann es nicht hereinregnen, und das Salz bleibt trocken.« Finde sagte: »Nimm mein Salz auch, und bewahre es in deiner Öffnung, damit es nicht verregnet.« Kudo nahm das Salz Findes in ihre Öffnung.

Kudo fragte Labau: »Und du willst dein Salz verregnen lassen?« Labau sagte: »Laß nur!« Labau trug sein Salz selber weiter.

Daher kommt es, daß der Penis immer die Vagina sucht, weil sie den größten Leckerbissen hat, und daß die Vagina immer von Finde Salz haben will, daß aber das Skrotum gleichgültig danebenhängt.

Die Vagina

Togo, Tim

Früher lief die Vagina alleine herum. Sie war noch nicht mit der Frau verwachsen. Die Vagina trieb sich in allen Teilen der Erde herum. Sie war immerfort unterwegs. Sie ließ sich von jedem beschlafen. Die Vagina traf den Esel und sagte zu ihm: »Koitiere mit mir!« Der Esel tat es. Die Vagina sagte: »Ah! Das tut gut!« Die Vagina traf das Pferd und sagte zu ihm: »Koitiere mit mir!« Das Pferd tat es. Die Vagina sagte: »Ah! Das tut gut!« Die Vagina traf den Löwen und sagte zu ihm: »Koitiere mit mir!« Der Löwe tat es. Die Vagina sagte: »Ah! Das tut gut!« Die Vagina sagte zu jedem, der ihr begegnete: »Koitiere mit mir.« Jeder tat es. Die Vagina war stets zufrieden und sagte: »Ah! Das tut gut!«

Die Vagina lief überall herum und wollte von jedem beschlafen werden. Die Vagina traf den Skorpion und sagte zu ihm: »Koitiere mit mir.« Der Skorpion tat es. Der Skorpion stach aber während des Beischlafes die Vagina mit seinem Schwanz. Da schrie die Vagina vor Schmerz laut auf. Die Vagina lief voller Angst von dannen. Sie lief zu der Frau und versteckte sich bei der Frau. Die Vagina sagte zur Frau: »Verstecke mich und beschütze mich!« Die Frau tat es.

Seitdem haben die Frauen die Vagina.

Spinne gewinnt Uros Tochter

Togo, Tim

In einem Dorfe war ein Häuptling, der hatte eine Tochter, die wuchs heran. Die Tochter des Uro wuchs heran und ward reif zur Hochzeit. Der Häuptling versammelte alle seine Leute und sagte zu ihnen: »Ich will für meine Tochter einen tüchtigen Mann, der sie auch gut befriedigen kann. Es soll ein Mann mit einem gehörigen Penis sein. Ich werde deshalb meine Tochter dem zur Frau geben, der die sieben Früchte, die an jener Fächerpalme dort oben sind, mit seinem Penis herunterzuschneiden vermag. Dem und keinem andern gebe ich sie zur Frau.« Die Leute hörten es. Keiner von den Leuten, die das gehört hatten, versuchte es. Sie gingen auseinander, jeder in sein Gehöft.

Frau Spinne war in der Versammlung gewesen. Sie ging auch nach Hause. Als ihr Mann nachher von der Farm heimkam, sagte Frau Spinne zu Spinne: »Der Uro hat alle Leute zusammenkommen lassen und hat gesagt: Ich gebe meine Tochter dem zur Frau, der einen sehr starken Penis hat, einen Penis, mit dem er die sieben Früchte von der Fächerpalme herunterzuschneiden vermag.« Spinne hörte zu. Spinne dachte nach. Spinne rief aus: »Die Urotochter werde ich bekommen!«

Spinne wartete ab, bis es dunkel geworden war. Sobald es dunkel war, nahm Spinne ein Beil und eine kleine Kalebasse, die war gefüllt mit dem Rotholzwasser, das die Frauen dazu benutzen, ihre Kleider rot zu färben. Damit ausgerüstet, machte Spinne sich in der Dunkelheit auf den Weg zu der Fächerpalme. Er stieg auf die Fächerpalme. Mit dem Beil schlug er alle sieben Früchte so weit ab, daß sie nur noch ganz locker am Stengel saßen und bei dem kleinsten Anstoß herunterfallen mußten. Dann befestigte er die kleine Kalebasse, die das Rotholzwasser enthielt, zwischen den Blättern. Nun stieg er wieder herab und ging nach Hause.

Am andern Tage ging Spinne zu dem Uro und sagte: »Meine Frau erzählte mir gestern, als ich von der Farm heimkam, der Uro habe alle Leute zusammenkommen lassen und habe gesagt: Ich gebe meine Tochter dem zur Frau, der einen sehr starken Penis hat, einen Penis, mit dem er die sieben Früchte von der Fächerpalme herunterzuschneiden vermag! – Rufe nun alle Leute zusammen, daß sie kommen. Ich will die sieben Früchte mit dem Penis abschneiden, und du sollst mir dann deine Tochter geben!« Der Uro sagte: »Es ist gut!«

Der Uro rief alle Leute zusammen. Sie kamen alle unter der großen Fächerpalme zusammen. Spinne kam und stieg auf die Fächerpalme hinauf. Als Spinne oben angelangt war, begann er mit dem Penis zu sägen und sägte und sägte mit dem Penis auf dem Fruchtstengel hin. Dabei schrie er fürchterlich. Spinne ließ dabei von dem Rotholzwasser in der Kalebasse auf seine Beine tropfen. Die Leute sagten: »Seht, wie das Blut herabtropft, hört, wie er vor Schmerz schreit! Spinne wird sterben, aber Spinne wird das Mädchen nicht gewinnen.«

Spinne sägte, Spinne schrie, Spinne ließ Blut herabtropfen. Endlich fiel eine Frucht zur Erde. Spinne sägte, Spinne schrie, Spinne ließ Blut herabtropfen. Endlich fiel die zweite Frucht zur Erde. Spinne sägte, Spinne schrie, Spinne ließ Blut herabtropfen. Endlich fiel die dritte Frucht zur Erde. Spinne sägte, Spinne schrie, Spinne ließ Blut herabtropfen. Endlich fiel die vierte Frucht zur Erde. Spinne sägte, Spinne schrie, Spinne ließ Blut herabtropfen. Endlich fiel die fünfte Frucht zur Erde. Spinne sägte, Spinne schrie,

Spinne ließ Blut herabtropfen. Endlich fiel die sechste Frucht zur Erde. Spinne sägte, Spinne schrie, Spinne ließ Blut herabtropfen. Endlich fiel die siebente Frucht zur Erde.

Dann stieg Spinne vom Baum. Alle sieben Früchte lagen am Boden. Spinne ging mit Stöhnen über den Platz und tat so, als könne er nicht anders gehen als mit gespreizten Beinen. Jedermann sagte: »Wegen eines Mädchens hätte ich mir solche Schmerzen nicht bereitet.« Der Häuptling aber sagte: »Ich habe dem, der mit seinem Penis die sieben Früchte von der Fächerpalme zu schneiden vermag, meine Tochter zur Frau versprochen. Nimm also meine Tochter!« Spinne nahm darauf die Tochter des Uro und ging mit ihr in seine Behausung.

Nach einiger Zeit begab sich Spinne mit seiner neuen Frau, die die Tochter des Uro war, auf die Farm zur Arbeit. Als er einige Zeit gearbeitet hatte, sagte er zu seiner Frau: »Geh hin und hole mir Wasser vom Fluß. Ich habe Durst!« Die Frau sagte: »Ich habe nichts zum Schöpfen bei mir, gib mir eine Kalebasse!« Spinne sagte: »Ich habe keine Kalebasse.« Die Frau Spinne sagte: »Wie soll ich denn aber Wasser holen, wenn ich nichts habe, es darin zu tragen?« Spinne sagte: »Nun, so hole doch das Wasser in deiner Vagina!« Die Frau Spinne sagte: »Wie soll ich denn aber das machen?« Spinne sagte: »So lege dich doch nur ins Wasser; warte, bis die Vagina voll Wasser gelaufen ist und bring das Wasser hierher. Das ist leichter als Palmfrüchte mit dem Penis abzusägen!«

Die Frau des Spinne ging. Sie ging ans Wasser und legte sich hinein. Sie ließ die Vagina voll Wasser laufen. Als sie dann aber aufstand, floß das Wasser wieder heraus. Sie legte sich zum zweiten Male hin, ließ die Vagina wieder voll Wasser laufen. Als sie dann aber aufstand, floß das Wasser doch wieder heraus. Sie legte sich zum dritten Male hin.

Es war das gleiche. Das Wasser lief immer wieder heraus. Die Frau sprang aus dem Wasser. Sie lief von dannen.

Heulend kam sie zu ihrem Vater und sagte: »Spinne verlangt von mir, ich solle Wasser in der Vagina bringen. Aber jedesmal, wenn ich sie fülle, läuft das Wasser wieder heraus. Spinne sagte, das sei einfacher als Früchte von den Bäumen sägen. Aber ich kann es nicht.« Der Uro verstand, was Spinne damit sagen wollte, und sagte: »Es ist nicht gut, daß jemand seinen Schwiegersohn nach der Kraft des Penis aussucht und von ihm verlangt, daß er Palmfrüchte mit dem Penis von dem Baume schneide! Jeder soll seine Tochter dem zur Frau geben, der sie liebt!«

Amazonenmythe

Kabylen

Im Anfange lebten die Menschen nicht über der Erde. Es gab überhaupt nur einen Mann und eine Frau, und die lebten unter der Erde. Diese beiden Menschen waren die ersten und einzigen, und sie wußten nicht, daß von ihnen jeder ein anderes Geschlecht hatte. Eines Tages waren sie an ihrem Brunnen und wollten Wasser trinken. Der Mann sagte: »Laß mich trinken.« Die Frau sagte: »Nein, ich werde zuerst Wasser nehmen, ich bin die erste.« Der Mann wollte die Frau beiseite stoßen. Die Frau aber schlug ihn. Beide schlugen sich. Der Mann schlug die Frau so, daß sie hinfiel. Ihre Kleider fielen zur Seite. Ihre Schenkel wurden nackt.

Der Mann sah die Frau nackt vor sich liegen. Er sah, daß sie anders beschaffen war als er. Er sah, daß sie eine Tachschunt, eine Vagina, hatte. Er fühlte, daß er einen Thäbuscht, einen Penis, hatte. Er betrachtete die Tachschunt und sagte: »Wozu ist das?« Er steckte den Finger hinein, und die Frau sagte: »Das ist gut.« Der Mann fühlte seinen Thäbuscht wachsen. Er beschlief die Frau. Er blieb acht Tage lang mit der Frau liegen, dann erhob er sich erst.

Nach neun Monaten gebar die Frau vier Töchter. Wieder nach neun Monaten gebar die Frau vier Söhne. Wieder nach neun Monaten gebar die Frau vier Töchter. Wieder nach neun Monaten gebar die Frau vier Söhne. So ward es weiter, bis der Mann und die Frau zuletzt fünfzig Töchter und fünfzig Söhne hatten. Der Vater und die Mutter wußten aber nichts mit den Kindern anzufangen. Die Eltern sandten ihre Kinder fort.

Die fünfzig Mädchen zogen zusammen nach Norden fort. Die fünfzig Burschen zogen zusammen nach Osten fort. Nachdem die Mädchen einige Jahre lang unter der Erde nach Norden hingezogen waren, sahen sie über sich ein Licht. Es war hier ein Loch in der Erde. Die Mädchen sahen über sich den Himmel, die Mädchen riefen: »Was sollen wir hier unter der Erde bleiben, sollen wir nicht zur Erde hinaufsteigen, da man dort oben den Himmel sehen kann?« Die Mädchen stiegen darauf durch das Loch zur Erde hinauf.

Die fünfzig Burschen zogen auch einige Jahre lang in ihrer Richtung unter der Erde hin und kamen dann an eine Stelle, an der auch ein Loch in der Erde war und sie über sich den Himmel sehen konnten. Die Burschen sahen den Himmel und sagten: »Was sollen wir unter der Erde bleiben, wo es doch eine Stelle gibt, von der aus man den Himmel sehen kann?« Die Burschen stiegen also durch ihr Loch zur Erde hinauf.

Die fünfzig Mädchen zogen nun auf ihrem Wege über die Erde hin, und die fünfzig Burschen zogen auf ihrem Wege über die Erde. Sie wußten aber nichts voneinander.

Damals sprachen noch alle Bäume und Kräuter und

Steine. Die fünfzig Mädchen sahen die Kräuter und fragten sie: »Wer hat euch gemacht?« Die Kräuter sagten: »Die Erde hat uns hervorgebracht.« Die Mädchen fragten die Erde: »Wer hat dich gemacht?« Die Erde sagte: »Ich bin wie ihr vorhanden.« Des Nachts sahen die Mädchen den Mond und die Sterne, und sie riefen: »Wer hat dich gemacht, daß du so hoch über uns und allen Bäumen stehst? Bist du es, der uns Helligkeit gibt? Wer seid ihr kleinen und großen Sterne? Wer hat euch großen und kleinen Sterne gemacht? Oder seid ihr es etwa, die alles andere gemacht haben?« Alle Mädchen riefen und schrien. Aber der Mond und die Sterne waren so hoch; sie konnten nicht antworten. Alle fünfzig Mädchen schrien und riefen.

Die Burschen waren auf ihrer Wanderung in eine Gegend gekommen, die dem Ort der fünfzig Mädchen so nahe war, daß sie aus der Entfernung das Schreien der Mädchen hörten. Sie sagten zueinander: »Dies sind noch andere von unserer Art, wir wollen sehen, wie sie sind. Wir wollen zu den anderen ziehen.« Die fünfzig Burschen machten sich auf den Weg. Sie zogen in der Richtung, aus der sie die Rufe der Mädchen gehört hatten.

Als sie aber ganz nahe dorthin gekommen waren, kamen sie an das Ufer eines großen Flusses. Der Fluß lag zwischen den fünfzig Mädchen und den fünfzig Burschen. Die Burschen hatten aber vorher noch keinen Fluß gesehen und riefen. Die Burschen riefen. Die Mädchen hörten aus der Entfernung die Rufe und kamen den Burschen entgegen. Die Mädchen kamen an das andere Ufer des Flusses. Sie sahen drüben die fünfzig Burschen stehen und riefen: »Wer seid ihr? Was schreit ihr? Seid ihr auch Menschen?« Die fünfzig Burschen riefen: »Wir sind auch Menschen. Wir sind aus der Erde hervorgekommen. Was schreit ihr aber?« Die fünfzig Mädchen sagten: »Wir sind auch Menschen und aus der Erde hervorgekommen. Wir schrien und fragten den Mond und die Sterne, wer sie gemacht hat oder ob sie alles gemacht haben.«

Die fünfzig Burschen fragten den Fluß: »Du bist nicht wie wir, wir können nicht auf dir gehen und dich nicht greifen, wie man über die Erde gehen kann. Was bist du? Wie kann man über dich hinweg auf die andere Seite kommen?« Der Fluß sagte: »Ich bin das Wasser. Ich bin da zum Baden und Waschen. Ich bin da als Getränk. Wenn ihr auf mein anderes Ufer kommen wollt, geht nach weiter oben, wo ich ganz seicht bin, da könnt ihr mich überschreiten.« Die fünfzig Burschen gingen den Fluß hinauf. Sie fanden eine Stelle, die war seicht. Sie gingen auf das andere Ufer des Flusses.

Die fünfzig Burschen wollten nun zu den fünfzig Mädchen. Die fünfzig Mädchen sagten: »Kommt nicht so dicht heran. Wir leiden es nicht. Geht ihr dort drüben. Wir bleiben hier. Diese Steppe lassen wir zwischen uns.« Die fünfzig Mädchen und die fünfzig Burschen zogen so in einiger Entfernung nebeneinander her. Sie kamen aber nicht zusammen.

Auf ihrem Wege kamen die fünfzig Burschen eines Tages an eine Quelle. Die fünfzig Mädchen kamen auch an eine Quelle. Die Burschen sagten: »Hat der Fluß uns nicht gesagt, daß das Wasser da wäre zum Baden? Kommt, wir wollen baden.« Die fünfzig Burschen begannen ihre Kleider abzulegen und stiegen in das Wasser und badeten sich. Die fünfzig Mädchen saßen um die Quelle und sahen von dort aus auf die Burschen. Ein keckes Mädchen sagte: »Kommt mit mir, wir wollen sehen, was die anderen Menschen machen.« Zwei andere Mädchen sagten: »Wir gehen mit.« Alle anderen sagten: »Nein, wir gehen nicht mit.«

Die drei Mädchen schlichen sich zwischen den Büschen zu den Burschen hinüber. Zwei von ihnen blieben unterwegs zurück. Nur das kecke Mädchen kam im Schutz der

Büsche ganz dicht zu den Burschen heran. Das Mädchen sah durch die Büsche die Burschen, die die Kleider abgelegt hatten. Die Burschen waren nackt. Das Mädchen sah alle Burschen an. Das Mädchen sah, daß die Burschen nicht so beschaffen waren wie sie. Das Mädchen sah alles ganz genau an. Als die Burschen sich wieder anzogen, schlich das Mädchen sich zurück. Die fünfzig Burschen hatten es nicht gesehen.

Das Mädchen kam zu den andern Mädchen zurück. Die andern Mädchen kamen dicht zusammen und sagten: »Was hast du gesehen?« Das kecke Mädchen sagte: »Kommt, wir wollen auch baden, dann werde ich es euch sagen und zeigen.« Die fünfzig Mädchen kleideten sich auch aus. Sie stiegen an ihrer Quelle in das Wasser. Das kecke Mädchen sagte: »Die Menschen dort sind anders beschaffen als wir. Wo wir die Brüste haben, da haben sie nichts. Wo wir die Tachschunt haben, haben sie etwas andres. Auf dem Kopfe haben sie nicht lange Haare wie wir, sondern kurze. Wenn man sie nackt sieht, schlägt das Herz stark, und man möchte sie umarmen. Wenn man sie nackt gesehen hat, kann man es nicht mehr vergessen.« Die andern Mädchen sagten: »Du lügst.« Die Kecke sagte: »Geht selbst hin und seht, wie es ist. Ihr werdet dann verrückt werden, wie ich es geworden bin.« Die andern Mädchen sagten: »Wir wollen weitergehen.«

Die fünfzig Mädchen zogen auf ihrem Wege weiter. Die fünfzig Burschen zogen auf ihrem Wege weiter. Die Burschen zogen aber langsam weiter. Die Mädchen dagegen zogen schneller weiter und machten einen Bogen und kamen so in den Weg der Burschen. Sie lagerten nun ganz dicht nebeneinander.

An dem Tage, an dem die fünfzig Burschen ganz dicht bei den fünfzig Mädchen lagerten, sagten die Burschen: »Wir wollen uns Häuser bauen.« Einige Burschen begannen sich Löcher in der Erde zu machen. Sie schliefen in den Löchern in der Erde. Andre machten sich Gänge und Kammern unter der Erde und schliefen darin. Einige Burschen aber sagten: »Was macht ihr? Um Häuser zu bauen, grabt ihr die Erde auf? Gibt es hier herum nicht genug Steine, die man aufeinanderschichten kann?«

Diese Burschen legten Steine aufeinander, die sie zusammentrugen. Sie ließen nur eine Lücke in den Wänden, um hinein- und hinauszugehen. Als sie die Wände gebaut hatten, ging einer der Burschen hin und begann einen Baum zu fällen. Der Baum aber schrie und sagte: »Was, du willst mich umschlagen? Was unternimmst du? Bist du etwa älter als ich? Was nimmst du dir heraus?« Der Bursche sagte: »Ich bin nicht älter als du. Ich will mir auch nichts anmaßen. Ich will nur fünfzig von euch Bäumen umschlagen. Eure Stämme will ich auf mein Haus als Dach legen und dann zudecken. Eure Zweige werde ich dann aber in den Schutz meiner Häuser legen, so daß sie nicht mehr naß werden.« Der Baum sagte: »Das ist mir recht.« Der Bursche schlug dann fünfzig Bäume. Er legte die Stämme auf sein Haus und deckte sie mit Schilf und Erde zu. Die Zweige aber zerschlug er und speicherte sie im Hause auf. Einige große Bäume stellte er jedoch in der Mitte auf, so daß sie das Dach trugen. Als die andern sahen, wie schön das Haus war, machten sie es ebenso. Es war aber unter den Burschen ein wilder, wie auch unter den Mädchen ein wildes war. Dieser wilde Bursche wollte nicht in einem Hause wohnen. Er baute sich kein Haus wie die andern, sondern schlich sich zwischen den Häusern der andern umher und suchte jemand zu fangen und ihn zu verschlingen. Denn er war so wild, daß er nur daran dachte, andere zu töten und zu fressen.

In einiger Entfernung lagerten die fünfzig Mädchen. Die Mädchen sahen aus der Ferne, wie die fünfzig Burschen sich erst Löcher und Gänge gruben. Sie sahen dann, wie die fünfzig Burschen ihre Häuser bauten. Die fünfzig Mädchen sagten untereinander: »Was machen die andern Menschen? Was machen sie mit den Steinen? Was machen sie mit den Bäumen?« Das kecke Mädchen sagte: »Ich werde wieder hingehen. Ich werde mich wieder hinschleichen und sehen, was die andern Menschen machen. Ich habe sie einmal nackt gesehen und will sie wiedersehen.«

Das kecke Mädchen schlich sich zwischen den Büschen dahin zu den Häusern der Burschen. Das Mädchen kam ganz dicht zu den Häusern. Das Mädchen schlich sich in ein Haus hinein. Es war niemand darin. Das Mädchen sah, wie schön das Haus war. Das Mädchen sah sich im Hause um. Draußen kam aber gerade der Wilde vorbei. Er roch das Mädchen. Er brüllte. Das Mädchen erschrak und schrie. Das Mädchen lief aus dem Hause und so schnell sie konnte davon, in der Richtung auf den Platz, wo die Mädchen lagerten.

Alle Burschen hatten den Schrei des Mädchens gehört. Alle Burschen sprangen auf und liefen hinter dem Mädchen her. Das Mädchen lief durch den Busch und schrie. Die andern Mädchen hörten das Schreien. Die Mädchen sprangen auf und liefen dem kecken Mädchen entgegen, um ihm zu helfen. Im Busch stießen die fünfzig Mädchen und die fünfzig Burschen aufeinander. Es trafen immer ein Bursche und ein Mädchen zusammen. Die Mädchen und die Burschen schlugen sich. Es waren immer zwei, die sich im Gebüsch trafen, ein Mädchen und ein Bursche. Auch das wilde Mädchen und der wilde Bursche trafen aufeinander.

Es war im Gebüsch, und sie konnten einander nicht sehen. Es sahen sich überall immer nur das Mädchen und der Bursche, die einander getroffen hatten. Die fünfzig Mädchen waren sehr stark. Die fünfzig Mädchen warfen die fünfzig Burschen auf die Erde. Die fünfzig Mädchen lagen über den Burschen. Die fünfzig Mädchen sagten bei sich: »Nun will ich doch sehen, ob die Kecke gelogen hat oder nicht.« Die Mädchen griffen den Burschen zwischen die Schenkel. Sie fanden bei den Burschen den Thäbuscht. Als sie ihn berührten, schwoll der Thäbuscht der Burschen, und die Burschen lagen ganz still. Als die Mädchen den Thäbuscht der Burschen berührten, schwoll ihnen das Herz. Die fünfzig Mädchen schlugen ihre eigenen Kleider beiseite und schoben den Thäbuscht in ihre Tachschunt. Die Burschen lagen ganz still. Die fünfzig Mädchen beschliefen die fünfzig Burschen. Die fünfzig Burschen wurden darauf noch toller als die fünfzig Mädchen.

Jeder Bursche nahm ein Mädchen und ging mit ihm in sein Haus. Sie heirateten einander. Im Hause sagten die Burschen: »Es ist aber nicht recht, daß die Frau auf dem Manne liegt. Wir wollen in Zukunft den Beischlaf so vollziehen, daß wir Männer auf den Frauen liegen. So werden wir die Herren werden.« In Zukunft beschliefen sie also einander in der Weise, in der es die Männer und die Frauen der Kabylen heute noch meist tun.

Die Burschen wurden nun noch toller wie die Mädchen. Sie lebten alle sehr zufrieden untereinander. Nur der Wilde und die Wilde, die kein Haus hatten, zogen zwischen ihnen umher und suchten den einen oder andern zu verschlingen. Die andern jagten sie deshalb überall aus ihrer Nähe, und wenn sie sie trafen, mißhandelten sie den Wilden und die Wilde. Der Wilde und die Wilde sagten zuletzt zueinander: »Sind wir nicht anders als diese Menschen? Werden wir nicht überall von ihnen mißhandelt? Ist es nicht besser, wir gehen den andern aus dem Wege? Wollen wir nicht zusammen in das Holz gehen?« Der Wilde und die Wilde machten sich auf den Weg. Sie zogen in den Wald. Sie kamen in Zukunft aus dem Walde und raubten

Kinder, die sie fraßen. Die Wilde wurde so zur ersten Teriel, der Wilde aber wurde der erste Löwe. Beide nährten sich von Menschen, die sie fraßen.

Die andern Frauen und Männer waren froh, daß sie von den Menschenfressenden befreit waren. Sie lebten sehr glücklich miteinander. Ihre Nahrung bestand nur aus Kräutern, die sie pflückten.

Aini

Kabylen

Aini, Lehrzeit

Zwei Burschen waren miteinander sehr befreundet, sie wohnten aber nicht in dem gleichen Dorfe, sondern in zwei verschiedenen, die weit voneinander entfernt lagen. Der eine, Ahmar, sagte eines Tages zu dem anderen: »Wir wollen doch nicht mehr so weite Wege machen, wenn einer von uns dem anderen einmal etwas zu sagen hat. Wir wollen in das gleiche Dorf ziehen.« Der andere war einverstanden. Als die beiden Burschen heirateten, sagte Ahmar: »Wenn der eine von uns eine Tochter, der andere aber einen Jungen hat, dann sollen unsere Kinder sich heiraten.« Der andere war einverstanden.

Als sie nun einige Monate miteinander im gleichen Dorfe gewohnt hatten, war es dem Ahmar leid geworden, daß er mit dem anderen das Abkommen der Verehelichung ihrer Kinder getroffen habe. Als dem anderen nun also einige Zeit darauf ein Sohn, ihm aber ganz kurze Zeit darauf eine Tochter geboren wurde, da sagte er: »Meine Frau hat geboren. Ihr Kind soll Aini heißen. Aini ist ein Junge und kein Mädchen.« Darauf ließ der Vater den Aini in Jungenkleidern gehen, so daß alle Welt glaubte, Aini sei ein Junge.

Aini und der Sohn des anderen freundeten sich aber von Kindheit auf an. Der Knabe und Aini trafen sich am Morgen bis zum Abend. Sie spielten zusammen. Sie aßen zusammen. Der Knabe wußte stets, wo Aini war, und Aini wußte stets, wo der Knabe war. Das nahm so seinen Fortgang, bis sie beide begannen heranzuwachsen.

Aini war ein recht großes Mädchen. Der Bursche spielte mit Aini. Eines griff das andere. Der Bursche packte Aini um die Schultern, auf die Brust. Der Bursche sagte: »Aini, weshalb hast du eine so hohe Brust? Aini, sieh, meine Brust ist ganz flach.« Aini sagte: »Ich weiß es nicht, laß das!« Eine alte Frau kam vorbei. Sie lachte und sagte zum Burschen: »Dein Freund ist eben ein Mädchen.« Aini ging fort. Der Bursche folgte ihr. Aini ging in den Wald. Aini weinte. Aini setzte sich auf einen Baumstamm. Der Bursche setzte sich neben Aini. Sie sprachen miteinander. Sie schworen sich, einander später zu heiraten. – Von dem Tage an spielten Aini und der Bursche nicht mehr miteinander. Aini und der Bursche vermieden es, sich in Gegenwart anderer zu treffen. Die Leute sahen das.

Die Leute kamen zu Ainis Vater und sagten: »Höre, dein Sohn Aini ist nicht mehr so vergnügt wie früher. Aini drückt sich mit seinem Freunde immer in den Winkeln herum. Die beiden Freunde sind so wie ein Bursch und ein Mädchen, die sich heiraten wollen.« Ahmar sagte bei sich: »Hooo! Also so geht diese Freundschaft! Da will ich eine Änderung treffen.« Und Ahmar nahm Aini in eine Kammer und gab Aini Beschäftigung in der Kammer und erlaubte Aini nicht mehr, das Gehöft zu verlassen. Aini saß nun also immer daheim, und wenn der Bursche, Ainis Freund, an das Gehöft klopfte und fragte, ob er Aini nicht sprechen oder sehen könnte, wurde ihm stets gesagt: »Aini ist zu beschäftigt.«

Der Bursche ging aber abends um das Gehöft und horchte an den Mauern, um zu hören, in welcher Kammer Aini lebte. Nach kurzer Zeit wußte er, wo Aini wohnte, und als alle schliefen, warf er Steine in das Fenster. Ein Stein traf Aini. Aini erhob sich, sah zum Fenster heraus und erkannte den Burschen. Aini sprach mit dem Burschen. So sprachen sich Aini und der Bursche viele Tage lang jeden Abend, ohne daß die Eltern Ainis es gewahr wurden. Der Bursche sah aber, daß er auf diesem Wege Aini nicht zur Frau gewinnen würde.

Eines Abends kam der Bursche wieder an Ainis Fenster. Er warf ein Steinchen herein, und Aini kam an das Fenster. Der Bursche sagte: »Aini, ich will heute Abschied nehmen. Ich will von dannen gehen und sehen, ob ich es an einem anderen Orte zu etwas bringen kann, um dich nachher zur Frau gewinnen zu können. Wenn ich eine hohe Brautgabe bringen kann, dann wird dein Vater dich mir geben.« Aini sagte: »So glaube ich, wird es werden.« Der Bursche sagte: »Ich schwöre aber, daß wenn du stirbst, dann will ich auch sterben, und nun schwöre du mir, daß, wenn ich sterbe, du auch sterben willst. Wir wollen nur eines mit dem andern leben. Willst du mir das schwören?« Aini schwor. Aini und der Bursche nahmen Abschied.

Der Bursche ging am anderen Tage von dannen. Er ging so seiner Wege dahin; da traf er einen alten Mann. Der alte Mann fragte den Burschen: »Wo gehst du hin?« Der Bursche sagte: »Ich gehe dahin, wo ich Brot finde.« Der Alte sagte: »Dann komm zu mir. Ich will dein Vater sein. Sei du mein Sohn.« Der Bursche war einverstanden. Er zog zu dem älteren Manne. Der alte Mann war sehr freundlich zu ihm. Sprach mit ihm, aß mit ihm, sorgte für ihn. Eines Tages nun aber kam der Alte dazu, wie der Bursche mit den anderen Burschen des Dorfes spielte. Er hörte, wie der Bursche »Aini« rief. – Nun hatte der Alte vor einigen Jahren aber wieder geheiratet, und seine junge Frau hieß Aini. Als der Alte hörte, daß der Bursche »Aini« rief, glaubte er, damit meine er seine eigene junge Frau.

Da wurde der Alte mißtrauisch. Er war nun nicht mehr freundlich zu dem Burschen und sprach nun überhaupt nicht mehr mit ihm. Er ließ den Burschen seine Wege gehen. Der Bursche sagte bei sich: »Es ist hier nicht mehr wie früher, ich will weitergehen und werde es an einem anderen Orte versuchen. Vorher will ich aber noch einmal zum Dorfe meines Vaters gehen und sehen, wie es Aini geht.«

Der Bursche ging zu dem Alten und sagte: »Ich möchte morgen einmal in das Dorf meines Vaters gehen und sehen, wie es da steht.« Der Alte sagte: »Ich werde dich begleiten, denn ich will dort Öl einkaufen.« Sie machten sich gemeinsam auf den Weg. Als sie nahe dem Dorfe des Burschen waren, kamen sie über den Kirchhof. Sie sahen da ein neu errichtetes Grab. Der Alte fragte einen Hirten, der am Kirchhof seine Herde weidete: »Wer ist hier begraben?« Der Hirt sagte: »Sie haben hier soeben das Mädchen Aini begraben, das gestern gestorben ist.«

Der Bursche sagte bei sich: »Nun ist also Aini gestorben und begraben. Nun will ich auch sterben.« Der Bursche sagte zu dem Alten: »In unserem Lande begraben sie die Toten anders als in eurem. Ich will es dir zeigen. Komm, wir wollen einmal die Steinplatten aufheben.« Der Bursche hob die Steinplatten auf. Aini lag tot in der Grube. Der Bursche sagte: »Nun bist du tot, Aini; ich werde aber kommen.« Der Bursche legte sich zu der toten Aini in die Grube und sagte zu dem Alten: »Nun decke die Platten wieder über das Grab. Gehe dann hin und kaufe dein Öl ein. Kehre du dann heim zu deiner Aini. Ich aber werde hierbleiben bei meiner Aini.« Da deckte der Alte das Grab zu und ging in den Ort, um Öl einzukaufen.

Am Tage nachdem Aini begraben war, kam Asrain, der Richtengel, um über die verstorbene Aini zu richten. Als er an das Grab Ainis kam, fand er aber neben der toten Aini den lebenden Burschen. Da sagte Asrain zu dem Burschen: »Was tust du neben der toten Aini? Du lebst! Mit dir habe ich nichts zu tun. Geh von der toten Aini und aus dem Grabe.« Der Bursche sagte: »Es ist mir alles gleich. Aini ist gestorben. Nun will ich auch sterben. Ich bleibe hier im Grabe bei Aini.«

Asrain kehrte um und ging zu Gott. Asrain sagte: »Etwas derartiges ist mir noch nicht vorgekommen. Ich ging hin, um die tote Aini aufzusuchen, und fand neben der toten Aini einen lebenden Burschen, und der Bursche sagte, Aini sei gestorben, nun wolle er auch sterben. Der Bursche will das Grab nicht verlassen.« Gott hörte es und sagte zu Asrain und dem Burschen: »Dieser Bursche hatte noch vierzig Jahre zu leben. Wenn er nun hiervon Aini die Hälfte abgeben will, so wird er nur noch zwanzig Jahre leben, aber Aini wird auch noch zwanzig Jahre leben.« – Der Bursche lachte im Grabe. Aini schlug die Augen auf. Aini sah den Burschen neben sich. Aini sagte: »Ich danke dir!«

Am anderen Tage kam der Alte vom Ölkaufe zurück. Er sagte, als er in die Nähe des Grabes kam: »Ich möchte doch wissen, ob der Bursche, der sich zu der toten Aini ins Grab gelegt hat, noch lebt oder ob er auch gestorben ist.« Er ging zu dem Grabe, legte sein Ohr an die Platten und horchte. Da hörte er, daß der Bursche mit Aini sprach. Der Alte sagte: »Sie leben beide.« Der Alte nahm die Steinplatten auf. Aini und der Bursche lachten. Aini und der Bursche stiegen aus dem Grabe, dankten dem Alten und verabschiedeten sich von ihm. Aini und der Bursche gingen von dannen. –

Der Bursche sagte: »Aini, wir wollen weitab von den anderen Menschen im Walde uns ein Haus bauen und da die zwanzig Jahre, die uns zu leben erlaubt sind, verbringen.« Aini war einverstanden. Der Bursche baute im Walde ein Haus, das war stark und fest und hatte sieben Türen, so daß von außen niemand hereinkam, wenn es zugeschlossen war. In dem Hause wohnte der Bursche mit Aini. Tagsüber ging der Bursche auf die Jagd und schloß stets die sieben Türen ab. Aini konnte dann nicht aus dem Hause heraus, und es konnte außer dem Burschen, der den Schlüssel hatte, auch niemand in das Haus herein. Aini saß dann aber am Fenster und blickte in den Wald oder zum Himmel empor.

Eines Tages kamen zwei Jäger, die der Agelith der benachbarten Ortschaft täglich zur Jagd sandte, an dem Hause der Aini vorbei. Sie sahen zum Fenster empor und sahen Aini. Sie blieben stehen und betrachteten Aini. Aini war so schön, daß die Jäger sich von dem Anblick nicht trennen konnten. Sie gingen nicht weiter zur Jagd, sondern blieben bis zum Abend stehen und betrachteten Aini. Erst abends kehrten sie in das Dorf des Agelith zurück. Der Agelith fragte die Jäger: »Weshalb kommt ihr heute ohne Jagdbeute zurück?« Die Jäger sagten: »Wir kamen im Walde an einem Hause vorbei. Eine Frau sah zum Fenster heraus, die war so schön, daß wir uns nicht entfernen konnten, sondern sie immer anschauen mußten. Keiner von uns beiden hätte vorher geglaubt, daß es etwas so Schönes auf der Erde gibt. Auch du, Agelith, hast nie etwas so Schönes gesehen.« Der Agelith sagte: »Ich werde morgen mit euch gehen und sehen, ob ihr die Wahrheit gesprochen habt. Dann will ich euch verzeihen, daß ihr heute so lässig wart.«

Am anderen Tage ließ der Agelith sich von den Jägern den Weg zu dem Hause Ainis zeigen. Der Agelith kam zum Hause Ainis. Aini sah zum Fenster hinaus. Aini sah, daß der Agelith ein sehr schöner Mann war. Der Agelith sah Aini und blieb stumm. Er schaute Aini an und konnte nichts sagen. Er blieb bis zum Abend stehen. Als es Abend war, sagte Aini: »Mein Mann wird sogleich von der Jagd nach Hause zurückkehren. Wenn er dich trifft, wird er dich töten.« Der Agelith sagte: »Kann ich dich nicht einmal besuchen?« Aini sagte: »Mein Mann schließt das Haus jeden Tag mit den Schlössern an den sieben Türen ab; es kann daher niemand hinein. – Geh aber, mein Mann wird sogleich kommen.« Der Agelith ging.

Der Agelith rief am anderen Tage alle Männer seines Dorfes zusammen und sagte: »Grabt mir ein Loch und einen Gang in dieser Richtung.« Der Agelith ließ vom Boden seiner Kammer aus einen Gang graben, der bis unter die Kammer Ainis unter dem Hause im Walde führte. Als der Bursche eines Morgens in den Wald zur Jagd gegangen war und die sieben Schlösser an den sieben Türen hinter sich abgeschlossen hatte, kam der Agelith durch den Gang und trat in die Kammer Ainis. Aini erschrak und fragte: »Weshalb bist du gekommen?« Der Agelith sagte: »Deine schöne Gestalt hat mich hierher geführt.« Aini sagte nichts mehr. Aini sah wieder, daß der Agelith ein schöner, starker Mann war. Der Agelith führte Aini zu ihrem Lager. Der Agelith legte sie nieder. Aini sagte nichts. Der Agelith beschlief Aini. Aini sagte nichts. Der Agelith lag ihr mehrmals bei. Aini sagte: »Nun geh, denn mein Mann kommt bald wieder. Schließe Freundschaft mit meinem Manne.« Der Agelith ging.

Am anderen Tag begab sich der Agelith auf die Jagd. Der Agelith traf den Burschen und sah ihm eine Weile zu. Dann sagte er: »Du scheinst die Jagd ausgezeichnet zu können.« Der Bursche sagte: »Ich verstehe einiges davon.« Der Agelith sagte: »Lehre mich die Jagd. Alles, was ich so erlege, soll dein sein.« Der Bursche jagte mit dem Agelith den Tag über. Sie gewannen viel Beute. Der Agelith gab seinen Anteil dem Burschen. Der Bursche kehrte mit reicher Beute heim. Aini sah, daß ihr Mann mehr Beute heimbrachte als sonst, und fragte: »Woher kommt es, daß du heute so großen Erfolg hast?« Der Bursche sagte: »Unterwegs traf ich einen Agelith, mit dem jagte ich. Ich zeigte ihm alles. Da ließ er mir seinen Anteil an der Beute.« Aini sagte: »Das ist ein guter Verkehr für dich. Diesen Umgang solltest du pflegen.«

Der Bursche traf an einem anderen Tage den Agelith wieder im Walde. Der Agelith sagte: »Wir wollen heute einmal nicht jagen. Komm zu mir in mein Dorf und in mein Haus. Wir wollen zusammen spielen.« Der Bursche war einverstanden. Der Agelith führte den Burschen in seine Kammer und spielte mit dem Burschen Jammut, Dame. Der Bursche paßte gut auf. Der Agelith verlor im Anfange des Spiels. Der Agelith verlor weiterhin noch mehr. Der Agelith verlor alles, was er besaß. Es blieb dem Agelith nichts übrig. Der Bursche ging wieder nach Hause.

Als der Bursche am anderen Tage zur Jagd gegangen war, kam der Agelith durch den Gang unter der Erde zu Aini und sagte: »Ich habe gestern mein ganzes Vermögen an deinen Mann im Jammutspiel verloren.« Aini sagte: »Ich werde es einrichten, daß du alles wiedergewinnst. Lade dir meinen Mann morgen noch einmal zum Spielen ein.« Der Agelith sagte: »So werde ich all das Meine verlieren.« Aini sagte: »Das soll meine Sache sein.«

Am anderen Morgen traf der Agelith wieder den Burschen im Walde. Der Agelith sagte: »Komm noch einmal mit zu mir. Ich habe noch einiges zum Spielen.« Der Bursche sagte: »Warte, ich will nur schnell meine Waffen nach Hause tragen, dann komme ich.« Der Bursche ging nach Hause, schloß das Haus auf, ging hinein, hängte die Waffen an den Haken an der Wand und ging. Er schloß die sieben

Türen, kehrte zu dem Platze im Walde zurück, an dem er den Agelith zurückgelassen hatte, und sagte: »Ich bin bereit. Wir können zu dir gehen und wieder Jammut spielen.« Der Agelith und der Bursche machten sich auf den Weg in das Dorf.

Als der Bursche die sieben Türen von draußen abgeschlossen hatte, um den Agelith im Walde wieder zu treffen, ergriff Aini die Waffen, die der Gatte eben an die Wand gehängt hatte, nahm sie herab und rannte mit ihnen durch den Gang von dannen. Sie kam durch den Gang in die Kammer des Agelith. Sie hängte die Waffen an die Wand, und zwar gerade gegenüber dem Platze, an dem der Gast sitzen mußte, also im Rücken des Platzes des Agelith. Dann lief Aini wieder von dannen.

Nachdem Aini einige Zeit fort war, kam der Agelith mit dem Burschen vom Walde her in seinem Dorfe an. Der Agelith führte den Burschen in seine Kammer und sagte: »Setze dich nieder, ich werde das Jammut holen.« Der Bursche setzte sich. Er sah auf. Er sah zu der Wand, die ihm gegenüber war. Er sagte bei sich: »Das sind doch meine Waffen!« Er sagte bei sich: »Das können ja nicht meine Waffen sein, denn meine Waffen habe ich eben bei mir zu Hause an die Wand gehängt, und dann habe ich die sieben Türen hinter mir verschlossen. Die Schlüssel habe ich aber bei mir in der Tasche. Es können nicht meine Waffen sein!« – Der Agelith kam zurück.

Der Agelith sagte: »Hier ist das Jammut. Nun wollen wir spielen.« Der Agelith spielte. Der Bursche spielte. Der Bursche dachte aber nicht an das Spiel. Der Bursche dachte: »Das sind doch meine Waffen. Das können nicht meine Sachen sein.« Der Bursche spielte schlecht. Der Bursche sah nach der Wand. Er sah nach den Waffen. Der Bursche verlor mehr und mehr. Er dachte immer: »Das sind meine Waffen! Das können nicht meine Sachen sein.«

Der Bursche verlor alles, was er gestern dem Agelith abgewonnen hatte. Der Bursche stand auf und ging. Er machte sich auf den Heimweg durch den Wald.

Als der Bursche weggegangen war, kam Aini durch den Gang, nahm die Waffen von der Wand und trug sie in ihr Haus, das durch sieben Schlösser an sieben Türen geschlossen war. Aini hängte die Waffen zu Hause so an die Wand, wie der Bursche sie hingehängt hatte, ehe er zu dem Agelith zum Spielen ging. – Nach einiger Zeit kam der Bursche zu seinem Hause. Er öffnete die sieben Schlösser an den sieben Türen und trat hinein. Er schaute an die Wand, dahin, wo er heute morgen seine Waffen aufgehängt hatte, und sah, daß sie noch ebenso dort hingen. Der Bursche schlug sich vor die Stirn und sagte: »Ich war ein Narr! Ich war ein Narr!« Aini fragte: »Was hast du, was ist dir? Wo warst du?« Der Bursche sagte: »Ich war bei dem Agelith und spielte mit ihm Jammut. Es hingen da Waffen an der Wand, die sahen aus wie die meinigen. Da dachte ich immer an die Waffen und nicht an das Spiel. So kam es, daß ich alles, was ich dem Agelith gestern im Spiele abgewonnen habe, heute wieder an ihn verloren habe.«

Aini sagte: »Dann mußt du eben morgen noch einmal mit dem Agelith spielen und mußt sehen, ob du das heute Verlorene nicht noch einmal wiedergewinnen kannst. Denke nur morgen nicht an deine Sachen und nicht an mich. Denke immer nur an das Spiel. Dann wirst du schon gewinnen.« Der Bursche sagte: »Du hast recht. Ich werde es versuchen.« Am andern Morgen ging er in den Wald, dahin, wo er den Agelith traf, und sagte: »Wollen wir heute jagen oder spielen?« Der Agelith sagte: »Mir ist es gleich.« Der Bursche sagte: »Dann wollen wir heute noch einmal spielen. Warte, ich trage meine Waffen schnell nach Hause und komme dann wieder hierher.«

Der Bursche lief nach Hause, hängte seine Waffen an die

Wand, sagte Aini Lebewohl und verschloß die Türen eine nach der anderen hinter sich. Dann ging er in den Wald, holte am Treffpunkt seinen Freund, den Agelith, ab und ging mit ihm in sein Dorf und in seine Kammer. Der Agelith sagte: »Setze dich, ich gehe und hole das Jammut.« Der Agelith ging. Der Bursche schaute sich im Zimmer um. Es war nichts da, was ihn störte. Der Bursche sagte: »Heute werde ich an nichts anderes denken als an das Spiel. Ich will heute dem Agelith alles Seine abgewinnen.«

Der Agelith kam mit dem Jammut. Er setzte sich. Sie begannen zu spielen. Der Bursche dachte nur an das Spiel. Der Bursche gewann. Er hatte schon einen Teil des Besitzes des Agelith wiedergewonnen, als Aini durch den Gang aus ihrem Hause kam. Sie trat in die Kammer, in der der Agelith mit ihrem Mann spielte. Sie setzte schweigend den Tee zwischen beide Männer und ging wieder hinaus. Dann eilte sie durch den Gang wieder in ihr eigenes durch sieben Schlösser an sieben Türen verschlossenes Haus. Der Schatten Ainis fiel, als sie den Tee niedersetzte, auf die Hände des Burschen. Er schlug die Augen auf und sah Aini. Er sagte bei sich: »Es ist nicht möglich.« Er sagte bei sich: »Es muß Aini gewesen sein.« Er blickte auf. Aini war wieder gegangen. Der Bursche dachte: »Das muß Aini gewesen sein. Ich habe sie doch aber in dem Hause mit den sieben Schlössern an den sieben Türen eingeschlossen gehalten. Nein, es kann doch nicht Aini gewesen sein.« Der Bursche dachte nicht mehr an das Spiel. Der Agelith begann mehr und mehr zurückzugewinnen. Der Bursche dachte nur noch: »War das Aini, oder war das nicht Aini?« Er dachte nicht mehr an das Spiel. Der Agelith gewann alles Seine zurück. Er begann dem Burschen das abzugewinnen, was diesem gehörte. Der Bursche dachte aber nicht an das Spiel, er dachte nur: »War das Aini, oder war das nicht Aini?« Der Bursche verlor alles, was ihm gehörte. Es blieb ihm nichts mehr, und der Agelith hatte nun nicht nur das Seine gerettet, sondern das Vermögen des Burschen dazugewonnen. Der Bursche ging. Der Bursche lief aus dem Dorfe nach Hause. Der Bursche besah die Schlösser an den sieben Türen. Sie waren alle gut verschlossen. Der Bursche betrat das Haus. Er sah Aini, die auf ihrem Lager ausgestreckt war. Er schlug sich vor die Stirn und sagte: »Du Narr, du Narr, du Narr!«

Aini fragte: »Was hast du? Hast du das Vermögen des Agelith zurückgewonnen?« Der Bursche sagte: »Nein, ich habe es nicht zurückgewonnen. Ich bildete mir ein, dich im Hause des Agelith zu sehen, und ich dachte nur noch, ob du dort sein könntest oder nicht, und so verlor ich nicht nur das, was ich dem Agelith schon wieder abgenommen hatte, sondern verlor noch mein ganzes Vermögen dazu.« Aini sagte: »So besitzt der Agelith nun dein und sein Vermögen?« Der Bursche sagte: »So ist es.« Aini sagte: »Du hast verspielt.« –

Am anderen Tage ging der Bursche zur Jagd. Kaum war er fortgegangen und hatte die Türen abgeschlossen, so kam der Agelith durch den Gang zu Aini. Aini sagte: »Du hast nun meinem Mann alles abgewonnen und bist nun wohlhabender als früher?« Der Agelith sagte: »So ist es.« Der Agelith sagte zu Aini: »Komm mit mir. Dein Mann hat nun nichts mehr. Komm als meine Frau mit zu mir.« Aini ging mit dem Agelith. Der Agelith brachte Aini in sein Haus.

Der Bursche kam am Abend von der Jagd zurück. Er öffnete die Türen und rief: »Aini!« Aini antwortete nicht. Er rief nochmals und nochmals. Der Bursche suchte Aini im ganzen Hause. Er fand Aini nicht. Er setzte sich auf Ainis Lager und sagte: »Das hat der Agelith getan. Aini ist zu ihm gegangen.« Der Bursche dachte nach. Der Bursche sagte: »Ich habe ihr zwanzig Jahre meines Lebens gegeben. Ich werde sie ihm wieder nehmen.« –

Der Bursche schloß sich ein. Er blieb vierzig Tage eingeschlossen. Während vierzig Tagen kam er nicht aus seinem Hause. Vierzig Tage lang sah er nicht die Sonne. Vierzig Tage lang aß er nichts und trank er nichts. Nach diesen vierzig Tagen erkannte niemand ihn wieder. Er war ganz mager. Die Augen waren leer. Er ging gebückt. Er sah aus wie ein Toter. Er sah nicht mehr aus wie ein Lebender. Nach vierzig Tagen kam der Bursche aber aus dem Hause. Er öffnete die sieben Türen, trat vor sein Haus und sagte: »Ich werde mir die zwanzig Jahre wiedergeben lassen, und es soll kein Jahr vergehen, ohne daß ich mich nicht sattgegessen hätte an den besten Gerichten, die Gott der Erde gegeben hat. Es scheint so, daß Gott seine besten Gerichte nicht dem Ehrlichen gibt, sondern dem Klugen. Da mich Gott aber nicht dumm gemacht hat, sondern klug, so darf ich meinen Löffel so gut in die besten Gerichte stecken wie andere.«

Der Bursche sah so elend aus, daß niemand ihn wiedererkannte. Der Bursche kam zu dem Agelith. Der Agelith erkannte ihn auch nicht wieder. Der Bursche sagte: »Darf ich bei dir arbeiten?« Der Agelith sagte: »Du wirst zu schwach sein zur Arbeit.« Der Bursche sagte: »Ich war nur krank. Laß mich nur einige Zeit arbeiten und mich sattessen, dann wird mein Zustand sich ändern.« Der Agelith stellte den Burschen an. Der Bursche arbeitete und nährte sich. Nach einiger Zeit sah er schon besser aus.

Der Bursche arbeitete einen Monat lang bei dem Agelith. Da sah er frischer und stärker und schöner aus als früher. Alle Frauen und Mädchen sahen ihm nach. Er arbeitete dann noch einen Monat und sättigte sich und ward so schön und stark, daß niemals vorher ein so schöner und starker junger Mann auf der Erde gewesen war.

Die Mutter des Agelith kam zu dem Burschen auf den Acker und sagte: »Mein Bursche, besuche mich heute nacht auf meinem Lager!« Der Bursche sagte: »Ich will das schon ganz gerne tun. Ich fürchte mich nur vor dem Agelith! Dein Sohn wird es merken, und er wird mich töten. Ja, wenn dein Sohn tot wäre, dann könnte ich dich ja überhaupt heiraten.« Die Mutter des Agelith sagte: »Dann hätte ich dich für immer.« Der Bursche sagte: »Ja, dann hättest du mich für immer.« Die Mutter des Agelith sagte: »Ich werde dann meinen Sohn gleich heute abend mit dem Abendessen vergiften. Iß du also von dem Brei nicht!«

Abends saß der Bursche beim Agelith. Das Essen wurde hereingebracht. Der Agelith nahm seinen Löffel und schöpfte aus dem Brei. Der Agelith wollte den Löffel zum Munde führen. Der Bursche hielt seinen Arm fest und sagte: »Warte, iß dies noch nicht. Rufe erst deinen Hund, und gib diesen Brocken deinem Hunde.« Der Agelith tat es. Der Hund fraß und starb auf der Stelle. Der Agelith erschrak und sagte: »Wie ist das denkbar? Meine Mutter macht doch selbst meine Speisen!« Der Bursche sagte: »Warte, ich habe zuerst gelernt, jetzt lerne du zu zweit. Weißt du, wer ich bin?« Der Agelith sagte: »Was soll das? Du bist mein Arbeiter.« – Der Bursche schüttelte den Kopf.

Der Bursche sagte: »Du irrst dich. Ich bin nicht dein Arbeiter, sondern ich bin dein Lehrer, und außerdem bin ich der Mann der Aini.« Der Agelith wollte aufspringen und seine Waffen holen. Der Bursche sagte: »Laß das. Hätte ich mich an dir für den Raub der Aini rächen wollen, so hätte ich dich doch nur die vergiftete Speise, die deine Mutter bereitet hat, um dich zu töten und mich nachher heiraten zu können, essen zu lassen brauchen. Ich habe das aber nicht getan. Ich will mich nicht rächen. Ich will auch deine Mutter nicht heiraten. Ich will nur die Jahre zurückerstattet haben, die ich Aini geschenkt habe. Ich verlange Aini von dir. Ich will dich aber nicht töten.

Du hast nun das Gleiche erlebt mit deiner Mutter, was ich mit Aini erlebt habe. Gib mir beide Frauen. Ich will sie verbrennen.« –

Der Agelith gab dem Burschen Aini. Er gab ihm seine Mutter. Der Bursche entzündete ein großes Feuer. Der Bursche sagte zu Aini: »Ich habe dir, als du gestorben warst, die Hälfte meines Lebens, ich habe dir zwanzig Jahre gegeben. Als Dank dafür bist du von mir gelaufen und zu dem gegangen, der reich und Agelith war, während ich nur noch ein armer Jäger war. Du hast die zwanzig Jahre, die ich dir geschenkt habe, nicht so verwendet, wie wir beide es uns seinerzeit zugeschworen haben. Deshalb verlange ich von dir jetzt die zwanzig Jahre zurück. Das ist alles.« Der Bursche verbrannte Aini und die Mutter des Agelith.

Dann ging der Bursche in ein anderes Land.

Die Töchter des Agelith – Gesellenübung

Der Bursche war sehr schön und stark und klug. Jeder Mann wollte ihn gern in seinen Diensten haben. Er kam in das Land eines Agelith, der überall bekannt war als weiser Richter. Der Bursche war bei dem Agelith einige Tage, als dieser zu ihm sagte: »Ich muß oft hierhin und dorthin, um Streitigkeiten zu regeln. Dann habe ich niemand, der mich hier vertritt. Deshalb frage ich dich, ob du bei mir bleiben und solche Vertretung in meinem Hause übernehmen willst, denn du bist der erste, den ich für klug genug halte, solches Amt zu übernehmen. Überlege es dir bis morgen.« Nachdem der Agelith dies gesagt hatte, ging er weg, und der Bursche blieb im Gehöft zurück.

Er ging im Hofe auf und ab und überdachte das, was der Agelith ihm gesagt hatte. Er sagte vor sich hin: »Soll ich bleiben, oder soll ich nicht bleiben?« Zwei Stimmen sagten hinter ihm: »Wenn du nicht ein Tor bist, bleibst du.« Der Bursche wandte sich um. Er sah zwei sehr schöne erwachsene Mädchen. Die Mädchen gingen in das Haus. Es waren die Töchter des Agelith. Im Hause lachten sie. Der Bursche sagte bei sich: »Das ist eine schöne Doppelspeise für einen Klugen.« Abends kam der Agelith zurück. Der Bursche sagte: »Ich will es mir nicht lange überlegen. Ich habe mich entschlossen, deinen Vorschlag anzunehmen und als dein Stellvertreter hierzubleiben.«

Am anderen Morgen verreiste der Agelith schon. Kaum war er weggeritten, so kamen die beiden schönen Töchter des Agelith zum Burschen, lachten und sagten: »Bursche, willst du mit uns wetten? Du bist ein so schöner und starker Mann, daß es für Frauen eine Freude ist, mit dir in Händel zu geraten. Sage also, ob du mit uns wetten willst.« Der Bursche sagte: »Ich bin einverstanden. Sagt mir die Wette.« Die beiden schönen Mädchen lachten und sagten: »Wir wollen dir fünfzig Goldstücke geben, wenn du uns zwanzigmal hintereinander schwächen kannst. Du gibst uns fünfzig Goldstücke, wenn du es nicht kannst.« Der schöne Bursche lachte und sagte: »Wir wollen keine Zeit verlieren und anfangen.« Der Bursche beschlief die beiden Mädchen zwanzigmal. Er schwächte sie auch zwanzigmal. Beim letztenmal versagte aber seine Kraft. Die beiden schönen Mädchen sagten: »Du bist ein schöner und starker Mann, aber die fünfzig Goldstücke bekommst du nicht. Die fünfzig Goldstücke mußt du uns zahlen. Du hast uns allerdings zwanzigmal geschwächt, aber du selbst bist das zwanzigstemal schwach geworden.« Der Bursche sagte: »Das ist eine schwierige Sache, die nur ein Richter entscheiden kann. Ich schlage euch vor, daß wir dem Agelith, eurem Vater, die Sache zur Entscheidung vorlegen.«

Die beiden schönen Mädchen schrien auf. Sie sagten: »Wo denkst du hin! Unser Vater tötet uns ja, wenn er hört, daß wir so etwas taten. Er zerschlägt uns ja in kleine Stücke, wenn er hört, daß wir dir diese Wette vorgeschlagen haben. Du darfst auf keinen Fall mit unserem Vater darüber sprechen. Lieber schenken wir dir die fünfzig Goldstücke.« Der Bursche sagte: »Ihr braucht euch nicht zu ängstigen. Ich habe nicht vor, eurem Vater zu erzählen, daß wir miteinander diese Sache vorhatten. Ich will überhaupt von solchen Dingen mit ihm nicht sprechen. Aber da hier ein Streit vorliegt und ich mit dem Amte des Richters in diesem Haus beauftragt bin, so muß ich seine Entscheidung hören.«

Die beiden schönen Mädchen ängstigten sich so, daß, als der Vater kam, sie sich im Adaeinin, im Viehstall, neben der Wohnkammer versteckten. Der Agelith war noch nicht lange angekommen, da trat auch schon der Bursche ein, begrüßte ihn, setzte sich zu ihm und sagte: »Es waren gestern zwei Leute bei mir, die hatten miteinander eine Wette gemacht und stritten sich nun darum, wer von ihnen sie gewonnen habe. Der eine war der Besitzer eines starken Pferdes. Der hatte fünfzig Goldstücke gewettet, daß sein Pferd zwanzig Bündel Korn zu sich nehmen könne. Der andere war ein Kornhändler, der hatte fünfzig Goldstücke gewettet, daß das Pferd die zwanzig Bündel Korn nicht zu sich nehmen könne. Dann waren sie an die Ausführung gegangen. Das Pferd fraß neunzehn Maß Korn hintereinander. Das zwanzigste Bündel nahm es in sein Maul. Es zermalmte das Korn im Maul und ließ es dann wieder herausfallen. Der Kornhändler sagte nun, das Pferd habe die zwanzig Maß Korn nicht zu sich genommen, und verlangte vom Pferdebesitzer fünfzig Goldstücke. Der Pferdebesitzer sagte, das Pferd habe alle zwanzig Bündel zu sich genommen und damit die Aufgabe erfüllt. Wenn das Pferd nachher das zwanzigste Bündel wieder heraustat, so war das seine Sache. Der Pferdebesitzer verlangte deswegen vom

Kornhändler fünfzig Goldstücke.« Der Agelith sagte: »Welcher Meinung bist du selbst?« Der Bursche sagte: »Ich meine, der Pferdebesitzer hat die Wette gewonnen. Denn sein Pferd hat die zwanzig Bündel tatsächlich zu sich genommen. Somit hat der Kornhändler die fünfzig Goldstücke dem Pferdebesitzer zu zahlen.« Der Agelith sagte: »Ich hätte gerade so entschieden wie du. Ich sehe, du hast die gleiche Auffassung von Recht und Unrecht wie ich, und du hast ein scharfes Urteil. Ich freue mich, daß du so weise bist, und werde meine nächste Reise um so ruhiger antreten.«

Am Abend kamen die beiden schönen Mädchen in die Kammer des Burschen und gaben die fünfzig Goldstücke ab. Sie lachten ganz leise und sagten ganz leise: »Wir danken dir. Der Verlust der fünfzig Goldstücke schmerzt uns nicht, da du uns reichlich gegeben hast. Wir wollen aber, sobald der Vater wieder verreist, eine andere Wette mit dir versuchen, die wir gewinnen wollen.«

Einige Tage später verreiste der Agelith abermals. Sobald er fortgeritten war, kamen die beiden schönen Töchter des Agelith zu ihm und sagten: »Bursche, du bist so klug, so schön und so stark, daß wir dich bitten müssen, dich nochmals in Händel mit uns einzulassen. Willst du noch einmal mit uns eine Wette eingehen?« Der Bursche sagte: »Ja, ich bin dazu bereit. Was wünscht ihr?« Die beiden schönen Mädchen lachten und sagten: »Wir beide wollen uns ganz nackt ausziehen. Du sollst dann vom Abend bis Mitternacht hinter uns herlaufen, uns fangen und uns auf unser Lager werfen. Wenn es dir gelingt, dieses Spiel vom Abend bis Mitternacht mit uns zu treiben, ohne auf uns zu fallen und uns zu schwächen, so wollen wir dir fünfzig Goldstücke auszahlen. Wenn du aber dabei auf uns fällst und dich nicht enthalten kannst, uns zu schwächen, dann sollst du uns fünfzig Goldstücke auszahlen.« Der Bursche sagte: »Ich gehe darauf ein. Ich sage euch aber vorher, daß ihr eure fünfzig Goldstücke verlieren werdet.« Die beiden Mädchen lachten und sagten: »Das verschmerzen wir, wenn du nur nach Mitternacht noch bei uns bleibst und dann bei uns schlafen willst.«

Als es Abend war, zogen die beiden schönen Mädchen sich nackt aus. Der Bursche ging aber in seine Kammer und band sich das Glied am Beine mit einem Tuche fest. Nach einiger Zeit kamen die nackten Mädchen und zupften den Burschen. Der Bursche sprang auf, lief hinter ihnen her, fing sie, trug sie zu ihrem Lager und warf sie auf ihr Lager hin. Er drückte sie nieder, stand dann, ohne ihnen sonst etwas anzutun, auf und ließ auch sie aufspringen. Die Mädchen liefen fort, ließen sich wieder fangen und hinwerfen und niederdrücken. Das ging eine lange Zeit so, und die Mädchen erreichten das, was sie beabsichtigten, nicht. Einmal, nicht lange vor Mitternacht, fühlten aber die Mädchen, daß der Bursche sich das Glied festgebunden hatte. Da knoteten sie, während er sie auf das Lager rollte, ihm das Tuch ab. Als nun das Glied des Burschen frei war, mäßigte er sich nicht mehr, sondern er fiel auf sie und begann sie alle beide, noch ehe es Mitternacht war, zu schwächen.

Die Mädchen lachten und sagten: »Wir sind sehr zufrieden. Fahre so fort. Denn nun haben wir das, was wir wünschen, und die fünfzig Goldstücke mußt du uns auch zahlen.« Der Bursche sagte: »Ihr seht, ich bin euch gerne zu Willen, denn ihr seid ein paar schöne Mädchen. Die fünfzig Goldstücke habt ihr mir aber zu zahlen, denn ihr habt mir mein Tuch abgebunden, und deshalb habe ich das Recht auf meiner Seite. Wenn ihr mir nicht zustimmen könnt und die fünfzig Goldstücke nicht gutwillig zahlen wollt, werde ich, wie das vorige Mal, den Agelith um seine Meinung befragen.« Die Mädchen lachten und sagten:

»Nein, wir wollen dir die fünfzig Goldstücke nicht zahlen, wir verlangen vielmehr von dir die fünfzig Goldstücke. Wenn du es so geschickt anfängst, sind wir damit einverstanden, daß du den Agelith, unseren Vater, um die Entscheidung angehst, und wir werden uns, wie das vorige Mal, seinem Richterspruche fügen. Jetzt bleibe aber noch bei uns.«

Am anderen Morgen kam der Agelith von seiner Reise zurück. Die beiden Mädchen versteckten sich im Adaeinin, und der Agelith kam alsbald in seine Kammer. Der Bursche suchte den Agelith in seiner Kammer auf und sagte: »Während deiner Abwesenheit waren der Pferdebesitzer und der Kornhändler wieder hier und haben in einer schwierigen Streitfrage eine Entscheidung verlangt. Sie hatten wieder miteinander gewettet. Der Pferdebesitzer sollte sein Pferd an eine bestimmte Stelle stellen, und der Kornhändler wollte zwei Kübel voll Korn, einen zur Rechten und einen zur Linken des Pferdekopfes, hinstellen. Das Pferd sollte so vom Morgen bis zum Mittag stehen. Der Pferdebesitzer verpflichtete sich, dem Kornhändler fünfzig Goldstücke zu zahlen, wenn das Pferd das Korn in den beiden Kübeln vor Mittag anrühre. Der Kornhändler verpflichtete sich, dem Pferdebesitzer fünfzig Goldstücke zu zahlen, wenn das Pferd, nachdem es einmal hingestellt war, bis zum Mittag das Korn nicht fresse. Die Wette sagte beiden zu. Der Pferdebesitzer band das Pferd mit einem Strick an der bezeichneten Stelle fest. Der Kornhändler stellte rechts und links von dem Kopfe des Pferdes je einen Kübel mit Korn hin. Das Pferd stand lange so da und rührte das Korn nicht an. Als es nahe bis Mittag war, schlich der Kornhändler aber hin und schnitt heimlich den Strick, an dem das Pferd angebunden war, durch. Das Pferd lief nun frei umher. Es sprang auf den einen Kübel mit Korn und fraß ihn leer, und es sprang auf den anderen Kübel und fraß ihn leer, gerade, als es Mittag war. Nun verlangte der Kornhändler fünfzig Goldstücke, weil das Pferd das Korn nicht nur berührt, sondern auch aufgefressen hatte, und der Pferdebesitzer verlangte fünfzig Goldstücke, weil der Kornhändler den Strick heimlich durchgeschnitten und so die Sache verwirrt hatte.« Der Agelith sagte: »Sage mir, wie du die Sache als mein Stellvertreter entschieden hast!« Der Bursche sagte: »Ich habe gesagt, der Kornhändler hatte nicht das Recht, noch kurz vor Mittag, nachdem das Pferd so lange, ohne das Korn zu berühren, dagestanden hatte, die Schnur durchzuschneiden. Denn der Pferdebesitzer hatte sein Tier gelehrt, derart still zu verharren, solange es am Kopfe angebunden war. Indem der Kornhändler die Schnur durchschnitt, raubte er dem Pferdebesitzer den Einfluß auf sein Pferd und nahm dem Pferde den Verstand. Deshalb hat der Kornhändler dem Pferdebesitzer die fünfzig Goldstücke zu zahlen.« Der Agelith sagte: »Du hast sehr klug entschieden. Ich hätte nicht besser entscheiden können. Ich freue mich darüber, daß du mich während meiner Abwesenheit so gut vertrittst.«

Als es Abend war, kamen die beiden schönen Töchter des Agelith in die Kammer des Burschen, lachten leise und sagten leise: »Hier sind die fünfzig Goldstücke. Wir danken dir. Wir wollen noch etwas bei dir bleiben.«

Nach einiger Zeit waren die beiden schönen Mädchen des Agelith schwanger. Trotzdem hörten sie nicht auf, den Burschen zu besuchen. Der Bursche sagte eines Tages bei sich: »Diese Übung will ich nun beenden. Sie nimmt mir zuviel Kraft. Die Speise ist sehr gut für einen Klugen, aber ehrlich ist sie nicht. An dieser Sache habe ich gelernt, daß die besten Sachen zwar für die Klugen sind, daß sie aber auf die Zeit doch nur bekommen, wenn sie zu einem rechtlichen Genuß führen. Ich habe nicht vor, mir hier den Magen zu verderben.«

Der Bursche packte eines Nachts, nachdem die beiden schönen Mädchen des Agelith ihn über Gebühr lang in Anspruch genommen hatten, seine Sachen und ging, ohne Abschied zu nehmen, von dannen.

Die Frau des Kaffeewirtes – Meisterschaft

Der Bursche wanderte hinfort und kam weit hinein in das Land. Er fragte überall nach der Art der Menschen und nach der Art der Frauen. Als er in eine andere Gegend kam, hörte er von der Tochter eines Agelith, die besonders schön und klug sein sollte. Alle Leute, die von ihr sprachen, erzählten, daß ihr Vater ihr ein eigenes Haus geschenkt habe, in welchem sie wohne. Sie erzählten, daß dieses Mädchen außerordentlich klug sei und zugesagt habe, sie wolle es an Klugheit mit allen Männern aufnehmen. Die Leute erzählten, dies Mädchen habe sich bereit erklärt, irgendeinen Mann zu heiraten, sie wolle ihn aber nur behalten, wenn er ihr an Klugheit überlegen sei. Die Leute erzählten nicht, daß das Mädchen inzwischen einen Kaffeewirt zum Manne genommen hatte, denn die Leute wußten das nicht. Die Leute erzählten nicht, daß das Mädchen dem Kaffeewirt gesagt habe, daß sie ihn nur nähme, um zu sehen, was an einem Manne daran sei, daß sie ihn aber wieder aus ihrem Hause und der Ehegemeinschaft herausweisen würde, wenn ein Mann käme, der sich als klüger und tapferer als er, der Kaffeewirt, und sie, die Tochter des Agelith, erwiese. Die Leute erzählten es nicht, denn die Leute wußten es nicht. Sie erzählten dem Burschen nur immer von der Klugheit und Schönheit der Tochter des Agelith. Der Bursche sagte: »Diese Tochter des Agelith ist anscheinend die Frau, die ich suche.«

Der Bursche machte sich wieder auf den Weg und begab

sich in den Ort, in dem die kluge Tochter des Agelith wohnen sollte.

Der Bursche kam in den Ort. Der Bursche legte seine Sachen bei einem Kaffeewirt nieder. Der Bursche wußte nicht, daß dieser Kaffeewirt gerade derjenige war, den die kluge Agelithtochter ausgewählt hatte, um kennenzulernen, was an einem Manne daran sei. Der Bursche lebte nun in dem Kaffeehause und unternahm nichts. Der Bursche sagte: »Ich will nichts fragen und nichts tun. Es wird alles ganz allein so gehen, wie es gehen muß. Ich werde warten, bis man mir den Weg zu meiner zukünftigen Frau zeigt.«

Einen Monat lang war der Bursche in dem Kaffeehause. Er tat nichts und sagte wenig. Der Kaffeewirt sagte bei sich: »Ich muß herausbekommen, was dieser Bursche hier will. Ich will das wissen, denn die Leute fragen mich danach, und ich kann ihnen keinen Bescheid geben.« Der Kaffeewirt kam eines Tages zu dem Burschen, begrüßte ihn, setzte sich zu ihm und sagte: »Du bist nun schon einen Monat lang hier bei mir.« Der Bursche sagte: »So ist es. Ich hoffe, daß ich immer mein Lager, mein Essen und mein Getränk bezahlt habe.« Der Kaffeewirt sagte: »Gewiß hast du stets alles bezahlt. Du mußt wohlhabend sein, daß du stets alles immer bezahlen kannst, ohne einen Verdienst zu haben. Denn anscheinend arbeitest du nicht.« Der Bursche sagte: »Nein, ich arbeite nicht. Gott hat mich so klug, so schön und so stark gemacht, daß mir immer das, was ich brauche, zuteil wird.« Der Kaffeewirt sagte: »Glaubst du, daß du hier am Orte auch alles bekommen wirst, was du brauchst?« Der Bursche sagte: »Das glaube ich, wenn es hier nämlich kluge Frauen gibt. Ich glaube aber nicht, daß es hier kluge Frauen gibt.« Der Kaffeewirt sagte: »Du irrst dich sehr. Es gibt hier sogar sehr kluge Frauen. Ja, man sagt, in diesem Orte gäbe es die klügste Frau des ganzen Landes. Dort drüben in jenem Hause lebt zum Beispiel eine junge Frau, die Tochter unseres Agelith, die ist klüger als alle Frauen. Sie hat sich vor einiger Zeit einen Mann genommen, der tagsüber beschäftigt ist. Damit sie nun ganz sicher ist, daß in der Zeit seiner Abwesenheit kein Mann zu ihr eindringen kann, hat sie ihr Haus mit sieben Türen verschlossen und nur einen Schlüssel machen lassen, den hat sie ihrem Manne gegeben, der ihn nun immer bei sich trägt. Die kluge Frau hat nun ihrem Manne geschworen, daß nur der in das Haus hineinkommen dürfe und von ihr empfangen würde, der den Schlüssel hat, der zu den sieben Schlössern paßt. Sie empfängt nicht einmal mehr ihre eigenen Verwandten. Diese Frau ist sehr klug.«

Der Bursche sagte bei sich: »Das Mädchen des Agelith hat also einen Mann genommen. Sie hat gesagt, daß sie nur den empfängt, der den Schlüssel zu ihrem Hause hat. Ich werde mir den Schlüssel zu ihrem Hause machen lassen. Ich werde zu ihr gehen und werde sehen, ob sie wirklich so klug ist, wie alle Leute sagen. Wenn sie so klug ist, dann werde ich ihr zeigen, daß ich ihr und ihrem Manne an Klugheit überlegen bin, und ich werde sie dann heiraten. Ihr Haus hat der Kaffeewirt mir ja nun gezeigt.« Als es Abend war, ging der Bursche zu dem Hause der Tochter des Agelith. Er nahm einen Klumpen Wachs mit sich und drückte auf einen Teil des Wachses die Form der Öffnung der Schlösser ab. Dann drückte er einen zweiten Teil Wachs innen in das Schloß. Der Bursche ging wieder heim. Als es Nacht war, ging der Kaffeewirt hinüber zu dem Hause seiner Frau. Er steckte einen Schlüssel in die Öffnung und öffnete. Als er den Schlüssel wieder herauszog, fand er, daß sich eine Wachsschicht in die Zacken gedrückt hatte. Der Kaffeewirt sagte: »Wie kommt denn das Wachs in meine Tasche und an meinen Schlüssel?« Er dachte aber nicht weiter darüber nach, sondern zog die Wachsschicht vom Schlüssel und warf sie auf die Straße.

Dann ging er durch die anderen Türen zu seiner Frau hinein und verließ das Haus am Morgen, nachdem er die Türen wohl verschlossen hatte.

Der Bursche ging aber nachts hin, suchte die Wachsschicht, die der Kaffeewirt weggeworfen hatte, auf und nahm sie mit nach Hause. Am Tage ging er zu einem Schmiede und ließ sich nach dem Wachsabdruck des Kaffeewirtes die Zapfen schmieden. Danach ging er in die Farmen vor dem Orte, schnitt sich ein gutes Stück Holz und schnitzte daraus nach dem selbstgenommenen Wachsabdruck das Schlüsselholz und setzte die Zapfen ein. Gegen Abend ging er zu dem Hause der klugen Tochter des Agelith, versuchte seinen Schlüssel und fand, daß er paßte.

Der Bursche öffnete die sieben Türen und schloß sie. Der Bursche trat in die Kammer der Tochter des Agelith. Die Tochter des Agelith kam ihm entgegen und fragte: »Wie bist du hereingekommen?« Der Bursche sagte: »Alle Leute haben mir gesagt, daß du klug bist. Die Leute haben mir gesagt, daß du nur den empfängst, der den Schlüssel zu deinen Türen hat. Hier ist der Schlüssel.« Die junge Frau besah den Schlüssel und sagte: »Es ist nicht der Schlüssel meines Mannes.« Der Bursche sagte: »Den Schlüssel deines Mannes zu nehmen, wäre sehr einfach; man brauchte ihn nur totzuschlagen und ihm nur den Schlüssel wegzunehmen. Die Leute erzählten mir, du habest gesagt: Du wollest als Gatten den behalten, der klug ist. Also mußte ich mit der Herstellung eines eigenen Schlüssels den ersten Beweis meiner Klugheit erbringen.« Die Tochter des Agelith gab ihm den Schlüssel wieder und sagte: »Setze dich!« Der Bursche setzte sich.

Der Bursche betrachtete die Tochter des Agelith. Sie war sehr schön und stark. Die Tochter des Agelith betrachtete den Burschen. Er war sehr schön und stark. Die Tochter des Agelith sagte: »Was willst du von mir?« Der Bursche sagte: »Erst will ich bei dir schlafen. Dann will ich sehen, ob es gut sein wird, wenn wir einander heiraten.« Die Tochter des Agelith sagte: »Mein Mann wird aber nachher kommen.« Der Bursche sagte: »Die Zeit bis dahin können wir nutzen. Wenn er kommt, rollst du mich in eine Matte ein und läßt mich aufgerollt in der Ecke liegen. Ich werde in der Matte sehr gut schlafen, und er scheint mir, da er nicht merkte, wie ich das Schlüsselwachs eingedrückt habe, zu dumm zu sein, um auf mich zu achten.« Die Tochter des Agelith lachte. Der Bursche trat zu ihr und sagte: »Du bist schön.« Die Tochter des Agelith sagte: »Du bist schön und stark und klug.« Sie schliefen beieinander. Die Tochter des Agelith sagte: »Beweise mir deine Klugheit. Oh, wärest du doch so klug, wie ich es wünschte. Wärest du doch der klügste und tapferste aller Menschen!« – Der Bursche lachte. Die Tochter des Agelith lachte.

Sie schliefen beieinander, bis der Mann der Tochter des Agelith die Türen öffnete. Da ließ der Bursche sich in die Matte wickeln und in die Ecke rollen. Dort schlief er sogleich ein. Der Kaffeewirt kam herein und wollte sich neben seine Frau legen. Die Tochter des Agelith sagte: »Du schläfst heute nicht bei mir. Du wirst in diesen Tagen deine ganze Klugheit nötig haben, und da darfst du dich nicht schwächen. Vergiß nicht die Bedingungen, unter denen ich dich zum Manne genommen habe.« Der Kaffeewirt sagte: »Ich verstehe dich nicht.« Dann ging er auf sein Lager und streckte sich aus. Als es Morgen war, erhob er sich und verließ ärgerlich sein Haus. Als er in seinem Kaffeehaus angekommen war, sagte er ärgerlich: »Was mag meine Frau nur wollen? Was mag meine Frau nur meinen? Wozu soll ich denn meine ganze Klugheit notwendig haben?«

Einige Zeit nachdem der Kaffeewirt das Haus verlassen hatte, erwachte der Bursche, steckte seinen Kopf ein wenig zur Matte heraus, sah, daß das Lager des Ehemannes verlassen und die Tochter des Agelith allein war, rollte sich aus seiner Matte aus und kam hervor. Die Tochter des Agelith sagte: »Hast du meinen Mann gesehen?« Der Bursche sagte: »Nein, dazu hatte ich keine Zeit. Ich habe geschlafen.« Die Tochter des Agelith sagte: »Komm und plaudere mit mir!« Sie sagte dem Burschen aber nicht, wer ihr Gatte war.

Der Bursche kam erst gegen Mittag in sein Kaffeehaus zurück. Der Kaffeewirt war gewöhnt, daß der Bursche stets da war. Der Kaffeewirt fragte: »Was hast du heute nacht gemacht? Du hast in dieser Nacht nicht dein Lager berührt und kamst erst gegen Mittag nach Hause. Du warst sicherlich bei einem schönen Mädchen!« Der Bursche sagte: »Nein, ich war nicht bei einem schönen Mädchen. Ich war bei einer schönen Frau. Ich habe dir doch gesagt, daß ich das, was ich brauche, immer von klugen Frauen erhalte, und du hast doch gesagt, daß die Tochter des Agelith, die dies Haus da drüben bewohnt, klug ist. Da habe ich denn eben sogleich die gestrige Nacht bei der klugen Frau zugebracht.« Der Kaffeewirt sagte: »So hast du da drüben bei der klugen Frau geschlafen?« Der Bursche sagte: »Natürlich!« Der Kaffeewirt sagte: »Wie bist du denn hereingekommen?« Der Bursche sagte: »Du hattest mir doch gesagt, daß die kluge Frau nur den empfängt, der den Schlüssel hat. Da habe ich mir von dem Manne der Frau eben einen Abdruck in Wachs machen lassen, indem ich Wachs in das Schlüsselloch steckte, das der Mann, der ein wahrer Esel sein muß, denn auch abdrückte und auf die Straße legte. Ich habe mir nach dem Wachsabdruck den Schlüssel gemacht. Ich bin hierauf gestern abend an das Haus gegangen, habe die sieben Türen aufgemacht und habe dann bei der Frau geschlafen. Es ist eine sehr schöne und kluge Frau. Als der Ehemann kam, habe ich mich von der Frau in die

Fußmatte wickeln und in die Ecke rollen lassen. Als der Mann endlich heute morgen seine Frau verließ, bin ich aufgewacht, habe mit der Frau noch eine Zeitlang geplaudert und bin dann wieder hierher zurückgekehrt. Du hast ganz recht, es ist eine sehr kluge und sehr schöne Frau. Ich wiederhole dir aber, daß der Mann in Wahrheit ein Esel sein muß.« Der Kaffeewirt sagte: »So hat die kluge Frau dir nicht gesagt, wer ihr Mann ist?« Der Bursche sagte: »Nein, das hat sie nicht gesagt. Weshalb sollte sie mir das auch sagen?« Der Kaffeewirt sagte: »So hast du auch die kluge Frau nicht gefragt, wer ihr Gatte ist?« Der Bursche sagte: »Nein, wie soll ich dazu kommen, danach zu fragen? Es wäre der klugen Frau doch nur unangenehm gewesen, mit mir über den dummen Gatten zu reden, und mich geht er doch gar nichts an.« Der Kaffeewirt sagte: »Was sagst du? Der Mann der Frau, mit der du schläfst, geht dich nichts an?« Der Bursche sagte: »Nein, der geht mich nichts an. Das ist Sache der Frau. Der Mann wird es schon früh genug merken, wenn ich seine Frau heirate.« Der Kaffeewirt sagte: »Was sagst du? Du willst diese Frau heiraten?« Der Bursche sagte: »Ich denke, ja. Ich habe mich aber noch nicht fest entschlossen.« Der Kaffeewirt sagte: »So wirst du diese Nacht wieder zu der klugen Frau gehen, um mit ihr zu schlafen?« Der Bursche sagte: »Natürlich werde ich gehen.« Der Kaffeewirt sagte: »Versäume es ja nicht, heute nacht wieder zu der Tochter des Agelith zu gehen. Die Gelegenheit, bei einer so klugen und schönen Frau zu schlafen, ist sehr selten.« Der Bursche sagte: »Da hast du sehr recht. Ich danke dir jedenfalls dafür, daß du mich auf sie aufmerksam gemacht hast.« Der Kaffeewirt ging hinaus, schlug sich vor den Kopf. Dann ging er in seine Kammer, nahm einen Säbel hervor und schliff ihn. Er schliff den Säbel und sagte dabei immer vor sich hin: »Der Mann muß in Wahrheit ein Esel sein! Der Mann muß in Wahrheit ein

Esel sein! Der Mann muß in Wahrheit ein Esel sein! Warte, Bursche, heute nacht werde ich dich treffen, und dann wird der wahre Esel dich lehren, seine Frau zu heiraten.«

Als es gegen Abend war, ging der Bursche hinüber zum Hause der klugen Tochter des Agelith. Er verschloß die sieben Türen wieder hinter sich und suchte die kluge Frau auf. Die Frau fragte ihn: »Hast du jemand erzählt, daß du vorige Nacht bei mir geschlafen hast?« Der Bursche sagte: »Ja, ich habe es dem erzählt, der es am schnellsten zu Ohren deines Mannes bringen wird, damit der möglichst bald beginnt, sich mit mir zu messen.« Die Frau sagte: »Wem hast du es erzählt?« Der Bursche sagte: »Ich habe es meinem Freunde, dem törichten Kaffeewirt, erzählt.« Die Frau sagte: »Wem hast du es erzählt?« Der Bursche sagte: »Meinem Freunde, dem Kaffeewirt. Wer sollte mir sonst bequemer gekommen sein?« Die kluge Frau lachte, sie lachte und lachte. Der Bursche sah sie an und sagte: »Dann ist also der Kaffeewirt dein Mann? Das ist bedauerlich.« Die Frau lachte und sagte dann: »Weshalb ist es denn bedauerlich?« Der Bursche sagte: »Weil ich es lieber mit einem Klügeren aufgenommen hätte.« Die Frau sagte: »Komm, setze dich zu mir.« Der Bursche blieb bei der klugen und schönen Frau, bis draußen der Kaffeewirt den Schlüssel in das Schlüsselloch der äußersten Türe steckte. Der Bursche hörte es und sagte: »Rolle die Matte zusammen, wie gestern, ich werde in die Holztruhe kriechen. Sie ist lang genug. Ich werde gut darin liegen und schlafen.«

Der Kaffeewirt trat bei seiner Frau ein. Er hatte den Säbel mitgebracht. Er legte ihn nieder und wollte sich neben seiner Frau auf dem Lager ausstrecken. Seine Frau, die kluge Tochter des Agelith, sagte ihm: »Du schläfst heute und auch die nächsten Tage nicht bei mir. Du wirst in diesen Tagen deine ganze Klugheit notwendig haben, und da darfst du dich nicht schwächen. Ich erinnere dich noch einmal daran. Vergiß nicht die Bedingungen, unter denen ich dich geheiratet habe.« Der Kaffeewirt konnte seine Wut nicht beherrschen. Er ergriff den Säbel mit beiden Händen und begann mit aller Gewalt auf die in der Ecke liegende Matte einzuschlagen. Er zerschlug die Matte mit dem Säbel in ganz kleine Streifen und Stücke und sagte dabei immer vor sich hin: »Der Mann muß in Wahrheit ein Esel sein! Der Mann muß in Wahrheit ein Esel sein! Der Mann muß in Wahrheit ein Esel sein! Warte, Bursche, jetzt habe ich dich aber erwischt, und jetzt wird dich der wahre Esel lehren, seine Frau heiraten zu wollen.« – Nachdem die Matte vollkommen zerfetzt und zerhackt und der Säbel stumpf geschlagen war, legte der Kaffeewirt sich nieder, schlief bis zum anderen Morgen und ging dann wieder hinüber in seine Kaffeewirtschaft.

Als es gegen Mittag war, kam auch der Bursche in die Kaffeewirtschaft. Der Kaffeewirt sah ihn erstaunt an und sagte: »Bursche, wo kommst du denn her?« Der Bursche sagte: »Ich? Wo ich herkomme? Das weißt du doch! Ich habe dir doch gestern gesagt, ich wollte wieder zu der klugen, schönen Frau gehen!« Der Kaffeewirt sagte: »Und du warst wieder da und hast wieder bei ihr geschlafen?« Der Bursche sagte: »Gewiß, ich habe auch ein großes Vergnügen gehabt. Als es spät war, kam der Mann der Frau und wollte sich neben ihr auf dem Lager ausstrecken. Seine Frau verbot es ihm aber für diesen und die nächsten Tage; sie sagte ihm, er dürfe seine Klugheit nicht schwächen, und erinnerte ihn an die Bedingungen, unter denen sie ihn geheiratet hatte. Da packte den Mann, der in Wahrheit ein selten törichter Esel sein muß, eine unbeschreibliche Wut. Er ging auf die Matte, die von voriger Nacht her noch aufgerollt in der Ecke lag, los. Er dachte wahrscheinlich, ich würde zwei Nächte hintereinander an der gleichen Stelle liegen, und zerhackte sie mit seinem Säbel kurz und klein.

Dabei sagte er immer: ›Der Mann muß in Wahrheit ein Esel sein! – Der Mann muß in Wahrheit ein Esel sein! – Der Mann muß in Wahrheit ein Esel sein! Warte, Bursche, jetzt habe ich dich aber erwischt, und jetzt wird der wahre Esel dich lehren, seine Frau heiraten zu wollen.‹ Nachdem der Mann die Matte und den Säbel zerschlagen hatte, legte er sich nieder. Es war sehr gut, daß er sich niederlegte, denn ich lag derweilen in der langen Truhe, die neben der Matte steht, und es wurde mir sehr schwer, mir das Lachen zu verhalten. Der Druck, der mir durch das Verhalten des Lachens entstand, war zuletzt so groß, daß mir fast etwas Unanständiges passiert wäre und daß ich beinahe die Truhe angewässert hätte. – Aber, sage selbst, Freund Kaffeewirt, ist dies nicht ein sehr schönes Erlebnis?« Der Kaffeewirt sagte: »Gewiß! Ein sehr schönes Erlebnis! Sehr schön! Aber sage mir doch, mein Freund, wirst du heute nacht nicht wieder zu der schönen und klugen Frau gehen, um bei ihr zu schlafen?« Der Bursche sagte: »Gewiß werde ich das tun. Du hast mir als erfahrener Mann doch selbst gesagt, die Gelegenheit, bei einer so klugen und schönen Frau zu schlafen, sei selten! Außerdem gedenke ich die Frau ja zu heiraten, und ich will nun sehen, ob ich auf die Dauer auch gut mir ihr auskomme und ob ich ihr an Klugheit auch gewachsen bin. Denn sie will ja einen klugen Mann heiraten. Der jetzige scheint ihr ja viel zu dumm zu sein!« Der Kaffeewirt sagte: »Hat die Frau das etwa gesagt?« Der Bursche sagte: »Was denkst du? Ich werde der armen Frau doch nicht das Herz schwer machen, indem ich mit ihr über die Dummheit des Mannes rede, mit dem sie zur Zeit noch verheiratet ist!« Der Kaffeewirt sagte: »Wie denkst du denn aber, daß es mit diesem jetzigen Mann der Tochter des Agelith werden soll? Wie denkst du denn den Mann wegzuräumen, damit du seine Frau heiraten kannst?« Der Bursche sagte: »Weshalb soll ich den Mann wegräumen?

Der Mann ist so töricht, daß er sich zweifellos selbst beseitigen wird.« Der Kaffeewirt sagte nichts. Er rannte hinaus. Er schlug sich vor die Stirn und brüllte vor Zorn. Er nahm ein Beil und schlug auf einen Holzblock ein, bis er in ganz kleine Splitter gehackt war. Dann nahm er das Beil, trug es zum Schmiede und sagte auf dem Wege immer vor sich hin: »Ist das nicht ein sehr schönes Erlebnis? Ist das nicht ein sehr schönes Erlebnis? Ist das nicht ein sehr schönes Erlebnis? – Und der Mann ist so töricht, daß er sich sicherlich selbst beseitigen wird.« – Beim Schmiede angekommen, gab er den Auftrag, das Beil sehr scharf zu schmieden und zu schärfen. Er blieb daneben hocken und sah der Arbeit zu. Dabei sagte er immer vor sich hin: »Ein sehr schönes Erlebnis. Ein sehr schönes Erlebnis. Ein sehr schönes Erlebnis!« Er ging nach Hause und verrichtete zu Hause seine Arbeit. Er sagte aber immer vor sich hin: »Ein sehr schönes Erlebnis! Ein sehr schönes Erlebnis! Ein sehr schönes Erlebnis!«

Als es Abend war, ging der Bursche wieder hinüber zu dem Hause der klugen Tochter des Agelith, öffnete, schloß hinter sich die sieben Türen und suchte die Frau in ihrer Kammer auf. Die Frau fragte: »Wie geht es meinem Manne?« Der Bursche sagte: »Ich habe ihm alles erzählt, was sich vorige Nacht hier ereignet hat, ohne ihm zu sagen, daß ich weiß, daß er dein Mann ist. Er ist nun schon so weit, daß nur noch ein Tag nötig ist, ihn selbst der Sache ein Ende bereiten zu lassen.« Die Frau sagte: »Wie willst du der Sache ein Ende machen?« Der Bursche sagte: »Ich habe dabei nichts zu wollen. Das wird der Mann ganz allein tun. Er ist von der Art der Fliegen, die sich selbst totstechen, wenn ihr Zorn zu groß wird.«

Die Frau sagte: »Er wird heute das ganze Haus nach dir absuchen. Ich weiß aber ein gutes Versteck. Setze dich nachher, wenn er kommt, in den großen Brutkasten der

Tauben, und halte in jeder Hand eine Taube an den Beinen fest. Wenn er den Deckel hochhebt, läßt du die Tauben fliegen, dann wird er sicher sagen, daß, wenn heute schon jemand den Kasten geöffnet hätte, keine Tauben mehr darin sein können, und wird ihn wieder schließen. – Nun komm aber noch zu mir und plaudere mit mir.«

Der Bursche unterhielt sich mit der jungen Frau bis in vorgeschrittener Nacht. Endlich hörten sie, daß der Kaffeewirt draußen den Schlüssel in das Schlüsselloch der äußersten Tür steckte. Dann gab die junge Frau dem Burschen die beiden Tauben in die Hand und hieß ihn in die Taubenbrutkiste steigen, die sie über ihm schloß. Die junge Frau streckte sich auf dem Lager aus. Der Kaffeewirt trat mit dem Beil in der Hand herein. Er ging sogleich auf die große Truhe zu und zertrümmerte sie mit einem Schlage. Er zerschlug die großen Urnen. Er schlug gegen die Wand. Er schlug auf den Boden. Er zerschlug die Axt. Er ging überall umher und suchte nach dem Burschen. Dabei sagte er immer vor sich hin: »Ein sehr schönes Erlebnis! Ein sehr schönes Erlebnis! Ein sehr schönes Erlebnis!« Er sagte: »Vielleicht ist er in der Taubenkiste versteckt.« Er ging darauf zu. Er öffnete den Deckel. Die beiden Tauben flogen hinaus und ihm ins Gesicht. Er ließ den Deckel fallen und sagte: »Wenn er da hineingekrochen wäre, hätten jetzt keine Tauben mehr herausfliegen können! Ein sehr schönes Erlebnis! Ein sehr schönes Erlebnis! Ein sehr schönes Erlebnis!« Er ging überall umher und fand den Burschen nirgends. Er warf sich zuletzt auf sein Lager und schlief ein.

Am anderen Morgen erhob er sich und ging hinüber in seine Kaffeewirtschaft. Als es gegen Mittag war, kam auch der Bursche. Der Kaffeewirt begrüßte ihn und fragte ihn: »Warst du wieder bei der klugen und schönen Frau, der Tochter des Agelith?« Der Bursche sagte: »Gewiß war ich dort. Ich komme doch eben von dort.« Der Kaffeewirt fragte: »War denn der Gatte der Frau auch wieder da?« Der Bursche sagte: »Natürlich war er auch wieder da. Er lief mit einem Beil umher und zerschlug erst die Truhe, in der ich in der Nacht vorher gelegen hatte, dann zerhieb er alles, was ihm in den Weg kam, bis das Beil am Boden zerschlagen war. Dabei sagte er immer vor sich hin: ›Ein sehr schönes Erlebnis! Ein sehr schönes Erlebnis! Ein sehr schönes Erlebnis!‹« Der Kaffeewirt sagte: »Wo warst du denn versteckt?« Der Bursche sagte: »Ich war im Taubenbrutkasten versteckt und hatte in jeder Hand eine Taube. Als der Mann den Deckel der Kiste öffnete, ließ ich ihm die beiden Tauben ins Gesicht fliegen. Da meinte er, wo noch Tauben darin wären, könne sich nicht erst vor kurzem ein Mensch versteckt haben! So ließ er den Deckel wieder fallen. Dieser Mann ist wirklich zu dumm!«

Der Kaffeewirt sagte bei sich: »Warte, mein Bursche! Ich will dich bei deiner Schwatzhaftigkeit packen, und der eigene Vater deiner Geliebten soll dich als Richter verurteilen. Warte!« Der Kaffeewirt sagte zu dem Burschen: »Da wir nun Freunde sind, will ich dich auch in der Familie meines Schwiegervaters einführen. Ich bin dort heute zum Abendessen eingeladen. Meine Frau wirst du dort auch kennenlernen, denn sie geht schon über Mittag hin, weil die jüngste Frau meines Schwiegervaters unpäßlich ist und meine Frau das kleine Kind dort warten wird. Also, mein Freund, komme mit mir, und iß dort mit mir zusammen.« Der Bursche sagte: »Das will ich sehr gerne tun.«

Der Kaffeewirt machte sich mit dem Burschen auf den Weg zum Schwiegervater, dem Agelith. Der Kaffeewirt brachte den Burschen in die linke von drei Kammern, die nebeneinander lagen und nur durch dünne Wände voneinander getrennt waren. In der mittleren Kammer befand sich die kluge Tochter des Agelith und wartete da das Kind der jüngsten Frau ihres Vaters. Nachdem der Kaffeewirt den Burschen in der linken Kammer untergebracht hatte, ging er hinüber zu der rechten, in der sich der Agelith befand.

Der Kaffeewirt begrüßte den Agelith und sagte dann zu ihm: »Ich habe dir heute einen Mann mitgebracht, der im ganzen Lande die jungen Frauen verführt und deshalb nach unserem Gesetze getötet werden muß.« Der Agelith sagte: »Es muß aber, um ihn zu töten, nach unserem Gesetze ein Mann da sein, der ihn des Ehebruchs wegen hier bei mir anklagt, und dann muß ein vollkommener Beweis dafür erbracht werden, daß der Ehebruch verübt wurde. Wie steht das?« Der Kaffeewirt sagte: »Den Beweis für den Ehebruch wird dir der Bursche selbst erbringen. Denn er erzählt alles ganz genau und prahlt mit seinen Erfolgen.« Der Agelith sagte: »Das genügt. Wer übernimmt nun die Anklage?« Der Kaffeewirt sagte: »Die Anklage übernehme ich.« Der Agelith sagte: »Tue dies nicht. Laß die Sache der anderen Leute. Denn es ist doch nicht deine Sache?« Der Kaffeewirt sagte: »Nein, nein, nein, es ist nicht meine Sache.« Der Agelith sagte: »Dann laß die Sachen. Denn wenn du den Beweis nicht voll erbringen kannst, muß ich dich nach den Gesetzen unseres Landes als Verleumder anklagen und bestrafen. Und du weißt, hieraufhin wird ebenso der Tod verhängt wie für Ehebruch.« Der Kaffeewirt sagte: »Das ist mir gleich. Ich klage den Burschen an.« Der Agelith sagte: »Wenn du darauf bestehst, muß ich es übernehmen. Die Folgen wirst du tragen.«

Der Agelith ging mit dem Kaffeewirt hinüber aus der linken Kammer, an der mittleren vorüber zu der rechten Kammer. Die kluge Tochter des Agelith blieb in der mittleren Kammer, in der sie alles hören konnte. Der Kaffeewirt begleitete den Agelith hinüber und sagte zu ihm: »Das ist der Bursche, der so schöne Geschichten zu erzählen weiß. Erzähle uns etwas, mein Freund!« Der Bursche sagte:

»Ich weiß keine Geschichte zu erzählen.« Der Kaffeewirt sagte: »So erzähle doch, was du mir in den letzten Tagen von deinen nächtlichen Abenteuern erzählt hast. Der Bursche sagte: »Das wird dem Agelith ganz gleichgültig sein.« Der Agelith sagte: »Nein, es ist mir nicht ganz gleichgültig. Erzähle es nur!«

Der Bursche sagte: »Neulich sagte mir ein Mann, es sei eine sehr schöne und kluge Frau hier im Orte. Die sei an einen Mann verheiratet, der immer den einzigen Schlüssel zum Haus seiner Frau bei sich trage, so daß niemand anders zu ihr käme. Da drückte ich des Wachs in das Schlüsselloch und ließ den Mann selbst dadurch, daß er den Schlüssel hineinsteckte und den Abdruck hierauf wegwarf, mir das Modell des Schlüssels anfertigen. Ich ging hinein, schlief bei seiner Frau und ließ mich endlich von ihr in eine Matte wickeln und so an die Wand rollen. So schlief ich die Nacht in der Kammer, auch als der Mann kam. In der folgenden Nacht zerhackte der Mann die Matte; ich lag aber in der Truhe. In der dritten Nacht setzte ich mich, als der Mann dazukam, in den Taubennistkasten und hielt in jeder Hand eine Taube. Als der Mann den Deckel öffnete, ließ ich die Tauben gegen sein Gesicht fliegen. Der Mann ließ, als er mich so beinahe ergriffen hatte, den Deckel über mir fallen.«

In der mittleren Kammer sagte, als der Bursche so weit gekommen war, die kluge Tochter des Agelith laut zu dem Kinde der jungen Frau: »Schweig! Laß das! Du bereitest dir Unheil!« Der Bursche hörte, was die junge Frau sagte. Der Bursche verstand sie.

Der Bursche sagte laut: »Als der Ehemann den Deckel der Taubenbrutkiste über mir fallen ließ, erwachte ich.« Der Agelith sagte: »Wieso erwachtest du?« Der Bursche sagte: »Nun, aus meinem Traum!« Der Agelith sagte: »So ist das Ganze ein Traum?« Der Bursche sagte: »Natürlich ist es ein Traum.« Der Agelith sagte: »Du bist aber angeklagt, daß du dies wirklich getan hast.« Der Bursche fragte: »Wer hat mich angeklagt?« Der Agelith sagte: »Hier, dieser Kaffeewirt.« Der Bursche sagte: »Wie wird es in diesem Lande mit der Verleumdung gehalten?«

Der Agelith sagte zum Kaffeewirt: »Nun sage, wie es steht. Wo hast du deine Beweise?« Der Kaffeewirt verlor den Verstand und sagte: »Was soll ich sagen! Was soll ich sagen! Ich kann dir nicht sagen, daß es deine Tochter war, mit der er den Ehebruch getrieben hat!« Der Agelith wurde zornig und sagte: »Was unterstehst du dich? Wagst du es, meine Tochter in diese Sache zu ziehen? Ein Verleumder, ein ganz dummer Verleumder bist du!«

Der Agelith ließ den Kaffeewirt hinrichten. Der Bursche heiratete die kluge und schöne Tochter des Agelith. Am Tage, als er heiratete, gab er seiner Frau den Schlüssel zum Hause und sagte: »Behalte du den Schlüssel des Hauses. Ich weiß jetzt, was ich davon zu halten habe.«

Der Bursche und die kluge und schöne Tochter des Agelith lebten glücklich und ungestört. Als der Bursche seine Zeit verbraucht hatte und er nun sterben sollte, weil er Aini einige der letzten seiner Lebensjahre geschenkt hatte, bat die kluge Tochter des Agelith Gott darum, ihrem Gatten einige der ihren abtreten zu dürfen, und Gott gewährte es.

Dann starben der Bursche und die kluge Tochter des Agelith an einem Tage. Es geschah so, wie der Bursche damals, als er vom Leben noch nichts wußte, es erhofft hatte mit Aini abschließen zu können.

Der Schürzenjäger

Kabylen

Ein Vater hatte drei Söhne. Von denen war der eine ein Holzschnitzer, der zweite ein Maurer, der dritte aber ein Nsäni, ein Mann, dessen Geschäft die Liebe ist. Eines Tages starb der Vater der drei Burschen. Bald darauf starb auch die Mutter der drei Burschen. Die drei Burschen waren nun ganz allein. Sie waren noch alle drei unverheiratet.

Nachdem die Eltern gestorben waren, waren die drei Burschen allein im Hause. Der Nsäni war der klügste der drei Burschen. Der Nsäni sagte zu seinen Brüdern: »Meine Brüder, unser Vater und unsere Mutter sind gestorben. Wir haben nun in diesem Hause niemand mehr, der uns das Essen bereitet. Deshalb ist es hier nicht gut für uns. Wir wollen deshalb unsere Taschen umhängen, das Haus verlassen und unser Glück an einem anderen Orte versuchen.« Die beiden Brüder waren einverstanden. Die Brüder packten alle drei ihre Taschen und begaben sich auf den Weg.

Nach einiger Zeit kamen die drei Brüder in einen anderen Ort und zu einem Agelith. Der Nsäni ging zu dem Agelith und sagte: »Wir sind drei Brüder. Unser Vater und unsere Mutter sind gestorben. Wir haben nichts zu essen. Gib uns Arbeit, damit wir etwas zu essen haben.« Der Agelith sagte: »Welche Arbeit versteht ihr denn?« Der Nsäni sagte: »Mein einer Bruder ist Maurer, mein anderer Bruder ist Holzschnitzer. Ich selbst bin ein Nsäni.« Der Agelith sagte: »Einen Maurer kann ich gebrauchen. Einen Holzschnitzer kann ich gebrauchen. Einen Nsäni, ja einen Nsäni? Ich weiß nicht, ob ich einen Nsäni gebrauchen kann. Ich werde es mir überlegen. Nachher werde ich zu dir schicken und dir sagen lassen, ob ich einen Nsäni und euch alle drei gebrauchen kann.« Der Agelith wußte nämlich nicht, was ein Nsäni ist. Der Agelith ging in sein Haus.

Der Agelith war ein alter Mann, der eine junge Frau hatte. Der Agelith kam zu seiner jungen Frau und sagte: »Es haben mich drei Leute um Arbeit gebeten, ein Maurer, ein Holzschnitzer und ein Nsäni. Ich weiß nicht, was so ein Nsäni macht und ob man ihn gebrauchen kann.« Die junge Frau wußte sogleich, was ein Nsäni ist, und sagte: »Ein Nsäni hat sich gemeldet? Das ist ausgezeichnet. Wenn ein Nsäni ein tüchtiges Arbeitswerkzeug hat, kann man ihn vorzüglich verwenden. Überlege es dir nicht lange, sondern nimm die drei Leute nur in Arbeit. Der Holzschnitzer und der Maurer können bei dir arbeiten, und den Nsäni will ich schon so ausnützen, daß er sein Essen verdient. Spute dich und laß die Leute rufen.« Der Agelith sagte: »Was kann der Nsäni nutzen?« Die junge Frau sagte: »So ein Nsäni gewinnt sein Gold im Schlafe. Richte ihm also ein gutes Schlafzimmer her. Für alles andere laß mich sorgen.« Der Agelith ging.

Der Agelith ließ die drei Brüder kommen. Er gab dem Maurer und dem Holzschnitzer seine Arbeit. Er sagte zum Nsäni: »Ich habe dir ein Zimmer mit einem guten Bett herrichten lassen. Da kannst du deinem Berufe nachgehen.« Der Nsäni wurde in ein Zimmer geführt, in dem ein gutes Lager aufgerichtet war. Als die junge Frau des Agelith hörte, daß der Nsäni im Hause war, ließ sie sogleich ein gutes Essen herrichten und sandte dies durch ihre Dienerin herüber.

Die Dienerin brachte das Essen in die Kammer des Nsäni, setzte die Schüsseln nieder und sagte: »Dies sendet dir die junge Frau des Agelith; genieße es!« Der Nsäni sah die Dienerin nicht an und zuckte nur mit den Achseln. Die Dienerin sagte: »Ja, willst du dies denn nicht essen?« Der

Nsäni sagte nichts und schüttelte nur die Achseln. Darauf nahm die Dienerin das Essen wieder auf, ging fort und kehrte mit den Schüsseln zur jungen Frau des Agelith zurück. Die Dienerin sagte: »Der Mann will nicht essen. Er hat mich nicht einmal von der Seite angesehen.«

Die junge Frau des Agelith nahm der Dienerin die Schüsseln ab und sagte: »Ich will dem Manne selbst das Essen bringen.« Die junge Frau des Agelith trat in die Kammer des Nsäni. Als der Nsäni die junge Frau des Agelith sah, lachte er ihr entgegen und grüßte sie. Die junge Frau des Agelith sagte: »Warum willst du denn nichts genießen? Wenn du ein tüchtiger Nsäni bist, mußt du doch viel essen; sonst taugt doch deine Arbeit nichts.« Der Nsäni sagte: »Ich will schon genießen, was mir angenehm ist. Aber ich bin es nicht gewöhnt, von einer Dienerin bedient zu werden. Das Essen allein genügt nicht für meinen Beruf.« Die junge Frau des Agelith sagte: »Du bist also ein Nsäni?« Der Nsäni sagte: »Gewiß bin ich ein Nsäni!« Die junge Frau des Agelith sagte: »Und wie steht es mit deiner Arbeit? Kann man dir ein wertvolles Schmuckstück anvertrauen?« Der Nsäni sagte: »Versuche es, und du wirst acht Tage lang vor Erstaunen darüber, daß du bislang nicht wußtest, was du Herrliches an dir hast, nicht zur Besinnung kommen.«

Die junge Frau des Agelith sagte: »Wenn das so ist, mein Nsäni, so zeige nur gleich einmal, was du kannst.« Der Nsäni sagte: »Lege dich hin und hole noch einmal tief Atem.« Die junge Frau des Agelith legte sich auf das Lager. Der Nsäni legte sich neben ihr nieder. Nach einiger Zeit war die junge Frau des Agelith ohnmächtig. Als sie aus der Ohnmacht erwachte, sagte sie: »Mein Nsäni, bleibe recht lange bei meinem Manne. Denn mein Mann ist alt und gebrechlich.« Der Nsäni sagte: »Das wird nicht gehen, denn ich habe noch anderweitige Aufträge zu erfüllen.« Die junge Frau des Agelith sagte: »Ich habe eine goldene

Henne, die legt goldene Eier. Die will ich dir schenken, wenn du noch einen Monat lang an meinem Schmuck arbeitest. Außerdem will ich dir noch dreihundert Duro in Gold schenken. Aber, ich bitte dich, bleibe noch einen Monat lang bei mir.«

Der Nsäni willigte ein. Er blieb einen Monat lang bei der jungen Frau des Agelith. Die junge Frau des Agelith lag während dieses Monats meistenteils in Ohnmacht. Als der Monat verstrichen war, schenkte sie dem Nsäni die goldene Henne und die dreihundert Duro in Gold. Der Nsäni nahm von ihr Abschied und ging zu seinen Brüdern. Die beiden Brüder sagten zu dem Nsäni: »Wir wollen hier nicht länger bleiben. Wir haben hier gutes Essen, aber der Agelith gibt uns kein Geld.« Der Nsäni sagte: »Ich habe meine Arbeit hier auch vollendet. Mir ist es also recht, wenn wir weitergehen!«

Die drei Brüder machten sich auf den Weg und kamen nach einer langen Wanderung zu dem Orte eines anderen Agelith. Der Nsäni ging zu dem Agelith und sagte: »Wir sind drei Brüder, die haben Vater und Mutter verloren und suchen nun ein Haus, in dem sie ihr Essen erhalten. Wir bitten dich deshalb: gib uns Arbeit!« Der Agelith sagte: »Welche Arbeit könnt ihr denn?« Der Nsäni sagte: »Mein einer Bruder ist Holzschnitzer; mein zweiter Bruder ist Maurer. Ich aber bin ein Nsäni, der sein Geschäft ebensogut versteht wie meine Brüder das ihrige.« Der Agelith sagte: »Einen Maurer und einen Holzschnitzer kann ich gut gebrauchen. Was ich mit einem Nsäni anfangen soll, weiß ich nicht so recht.« Der Agelith wußte nämlich nicht, was ein Nsäni ist. Der Nsäni lachte und sagte: »Du weißt nicht, was du mit einem Nsäni anfangen sollst? Nun, du hast doch eine Frau?« Der Agelith sagte: »Gewiß habe ich eine; sie ist aber eine alte Frau und läßt mir keine Ruhe; sie wird mich noch vorzeitig ins Grab bringen.«

Der Nsäni sagte: »Wenn es so steht, so komme ich dir nun um so gelegener, ohne daß du es weißt. So frage nur deine Frau, ob sie Arbeit für einen Nsäni hat. Wenn du mir aber hundert Duro in Gold gibst, so will ich dafür sorgen, daß deine Frau dich bis an dein Lebensende in Ruhe läßt. Dies darfst du ihr aber nicht sagen, sonst wird sie dich nach dem Charakter der Frauen doppelt plagen.« Der Agelith sagte: »Es soll mir recht sein. Warte hier: ich will sehen, ob ich euch eure Arbeit geben kann.«

Der Agelith ging zu seiner Frau und sagte: »Da sind drei junge Leute, die suchen eine Stelle, wo sie jeder seine Arbeit verrichten können. Der erste Bruder ist Maurer. Der zweite Bruder ist Holzschnitzer.« Die Frau sagte: »Was sollen wir mit den Leuten? Es ist alles in Ordnung und reichlich.« Der Agelith sagte: »Das ist auch meine Ansicht. Der dritte Bruder ist ein Nsäni.« Die Frau sagte: »Was sagst du? Ein Nsäni? Beim Halse meines Vaters, ich habe mir schon lange einen Nsäni gewünscht, der sein Handwerk versteht. Ja, für den ist eine gute Menge Arbeit zu verrichten. Behalte auch den Maurer und den Schreiner; sie können in deinem Hause noch manches arbeiten. Beaufsichtige sie nur gut, und beobachte, soviel du kannst, ihre Arbeit, daß nichts Ungehöriges vorkommt oder dir Gehöriges fortkommt. Den Nsäni aber sende zu mir, ich will es auf mich nehmen, ihm viel Arbeit und eine gute Aufsicht zuteil werden zu lassen. Laß nur in der Kammer neben mir ein gutes Lager aufschlagen.« Der Agelith sagte: »Fürchtest du denn nicht, daß der Nsäni dich belästigen könnte?« Die Frau lachte und sagte: »Man sieht, du bist alt, sonst würdest du wissen, daß man einen Nsäni, wenn er gute Arbeit verrichten soll, immer möglichst nahe bei den Frauen schlafen lassen muß, weil es sonst mit seiner Arbeit nichts wird.«

Der Agelith ging zurück und sagte zu dem Nsäni: »Ich

werde euch allen dreien Arbeit geben. Geh du nur zu meiner Frau; sie wird dir Arbeit geben, und vergiß dein Versprechen nicht. Wenn du dein Versprechen hältst, will ich dich reichlich beschenken.« Der Nsäni sagte: »Ist deine Frau sehr alt?« Der Agelith sagte: »Sie ist in dem Alter, in dem die Frauen am schlimmsten sind. Sie wird es dir schwer machen, deine Arbeit zu ihrer Zufriedenheit zu verrichten.« Der Nsäni sagte: »Ich werde sehen, was ich machen kann.«

Der Nsäni kam zu der Frau. Die Frau war nicht mehr jung. Die Frau begrüßte den Nsäni und sagte: »Du bist also ein Nsäni?« Der Nsäni sagte: »Gewiß bin ich ein Nsäni.« Die Frau sagte: »Ich komme in die Jahre, in denen eine Frau noch einmal Freude an ihrem Körper hat und sich danach sehnt, noch einmal zu wiederholen, was ihr im Leben Freude gemacht hat, ehe es aus ist. Willst du mein Nsäni sein? Wenn du mit mir alles wiederholst, was ich erlebt habe, so daß ich nachher keine Wünsche mehr habe, so will ich dir etwas schenken, was sehr kostbar ist. Ich habe ein Pferd aus Gold, mit goldenem Sattel und goldenem Zaumzeug. Dies will ich dir dann schenken.« Der Nsäni sagte: »Sieh zu, ob du für einen Monat genug Essen im Hause hast. Wenn das der Fall ist, schließe die Tür und komm.«

Nach einem Monat öffnete die Frau die Tür ihres Hauses. Die Frau gab ihm das goldene Pferd mit dem goldenen Sattel und dem goldenen Zaumzeug und sagte: »Ich danke dir. In diesem Monat hast du mich alles noch einmal wiederholen lassen, was ich im Leben an Freude hatte. Du hast mich so müde gemacht, daß ich bis an mein Lebensende schlafen möchte. Mein Mann soll mir nicht wieder nahekommen. Du hast dein Geschenk reichlich verdient. Hab Dank.« Der Nsäni nahm Abschied und sagte: »Ich werde gehen, wenn es mir auch nicht leicht wird, denn du hast mehr von mir verlangt, als sonst viele Männer leisten können. Nun aber weiß ich, daß mir in meinem Berufe nichts mehr vorkommen kann, das ich nicht zu bewältigen imstande sein werde.«

Der Nsäni ging zu dem Agelith. Er sagte zu dem Agelith: »Gib mir das Geschenk, das du mir versprochen hast.« Der Agelith sagte: »Du hast es verdient. In dem ganzen Monat hat meine Frau mich in Ruhe gelassen.« Der Nsäni sagte: »Deine Frau wird dich überhaupt in Zukunft in Ruhe lassen.« Der Agelith sagte: »Wie hast du das erreicht?« Der Nsäni sagte: »Der Schmied und der Nsäni taugen nichts, wenn sie über ihr Handwerk sprechen.« Der Agelith schenkte dem Nsäni zweihundert Duro in Gold und ließ ihn gehen.

Der Nsäni kam zu seinen Brüdern. Seine Brüder sagten zu ihm: »Wir wollen hier nicht länger bleiben. Wir erhalten vom Agelith unser Essen, aber nicht mehr.« Der Nsäni sagte: »Ich bin mit meiner Arbeit fertig, also bin ich auch damit einverstanden, daß wir an einen anderen Ort gehen. Wir wollen aber unsere Wanderung gemächlich fortsetzen, denn die Arbeit an diesem Ort hat mich so erschöpft, daß ich mich unterwegs erholen muß.« Die drei Brüder machten sich auf den Weg.

Nachdem sie lange Zeit auf der Wanderschaft gewesen waren, kamen sie an einen Ort, in dem wohnte ein Agelith, der war ungeheuer reich und hatte eine Tochter, die wollte er keinem Manne zur Frau geben, weil er keinen Mann fand, der dem Agelith an Reichtum und Macht gleichkam. Der Agelith wollte gerade ein großes Haus für seine Tochter bauen lassen, als die drei Brüder ankamen. Der Agelith konnte aber keine Maurer und Holzschnitzer finden. Er bot hohe Bezahlung.

Der Nsäni kam zu dem Agelith und sagte: »Wir sind drei Brüder, deren Vater und Mutter gestorben sind. Nun suchen wir Arbeit und ein Haus, in dem wir essen können.« Der Agelith sagte: »Welche Arbeiten versteht ihr?« Der Nsäni sagte: »Mein einer Bruder ist Maurer; mein zweiter Bruder ist ein Holzschnitzer; ich bin ein Nsäni.« Der Agelith sagte: »Deine Brüder sollen ihre Arbeit sogleich beginnen. Ich werde sie gut bezahlen. Und du? Du bist also ein Nsäni; ja Nsäni; was soll ich denn von dir machen lassen?« Der Agelith wußte nicht, was ein Nsäni ist. Der Nsäni sagte: »Die Arbeit der Nsäni wissen nur die Frauen sich zunutze zu machen. Frage also deine Tochter, ob sie für mich etwas zu tun hat.«

Der Agelith ging zu seiner Tochter. Seine Tochter lebte in einem Hause, das war mit sieben Türen geschlossen. Der Agelith sagte zu seiner Tochter: »Meine Tochter, da ist ein Nsäni! Hast du Arbeit für ihn?« Die Tochter rief: »Was sagst du da? Ein Nsäni ist da? Du fragst, ob ich Arbeit für ihn habe? Gewiß habe ich Arbeit; soviel, als er ertragen kann. Du willst mich ja doch nicht verheiraten, und so muß ich sehen, wie ich an anderen Dingen meine Freude habe. Schicke mir also den Nsäni, so werde ich ihm in meiner Wohnung seine Arbeit, sein Lager und sein Essen geben.« Der Agelith ging und sandte den Nsäni zu seiner Tochter.

Die Tochter des Agelith begrüßte den Nsäni und sagte: »Was verstehst du?« Der Nsäni sagte: »Ich bin ein Nsäni und verstehe mein Handwerk.« Die Tochter des Agelith sagte: »Wir wollen wetten, wer in einer Woche dein Handwerk besser versteht, du oder ich. Wenn du eher ermüdest, will ich dich töten lassen, wenn ich eher ermüde, werde ich dir eine goldene Puppe und eine Kiste voll Gold schenken. Bist du hiermit einverstanden?« Der Nsäni sagte: »Ja, hiermit bin ich einverstanden. Zeige mir das Lager.«

Die Tochter des Agelith bereitete dem Nsäni in einer Kammer neben ihrer eigenen ein gutes Lager. Dann sagte die Tochter des Agelith: »So, nun lehre mich dein Handwerk. Ich muß von vorne anfangen.« Der Nsäni sagte: »Es handelt sich zuerst darum, den Anfang des Fadens in das Öhr der Nadel zu stecken. Wir werden das üben. Der Faden ist vierzehn Knoten lang. Am ersten Tage nehmen wir einen Knoten, am zweiten zwei, am dritten drei. Wenn ich gleich alle vierzehn Knoten durch das Öhr ziehen würde, würdest du sterben. Nun lege dich nieder.«

Am ersten Tage fiel die Tochter des Agelith in Ohnmacht. Am zweiten Tage stöhnte die Tochter des Agelith. Am dritten Tage sagte die Tochter des Agelith: »Noch einen Knoten.« Am achten Tage rief die Tochter des Agelith: »Alle Knoten! Alle Knoten!« Der Nsäni sagte: »Laß das; ich würde dich töten.« Am neunten Tage kam der Agelith und wollte sehen, wie es seiner Tochter gehe. Als er die zweite Türe öffnete, hörte ihn seine Tochter. Sie sprang auf und sagte: »Schnell, springe in diese Truhe.« Die Tochter des Agelith ließ den Nsäni in die Truhe steigen und schloß über ihm den Deckel. Der Agelith kam und sprach mit seiner Tochter.

Mittlerweile kam aber dem Nsäni die Angst an, und er mußte sein Wasser abschlagen. Das Wasser lief unten aus der Truhe heraus und in die Mitte der Kammer. Der Agelith sagte: »Was ist dies für eine Flüssigkeit?« Die Tochter des Agelith sagte: »Es ist eine Flasche mit Parfüm zerbrochen und ausgelaufen.« Der Agelith bückte sich, netzte seinen Finger mit der Flüssigkeit und führte ihn zur Nase. Der Agelith roch an der Flüssigkeit und sagte: »Es ist wahr; dies Parfüm riecht ausgezeichnet.« Dann ging der Agelith.

Die Tochter des Agelith öffnete die Truhe und ließ den Nsäni heraussteigen. Die Tochter des Agelith sagte: »Ich habe dir das Leben gerettet.« Der Nsäni sagte: »Komm nur; ich will dir auch das Leben retten.« Die Tochter des Agelith sagte: »Ja, tue es; und wenn du mich jetzt nicht ohnmächtig machst, lasse ich dich töten.« Nach einiger Zeit war die Tochter des Agelith ohnmächtig. Als sie wieder zu sich kam, war sie so schwindelig, daß sie nicht gehen konnte. Die Tochter des Agelith sagte: »Du hast gewonnen. Nimm die Puppe aus Gold und den Kasten mit Gold. Ich danke dir. Wenn mich nun mein Vater auch nicht verheiratet, so habe ich doch etwas, woran ich mit Freude zurückdenken kann. Hab Dank.«

Der Nsäni nahm die Puppe und den Kasten voll Gold. Er nahm von der Tochter des Agelith Abschied und ging zu seinen Brüdern. Er sagte: »Meine Brüder, wir haben an diesem Orte nun alle verdient. Wir wollen zusammen weitergehen und sehen, wo wir unser Gold nützlich anlegen können.« Die Brüder waren damit einverstanden. Sie packten das ihrige zusammen. Sie brachen auf und wanderten weit fort. Sie wanderten, bis sie an einen Kreuzweg kamen. An dem Kreuzwege nahmen sie voneinander Abschied, und jeder ging seinen eigenen Weg.

Nach einer langen Wanderung kam der Nsäni in eine große Stadt, in der war eine Frau die Thägeliths, die Fürstin. Die Fürstin war noch sehr jung. Sie hatte vor einiger Zeit einen Agelith zum Manne genommen, dieser war aber in der Hochzeitsnacht gestorben, und nun lebte die junge Thägeliths als Witwe. Die Leute erzählten dem Nsäni viel von der Schönheit und Jugend der Thägeliths.

Der Nsäni hörte das alles und sagte bei sich: »Hier ist der beste Platz für mich. Hier werde ich bleiben.« Der Nsäni mietete sich ein Haus, das lag mit der Rückwand neben dem Hause der Thägeliths. Als es Abend war, begann der Nsäni zu hämmern. Er hämmerte die ganze Nacht hindurch. Er hämmerte immer gegen die Mauer, hinter der auf der anderen Seite die junge Thägeliths schlief. Die junge Thägeliths konnte die ganze Nacht nicht schlafen.

Die Thägeliths rief am andern Morgen ihre alte Negerin und sagte zu ihr: »Gehe sogleich in das Haus auf der anderen Seite der Mauer, und sieh zu, wer es gewagt hat, die ganze Nacht über so zu hämmern, daß ich nicht schlafen konnte. Ich will den Mann schlagen.« Die Negerin machte sich sogleich auf den Weg. Sie kam zu dem Nsäni. Als sie bei dem Nsäni eintrat, sah sie sogleich das goldene Huhn, das goldene Eier legen konnte. Die alte Negerin schlug die Hand vor den Mund und blieb sprachlos stehen.

Der Nsäni begrüßte die Negerin und sagte: »Nun, meine Mutter, was führt dich hierher?« Die alte Negerin sagte: »Die junge Thägeliths schickt mich; ich soll sehen, wer hier die ganze Nacht hindurch gehämmert hat, so daß sie nicht hat schlafen können.« Der Nsäni sagte: »Das habe ich getan. Ich habe in dieser Nacht das goldene Huhn gemacht, das goldene Eier legen kann. Solche Arbeiten kann man nicht bei Tage machen. Das muß ich nachts machen.« Die alte Negerin sagte: »Daß man solche Dinge überhaupt machen kann! Ich muß es der jungen Thägeliths erzählen.«

Die alte Negerin kam zu der jungen Thägeliths zurück und erzählte ihr alles. Die alte Negerin sagte: »So etwas Schönes wie dieses goldene Huhn, das goldene Eier legen kann, gibt es auf der ganzen Welt nicht. Das goldene Huhn gehört in dein Haus und in kein anderes. Aber es wird schwer sein, es dem Manne abzukaufen, denn er ist reicher, als du bist.« Die junge Thägeliths wurde begierig auf den Besitz des goldenen Huhnes, das goldene Eier legen konnte, und sagte zu der alten Negerin: »So gehe zurück und frage den Mann, was er für das goldene Huhn, das goldene Eier legen kann, haben will. Ich will es ihm abkaufen.« Die alte Negerin kam zu dem Nsäni zurück.

Die alte Negerin sagte zu dem Nsäni: »Die junge Thägeliths will dir das goldene Huhn, das goldene Eier legen kann, abkaufen. Was willst du dafür bezahlt haben?« Der

Nsäni sagte: »Das goldene Huhn, das goldene Eier legen kann, ist mir für Gold nicht feil. Ich will es aber der jungen Thägeliths schenken, wenn sie mir erlaubt, ihre Beine von den Zehen bis zu den Knien zu betrachten. Das ist alles. Erlaubt sie mir dies, so will ich ihr das goldene Huhn, das goldene Eier legen kann, schenken.«

Die alte Negerin kam zu der jungen Thägeliths zurück und sagte: »Der Mann will dir das goldene Huhn, das goldene Eier legen kann, schenken, wenn du ihm erlaubst, deine Beine von den Zehen bis über die Knie zu betrachten.« Die junge Thägeliths wurde wütend und rief: »Dies ist ein Unverschämter! Ich will ihn sogleich töten lassen.« Die alte Negerin sagte: »Wenn du das goldene Huhn, das goldene Eier legen kann, gesehen hättest, würdest du nicht auf den Gedanken kommen, ihn töten zu lassen, sondern würdest ihm deine Beine zeigen. Was schadet und kostet dich dies?! Es hört ja kein Mensch. Und es ist das Schönste, was es auf der Welt gibt.« Die junge Thägeliths sagte: »So sage dem Manne, er soll das goldene Huhn, das goldene Eier legen kann, hierherbringen und mir zeigen, aber kaufen will ich es nicht.«

Die alte Negerin lief zurück und berichtete dem Nsäni. Der Nsäni nahm das goldene Huhn, das goldene Eier legen konnte, und ging zu der jungen Thägeliths hinüber. Die junge Thägeliths sah das goldene Huhn, das goldene Eier legen konnte, und sagte: »Du willst dies also verkaufen?« Der Nsäni sagte: »Ja, ich will es. Du kennst den Preis.« Da entblößte die junge Thägeliths ihre Beine bis über die Knie. Der Nsäni betrachtete die Beine der jungen Thägeliths, bedankte sich und kehrte dann ohne das goldene Huhn, das goldene Eier legen konnte, in sein Haus zurück.

Als es wieder Abend wurde, begann der Nsäni wieder an der Wand, hinter der die junge Thägeliths schlief, zu hämmern. Er hämmerte bis zum anderen Morgen, so daß die junge Thägeliths wieder die ganze Nacht nicht schlafen konnte und am anderen Morgen die alte Negerin schickte, um nachsehen zu lassen, was die Ursache der Störung sei. Als die alte Negerin zu dem Nsäni kam, sah sie die goldene Puppe. Die alte Negerin erschrak über die Schönheit der goldenen Puppe so, daß sie die Hand vor den Mund schlug, eine Zeitlang sprachlos stehenblieb und dann, ohne ein Wort zu sagen, wieder fortlief.

Die alte Negerin kam zu der jungen Thägeliths zurück und sagte: »Das goldene Huhn, das goldene Eier legen kann, ist sehr schön. Die goldene Puppe, die der Mann aber in dieser Nacht zurechtgefertigt hat, ist noch viele, viele Male schöner. Diese goldene Puppe mußt du haben.« Die junge Thägeliths sagte: »So gehe herüber und frage den Mann nach dem Preise. Vielleicht will er wieder nur meine Beine sehen. Und ob ich ihm diese ein- oder zweimal zeige, ist gleichgültig.«

Die alte Negerin kam zu dem Nsäni zurück und sagte: »Die junge Thägeliths will die goldene Puppe kaufen. Was willst du dafür haben?« Der Nsäni sagte: »Die goldene Puppe ist mir für Gold nicht feil. Wenn mir aber die junge Thägeliths ihren Oberkörper bis unter die Brust herab entblößt zeigen will, will ich ihr gerne die goldene Puppe schenken.« Die alte Negerin lief zurück zur jungen Thägeliths und sagte: »Der Mann will dir die goldene Puppe schenken, wenn du ihm deinen Oberkörper bis unter die Brust herab entblößt zeigen willst.« Die junge Thägeliths sagte: »Dieser Mann ist wahrhaftig gierig. Hältst du es aber für schlimm, wenn ich ihm jetzt den Oberkörper bis unter die Brust entblößt zeige, nachdem ich ihm vorher die Beine bis über die Knie nackt gezeigt habe?« Die alte Negerin sagte: »Es ist keineswegs schlimmer, denn die goldene Puppe ist noch schöner als das goldene Huhn, das goldene

Eier legen kann.« Die junge Thägeliths sagte: »So rufe den Mann, damit ich mir erst einmal die goldene Puppe ansehen kann.«

Die alte Negerin lief zu dem Nsäni zurück und sagte: »Komme und zeige der jungen Thägeliths deine goldene Puppe.« Der Nsäni nahm seine goldene Puppe und ging zu der jungen Thägeliths hinüber. Als die junge Thägeliths die goldene Puppe sah, entkleidete sie sogleich den Oberkörper bis über die Brust herab. Der Nsäni betrachtete den Oberkörper der jungen Thägeliths bis über die Brust herunter, bedankte sich, ließ seine goldene Puppe zurück und ging in sein Haus zurück.

Als es wieder Abend war, begann der Nsäni wieder an der Mauer, hinter der die junge Thägeliths schlief, zu hämmern und hämmerte die ganze Nacht hindurch, so daß die junge Thägeliths nicht schlafen konnte. Als es Morgen war, rief die junge Thägeliths die alte Negerin und sagte: »Schnell, lauf hinüber und berichte mir, was der Mann nun wieder gehämmert hat. Frage ihn auch sogleich, was er dafür sehen will.«

Die alte Negerin lief in das Haus des Nsäni. Sie blieb in der Türe stehen. Der Nsäni hatte das goldene Pferd mit dem goldenen Sattel und dem goldenen Zaumzeug aufgestellt. Die alte Negerin wollte sogleich wieder fortlaufen. Dann fiel ihr ein, was die junge Thägeliths ihr gesagt hatte. Die alte Negerin sagte: »Was willst du für das goldene Pferd mit dem goldenen Sattel und dem goldenen Zaumzeug sehen?« Der Nsäni sagte: »Die geöffneten Beine.«

Die alte Negerin lief zurück zu der jungen Thägeliths und sagte: »Es ist ein goldenes Pferd mit einem goldenen Sattel und einem goldenen Zaumzeug. Das goldene Huhn, das goldene Eier legen kann, und die goldene Puppe sind ein Mist dagegen. Er will nur deine geöffneten Beine sehen.« Die junge Thägeliths sagte: »Lauf schnell zurück, und bring mir den Mann mit dem goldenen Pferd, dem goldenen Sattel und dem goldenen Zaumzeug.« Die alte Negerin lief zurück zu dem Nsäni und sagte: »Nimm dein goldenes Pferd mit dem goldenen Sattel und dem goldenen Zaumzeug, und komme mit zur jungen Thägeliths.«

Der Nsäni nahm das goldene Pferd mit dem goldenen Sattel und dem goldenen Zaumzeug und ging mit der alten Negerin zu der jungen Thägeliths. Die junge Thägeliths sah das goldene Pferd mit dem goldenen Sattel und dem goldenen Zaumzeug und sagte: »Sieh dir an, was du willst.« Der Nsäni blickte zwischen die geöffneten Beine der jungen Thägeliths, schüttelte den Kopf und sagte: »Wie schade!« Die junge Thägeliths sagte: »Was ist schade?« Der Nsäni sagte: »Es ist schade, daß deine Vagina verdreht sitzt. Sie müßte umgearbeitet werden. Sieh dir es selbst im Spiegel an.« Danach bedankte sich der Nsäni, ließ das goldene Pferd mit dem goldenen Sattel und dem goldenen Zaumzeug bei der jungen Thägeliths zurück und ging in sein Haus.

Die junge Thägeliths sprang auf und holte einen Spiegel. Sie legte ihn auf die Erde und trat mit gespreizten Beinen darüber. Die junge Thägeliths erschrak. Sie sah ihre Ischenfiren, ihre Vagina, umgekehrt im Spiegel. Sie erschrak so, daß sie sich auf das Bett werfen mußte und weinte. Die alte Negerin kam herein und fragte: »Was weinst du?« Die junge Thägeliths sagte: »Meine Ischenfiren sitzt umgekehrt. Der geschickte Mann hat es auch gesehen und gesagt, meine Ischenfiren müßte umgearbeitet werden. Wer kann mir nun aber meine Ischenfiren umarbeiten?«

Die alte Negerin sagte: »Wer das kann? Der geschickte Mann, der das goldene Huhn, das goldene Eier legen kann, die goldene Puppe und das goldene Pferd mit dem goldenen Sattel und dem goldenen Zaumzeug machen konnte, der kann dir sicherlich auch deine Ischenfiren umarbeiten.« Die junge Thägeliths sagte: »Du hast recht; geh hinüber zu dem geschickten Mann, und frage ihn, ob er es tun will.«

Die alte Negerin kam zu dem Nsäni und fragte ihn: »Die junge Thägeliths läßt dich fragen, ob du ihre verdrehte Ischenfiren umarbeiten kannst und willst.« Der Nsäni sagte: »Das kann ich schon. Das ist aber eine Arbeit, zu der ich acht Tage brauche. Frage die junge Thägeliths, ob ihr das nicht zu lange ist. In kürzerer Zeit kann es niemand machen.« Die alte Negerin sagte: »Komm nur gleich mit, und besprich es mit meiner Herrin.«

Der Nsäni ging zur jungen Thägeliths. Die junge Thägeliths weinte und sagte: »Antworte nur schnell, ob du meine verdrehte Ischenfiren umarbeiten willst, und dann fange an.« Der Nsäni sagte: »Ich kann es.« Der Nsäni begann die junge Thägeliths zu streichen und zu reiben. Die junge Thägeliths sagte: »Das ist angenehm.« Dann fiel die junge Thägeliths in Ohnmacht. Die junge Thägeliths stöhnte in der Ohnmacht und sagte nur: »Noch mehr! Noch mehr!« Der Nsäni lag acht Tage bei der jungen Thägeliths. Da erwachte sie und sagte: »Ist die Ischenfiren denn nun richtig herumgedreht?« Der Nsäni sagte: »Das kannst du daran sehen, ob der Deckel auf den Korb paßt.« Die junge Thägeliths sagte: »So decke schnell noch einmal den Deckel auf den Korb.« Die junge Thägeliths stöhnte und sagte: »Ach, wie gut der Deckel auf den Korb paßt!«

Die junge Thägeliths heiratete den Nsäni. Der Nsäni wurde der Agelith der Stadt. Die junge Frau liebte ihren Mann über alles. Sie sagte: »Ich habe ein goldenes Huhn, das goldene Eier legen kann; ich habe eine goldene Puppe, ich habe ein goldenes Pferd mit einem goldenen Sattel und goldenem Zaumzeug. Dann habe ich aber auch noch einen Korbdeckel. Und der ist das Beste von allem.«

Der Agelith gewordene Nsäni saß oft zu Gericht. Eines

Tages führte man ihm zwei Männer vor, die verarmt und verkommen waren, weil sie es mit ihrer Arbeit zu nichts gebracht hatten. Es waren seine beiden Brüder, der Maurer und der Holzschnitzer. Der Nsäni nahm sie in die Stadt auf und gab ihnen gute Frauen.

Die Geschlechtsteile

Muntschi

Kurru, die Vagina, und Djoa, der Penis, waren zusammen im Busch. Sie lebten damals noch nicht in Orten, sondern eben noch draußen im Busch. Eines Tages hatten Kurru und Djoa nichts zu essen. Sie waren beide sehr hungrig. Kurru sagte: »Ich möchte heute Fisch essen.« Djoa sagte: »Ich möchte heute Fisch essen.« Kurru nahm ihr Fischnetz und ging zum Fluß. Djoa folgte ihr. Kurru begann zu fischen. Kurru fing viele Fische. Kurru nahm die Fische und ging mit ihnen nach Hause. Kurru kochte die Fische, nahm Pfeffer und Salz und bereitete ein schönes Gericht. Als sie mit der Speise fertig war, aß sie sie auf. Es blieb nichts übrig. Nach einiger Zeit kam Djoa nach Hause. Djoa sagte: »Gib mir auch etwas zu essen.« Kurru gab ihm etwas Pfeffer und sagte: »Hier, iß du auch. Ich habe keinen Fisch.«

Am andern Tag gingen Kurru und Djoa wieder zum Fluß hinab. Djoa nahm das Netz und ging voran. Kurru folgte ihm. Djoa begann zu fischen. Djoa fing viele Fische. Djoa nahm die Fische und ging mit ihnen nach Hause. Djoa kochte die Fische, nahm Pfeffer und Salz und bereitete ein schönes Gericht. Als er mit der Speise fertig war, aß er alles auf. Nach einiger Zeit kam Kurru. Kurru sagte: »Gibst du mir zu essen?« Djoa sagte: »Ich habe nichts mehr zu essen.« Kurru sagte: »Warum gibst du mir nichts ab von deinen Fischen?« Djoa sagte: »Gestern, meine Kurru, hattest du viele Fische und gabst mir keine davon ab. Heute habe ich viele Fische gehabt und habe dir keine abgegeben.«

Kurru wurde zornig. Kurru schlug Djoa. Djoa schlug Kurru wieder. Sie schlugen sich. Im Streite riß Djoa der Kurru die Klitoris heraus und warf sie ins Feuer. Kurru griff die Klitoris schnell wieder aus dem Feuer heraus und steckte sie sich wieder an. Seitdem ist aber die Klitoris rot wie das Feuer.

Vagina, Salz und Penis

Muntschi

Es gab kein Essen. Nirgends im Lande gab es Essen. Niemand hatte etwas zu essen. Kurru und Djoa machten sich auf den Weg. Sie gingen in das nächste Land, um Sorghum und Salz zu kaufen. Sie gingen auf dem Markt umher. Sie sahen sich dies Korn an und sahen sich jenes Korn an. Sie sahen hier nach dem Salz und sahen dort nach dem Salz. Kurru sagte: »Wir müssen vor allem das Korn kaufen!« Djoa sagte: »Wir müssen vor allem das Salz kaufen.«

Kurru und Djoa kauften Korn und Salz. Dann machten sie sich auf den Heimweg. Als sie ein Stück weit gegangen waren, ward es dunkel. Als sie noch ein Stück weit gegangen waren, war es schwarz am Himmel. Der Regen war ganz nahe.

Der Regen begann zu fallen. Djoa sagte zu Kurru: »Der Regen beginnt zu fallen. Das Salz wird naß werden und weglaufen. Mach also lieber deinen Mund auf. Ich will das Salz hineintun; so wird es nicht naß werden!« Kurru sagte:

»Tu es, wie du denkst.« Kurru machte also den Mund auf. Djoa steckte darauf das Salz hinein. Kurru machte den Mund wieder zu.

Am Wege stand ein Termitenhügel. Der hatte seitlich eine Tür. Kurru sagte: »Ich werde in diesem Termitenhügel untertreten. Ich werde mich in dieser Höhle vor dem Regen schützen.« Kurru kroch in den Termitenhügel. Djoa wollte auch mit in den Termitenhügel. Djoa lief hinter Kurru her. Kurru sagte aber: »Geh fort, suche dir dein eigenes Haus. Ich brauche mein Haus für mich!« Kurru trieb Djoa fort und blieb allein in ihrem Termitenhügel.

Djoa lief weg. Djoa sah sich nach Stöcken um. Djoa schnitt sich Stöcke und baute sich dann ein kleines Haus. Djoa blieb in dem kleinen Haus. Es regnete in das kleine Haus nicht hinein.

Der Regen war sehr stark. Der Regen spülte den Termitenhaufen weg. Nun hatte Kurru kein Haus mehr. Kurru lief umher. Kurru suchte einen Schutz. Kurru sah Djoas Haus. Kurru lief auf Djoas Haus zu. Kurru kam zu Djoa. Djoa hatte gerade sein Essen gekocht und war bereit, es zu genießen. Kurru kam in Djoas Haus. Djoa sah Kurru und sagte: »Es ist gut, daß du kommst. Mein Essen ist fertig. Nun gib mir das Salz, das ich dir vorhin in den Mund legte. Ich will es nun in das Essen tun.« Kurru sagte: »Das Salz, das du mir vorhin in den Mund gelegt hast? Das Salz ist nicht mehr da.« Djoa sagte: »Ich will aber mein Salz haben!« Kurru sagte: »Das Salz ist nicht mehr da.« Djoa sagte: »Ich will aber mein Salz haben!« Kurru sagte: »Das Salz ist nicht mehr da. Wenn du mir nicht glaubst, kannst du selbst hereinkommen und dich danach umsehen. Du wirst aber auch nur sehen, daß das Salz nicht mehr darin ist.«

Djoa sagte: »Es ist gut; ich werde selbst hineingehen.« Djoa ging also selbst hinein, um nach dem Salz zu suchen.

Djoa fuhr in den einen Winkel. Djoa fuhr in den andern Winkel. Kurru sagte: »Such nur! Such! Such auch in den andern Winkeln.« Djoa fuhr in diesen Winkel. Djoa fuhr in jenen Winkel. Kurru sagte: »Such nur! Such nur!« Djoa wurde wütend. Er fuhr immer schneller von einem Winkel in den andern. Endlich war er ganz zornig. Er war vom vielen Suchen müde. Er hielt ein wenig inne und spuckte dann aus.

Hierauf kam er heraus; er war niedergeschlagen, ließ den Kopf hängen und sagte: »Es ist wahr, das Salz ist wirklich nicht darin!« Kurru sagte: »Sagte ich nicht vorher, daß es nicht darin ist? Aber mir ist es recht, wenn du wieder hereinkommst und weitersuchst.«

Seitdem sucht Djoa immer wieder Kurru auf. Er sucht immer wieder in allen Winkeln nach dem Salz. Er findet es aber nie. Wenn er dann müde ist, so spuckt er aus und kommt wieder heraus. Immer wieder kommt Djoa zu Kurru. Sooft aber Djoa auch Kurru aufsucht, das Salz wird er doch nicht mehr finden.

Ahun bringt die Geschlechter zusammen

Joruba

Früher lebten die Frauen in einem Lande zusammen und kannten den Mann nicht. Und die Männer lebten in einem Lande für sich und kannten die Frau nicht. Oku, der Penis, ging im Lande umher und trachtete danach, etwas zu verzehren. Oku fand aber nichts.

Eines Tages kam Ahun in das Land der Männer. Ahun fragte: »Wo habt ihr denn die Frauen? Habt ihr keine Frauen? Was verzehrt denn euer Oku?« – »Wir haben nichts derartiges da. Unser Oku geht umher und sucht etwas zu verzehren. Er findet aber nichts. Was sind denn das, Frauen?« Ahun sagte: »Wenn ihr mir vierhunderttausend Kauri und zweihundert Ziegen gebt, will ich euch für euren Oku etwas bringen. Ich will euch Frauen verschaffen!« Die Männer sagten: »Es ist gut! Tue das!« Ahun sagte: »Folgt mir, versteckt euch am Wege. Am dritten Tage kommen die Frauen.«

Ahun ging voran. Die Männer folgten. Die Männer versteckten sich am Wege. Ahun ging weiter. Ahun kam in das Land der Frauen. In dem Frauenlande ging er in das Haus der Jalode, der Herrin. Die Jalode sagte: »Ahun, woher kommst du?« Ahun sagte: »Ich bin ein Trommler.« Die Jalode sagte: »Wir möchten gerne tanzen. Wir möchten gerne einmal trommeln hören. Seit fünf Jahren hörten wir keine Trommel.« Die Jalode gab Ahun zu essen. Als Ahun gegessen hatte, sagte sie: »Nun beginne zu trommeln. Alle Frauen sind begierig, zu tanzen.« Ahun sagte: »Ihr müßt mir vorher etwas versprechen. Ihr müßt mir zweihunderttausend Kauri versprechen.« Die Jalode sagte: »Das wollen wir dir geben.« Ahun sagte: »Ich kann aber nicht an einer Stelle trommeln. Ich muß immer gehen beim Trommeln. Ich kann nicht in der Stadt trommeln. Ich kann nur im Busche trommeln. Ihr müßt mit in den Busch kommen und im Busch vor mir tanzen.« Die Jalode sagte: »Es ist gut!«

Ahun ging am andern Morgen vor die Tore der Stadt. Alle Frauen kamen mit vor die Tore der Stadt. Ahun begann zu trommeln. Alle Frauen begannen zu tanzen. Ahun trommelte und sang: »Hier sind viele Obo. Dort sind viele Oku. Die Oku wollen die Obo verzehren. Die Obo wollen dicke, dicke Okus haben. Die Obos werden sehr zufrieden sein!« Ahun trommelte und ging auf das Land der Männer zu. Die Frauen tanzten vor ihm her. Die Frauen tanzten weit vor ihm her. Sie trommelten und tanzten den ganzen Tag. Als es Abend war, legten sich die Frauen im Busche nieder zum Schlafen. Nachher kam Ahun und blieb an dem Platze.

Am andern Morgen begann Ahun zu trommeln. Die Frauen wachten auf. Die Frauen standen auf. Die Frauen begannen zu tanzen. Ahun sang: »Heute werden die Oku die Obo verzehren. Die Oku werden tanzen. Die Obo werden tanzen. Ahun ist ein großer Trommler. Nachher werden Kinder geboren werden. Oku und Obo werden einander nicht wieder verlassen!« Die Frauen tanzten vor Ahun her. Ahun trommelte. Die Frauen kamen an die Grenze des Männerlandes. Die Männer sahen aus dem Busch her die Frauen tanzen. Die Oku begannen aufzustehen. Ahun kam zur Stelle und trommelte. Die Frauen tanzten um Ahun. Die Männer tanzten hinter den Büschen. Alle tanzten den Idikire, den Geschlechtstanz. Die Männer kamen näher. Die Frauen sahen die Männer. Ahun trommelte.

Die Frauen tanzten mit den Männern. Die Männer tanzten so, als ob sie die Obo nicht sähen. Die Frauen aber tanzten so, daß sie die Oku sahen. Als die andern es nicht sehen konnten, faßte die Jalode den Oku eines Mannes an. Die Frauen tanzten nur mit den Männern, die einen kleinen Oku hatten. Die Frauen fürchteten sich vor den großen Okus. Die Jalode aber suchte einen Mann mit einem großen Oku. Die Frauen schliefen im Busch mit den Männern mit den kleinen Oku. Die Jalode aber schlief mit einem Manne mit einem großen Oku. Die Jalode sagte zu den andern Frauen: »Ihr seid dumm, ihr wißt nicht, was gut ist!«

Die Frauen gingen mit in die Stadt der Männer und kochten ihnen Essen. Sie gingen nicht wieder heim. – So wurde durch Ahun der Beischlaf auf der Erde eingeführt.

Jäger und Schlangenfrau

Joruba

Ein Jäger ging mit seinem Burschen alle Tage in die Farm. Wenn der Vater essen wollte, sandte er den Jungen fort, Feuer zu holen. Es zweigten sich drei Wege ab. Der eine Weg war gut instand gehalten, an dem wohnte eine Feindin des Jägers. Der zweite Weg war mit Gras bewachsen. An dem wohnte ein Mann mit vielen Wunden. Der dritte Weg war mit Busch bewachsen, an dem war das Feuer. Der Jäger sagte jedesmal zu seinem Jungen: »Geh, und hole von dem bewachsenen Weg das Feuer! Gehe aber ja nicht den Weg, der gut gereinigt ist!«

Eines Tages regnete es. Der Jäger sagte zu dem Jungen: »Geh und hole mir Feuer. Geh aber nicht den gereinigten Weg, sondern den bewachsenen.« Der Junge sagte: »So will ich es tun!« Der Junge ging. Es regnete. Der Bursche sagte: »Weshalb soll ich immer den schlechten Buschweg gehen. Ich werde lieber den guten Weg gehen, da wird es sicher auch Feuer geben.« Der Junge ging den guten Weg. Er kam an das Haus der Frau. Er trat hinein. Er sah die Frau. Es war eine sehr schöne Frau. Die Frau kochte gerade Kerne im Wasser. Die Frau sagte: »Was willst du?« Der Bursche sagte: »Mein Vater sendet mich, daß ich Feuer hole!« Die Frau sagte: »Dein Vater hat dich zu mir gesandt?« Der Bursche sagte: »Nein. Der Vater sandte mich den andern Weg, aber es regnete so arg, und der andere Weg ist so verwachsen.« Die Frau sagte: »Hier hast du Feuer. Sage deinem Vater aber nicht, daß du das Feuer bei mir geholt hast.« Der Junge sagte: »Ich will meinem Vater nicht sagen, wo ich das Feuer erhalten habe!«

Der Junge nahm den Feuerbrand und ging. Der Junge ging mit dem Feuerbrand ein gutes Stück, dann sagte er: »Diese Frau war sehr schön. Ich muß sie noch einmal sehen!« Der Junge löschte den Feuerbrand aus und kehrte zurück. Er trat wieder in das Haus der Frau. Die Frau fragte: »Was willst du?« Der Junge sagte: »Das Feuer ist verlöscht. Gib mir einen andern Brand.« Die schöne Frau gab ihm einen neuen Feuerbrand und sagte: »Hier hast du anderes Feuer. Sage deinem Vater aber nicht, daß du das Feuer bei mir geholt hast.« Der Junge sagte: »Ich will meinem Vater nicht sagen, wo ich das Feuer erhalten habe.« Der Junge nahm den Feuerbrand und ging wieder.

Der Junge ging mit dem Feuerbrand ein gutes Stück, dann sagte er: »Diese Frau war sehr schön. Ich muß sie noch einmal sehen!« Der Junge löschte den Feuerbrand aus und kehrte zurück. Er trat in das Haus der Frau. Die Frau fragte: »Was willst du?« Der Junge sagte: »Das Feuer ist wieder verlöscht. Gib mir einen andern Brand.« Die schöne Frau gab ihm einen andern Feuerbrand und sagte: »Hier hast du anderes Feuer. Sage deinem Vater aber nicht, daß du das Feuer bei mir geholt hast.« Der Junge sagte: »Ich will meinem Vater nicht sagen, wo ich das Feuer erhalten habe.« Der Junge nahm den Feuerbrand und ging wieder.

Der Junge ging mit dem Feuerbrand ein gutes Stück, dann sagte er: »Diese Frau war sehr schön. Ich muß sie noch einmal sehen!« Der Junge löschte das Feuer aus und kehrte zurück. Er trat in das Haus der Frau. Die Frau fragte: »Was willst du?« Der Junge sagte: »Das Feuer ist verlöscht. Gib mir einen andern Brand.« Die schöne Frau sagte: »Ich werde deinem Vater selbst das Feuer bringen. Sage ihm aber nicht, auf welchem Weg du mich getroffen hast.« Der Bursche sagte: »Nein, das will ich nicht sagen.« Die Frau nahm einen Feuerbrand und ging mit dem Jungen zu der Farm des Jägers.

Der Junge kam mit der Frau auf die Farm des Jägers. Die Frau trug das Feuer. Der Vater sah sie. Der Vater sah, daß die Frau sehr schön war. Der Vater sagte zu dem Jungen: »Wo hast du diese Frau getroffen?« Der Junge sagte: »Ich traf sie an dem verwachsenen Weg.« Die Frau sagte: »Schilt den Jungen nicht! Er hat mich getroffen. Hier ist das Feuer.« Der Vater nahm das Feuer. Der Vater sah die Frau. Die Frau war sehr schön. Der Vater wußte nicht, daß die schöne Frau die große Schlange Irri war, weil er nicht wußte, daß sie von dem guten Weg kam. Die schöne Frau sagte: »Ich will mit dir nach Hause gehen und mit dir schlafen.« Der Vater sagte: »Es ist mir recht. Komm mit mir in mein Haus und schlafe mit mir.«

Der Jäger ging mit der schönen Frau nach Hause. Der Jäger nahm sie mit in sein Zimmer und schlief mit ihr. Der Jäger beschlief die schöne Frau. Nachher sagte die Frau: »Ich will gehen. Begleite mich durch den Busch.« Der Jäger sagte: »Das will ich tun.« Der Jäger wollte seine Flinte nehmen. Die Frau sagte: »Nimm nicht deine Flinte mit dir, sonst fürchte ich mich vor dir.« Der Jäger hatte drei Hunde. Er wollte sie mitnehmen. Die Frau sagte: »Laß die drei Hunde zu Hause. Schließ sie ein. Ich fürchte mich sonst vor ihnen.« Der Jäger schloß die drei Hunde ein. Er ging ohne Hund und Gewehr mit der schönen Frau.

Die schöne Frau ging mit dem Jäger durch den Busch. Nach einiger Zeit sagte er: »Nun will ich heimkehren.« Die schöne Frau sagte: »Bleibe noch. Begleite mich noch ein Stück.« Darauf begleitete er die Frau noch ein gutes Stück. Nach einiger Zeit sagte er dann: »Nun will ich heimkehren.« Die schöne Frau sagte: »Bleibe noch. Begleite mich noch ein Stück.« Darauf begleitete er die Frau noch ein gutes Stück.

Nach einiger Zeit sagte die schöne Frau: »Sieh die Früchte auf jenem Baum! Wirf mir doch von den Früchten herab. Steige hinauf und pflücke mir von den Früchten!« Der Baum war sehr hoch. Der Jäger stieg aber hinauf. Der Jäger stieg bis oben hin und warf der Frau von oben her Früchte zu. Er warf viele Früchte herab. Der Mann stieg immer höher. Als er ganz oben war, rief die schöne Frau von unten herauf: »Wenn du nach oben zum Himmel hin fortwillst, so versuche es! Wenn du nach unten hin zur Erde herab fliehen willst, so versuche es! Wo du auch hinwillst, ich werde dich heute doch noch fressen.« Der Jäger sah herunter. Er sah, wie die schöne Frau sich in eine gewaltige Irri verwandelt hatte, die sich um den Fuß des Baumes geschlungen hatte.

Der Jäger sah das. Er schrie! Er schrie die Namen seiner Hunde. Die drei Hunde hießen Oke Makeren, das war der Abschneider, Osoquako Gwenini, der Zuschnappende und Verschlucker, und Ogballe Gbarawes, der Reiniger des Platzes. Als der Jäger schrie, waren die drei Hunde daheim eingeschlossen. Als der Jäger schrie, begann Oke Makeren die Tür des Hauses aufzuschneiden. Alle drei Hunde liefen eiligst durch den Busch. Sie kamen unter dem Baume an, auf dem der Jäger saß. Osoquako Gwenini stürzte sogleich auf die Irri zu, biß ihr den Kopf ab und verschluckte ihn. Die Schlange war tot. Darauf begann Oke Makeren die Schlange in Stücke zu zerschneiden, und Ogballe Gbarawes schichtete das Fleisch auf. Dann reinigte er den Platz vom Blute.

Der Jäger kam von seinem Baume herab. Er ging erst zu den Hunden und dankte ihnen. Dann betrachtete der Jäger das Fleisch und sagte: »So viel Fleisch! Wer wird mir das nach Hause tragen können!« Die drei Hunde sagten: »Versprich uns, daß du nichts darüber sprechen willst, so wollen wir dir das Fleisch nach Hause tragen. Du darfst aber auch deiner Frau nichts davon sagen!« Der Jäger sagte: »Ich verspreche euch, daß ich niemandem, auch meiner Frau, nichts davon sagen will.« Darauf gingen die drei Hunde in den Busch und holten sich Palmblätter. Sie machten aus dem Fleisch drei Pakete. Sie nahmen die Pakete auf und richteten sich empor. Sie waren nun drei Männer. Als Menschen trugen sie das Fleisch nach Hause und zum Agballa, zum Hinterhaus, des Jägers. Sie gingen von hinten hinein, während der Jäger von vorn kam.

Die drei Männer legten hinten das Fleisch nieder, dann verwandelten sie sich wieder in Hunde. Der Jäger kam von vorn herein. Er begegnete beim Eintritt seiner Frau und sagte zu ihr: »Sieh das Fleisch, das ich dir in das Agballa geschickt habe!« Die Frau sagte: »Du hast mir ins Agballa Fleisch geschickt? Wen hast du mit dem Fleisch geschickt? Wer hat das Fleisch gebracht?« Der Jäger sagte: »Die Leute sind schon wieder fortgegangen. Ich traf sie unterwegs. Ich kannte sie gar nicht. Es waren wohl Fremde.« Die Frau ging in das Haus und sah das viele Fleisch. Die Frau sagte: »Das müssen drei starke Männer gewesen sein!« Am andern Tag ging die Frau zu einem Babalawo und fragte den: »Was waren das für Leute, durch die mein Mann gestern das Fleisch hat heimschicken lassen?« Der Babalawo sagte: »Kaufe Emu und Ogoro, mache gutes Essen. Setze das deinem Mann vor, dann kannst du es erfahren.« Die Frau des Jägers ging nach Hause. Die Frau kaufte Emu und Ogoro, Palmwein. Sie bereitete gute Speise. Sie setzte dem Mann die gute Speise vor. Als er gegessen hatte, gab sie ihm den Emu und Ogoro. Der Mann trank beides. Der Mann ward betrunken. Die Frau fragte den Mann: »So sage mir doch, wer neulich das Fleisch heimgetragen hat!« Der Jäger sagte: »Eigentlich kann ich es nicht sagen. Du bist meine Frau. Du wirst nichts darüber sprechen. Ich kann dir es schon sagen. Das Fleisch haben mir meine Hunde heimgetragen. Die drei Hunde verwandelten sich in Menschen. Aber behalte es bei dir.« Die Frau sagte: »Ich will es bei mir behalten.«

Die Hunde lagen jeden Morgen vor dem Zimmer des Jägers. Am andern Morgen wollte die Frau dort auffegen. Sie jagte die Hunde, die dort lagen, fort und sagte: »Macht, daß ihr fortkommt, die ihr weder richtige Hunde noch richtige Männer seid!« Als die Hunde das hörten, sagten sie zueinander: »Der Jäger hat das seiner Frau aufgeschwatzt.« Darauf liefen die Hunde fort in den Busch.

Die Rache der Hure

Westsudan, Mande

Eine Hure wohnte in einer Stadt, die so weit von Bamako fortliegt wie Mekka. Sie hatte die Gewohnheit, nie auf die Straße zu gehen, sondern empfing jeden Abend alle ihre Freunde bei sich, und da ging es dann sehr vergnügt zu. Diese Hure hatte einen jüngeren Bruder. Eines Tages verbreitete sich das Gerücht, daß er mit einer Frau gehurt habe, und wenn man auch keine Zeugen beibringen konnte, weil das Gerücht nämlich nicht auf wahren Tatsachen beruhte, so verurteilte der Richter den jungen Burschen doch zu hundert Peitschenhieben. Der Bürgermeister, an den der junge Mann sich wandte, bestätigte das Urteil und ebenso der Almami, das religiöse Oberhaupt. Darauf begab sich die Hure zu dem Gericht und sagte: »Es ist an dem Gerücht nichts Wahres, und ihr verurteilt meinen jüngeren Bruder zu Unrecht, aber um ihm die Schande zu ersparen, will ich gern eine Goldbuße zahlen.« Da wurde ihr geantwortet: »Und wenn du bereit wärest, so viel zu zahlen, wie dein Bruder wiegt, so müßten wir ihn doch auspeitschen!« Somit erhielt der Bursche seine hundert Peitschenhiebe.

Die Hure sagte danach zu ihrem Bruder: »Alle drei haben dich verurteilt. Ich werde dir Gelegenheit geben, jedem von allen dreien hundert Peitschenhiebe verabfolgen zu lassen.« – Am dritten Tage danach zog sich die Hure sehr schön an und ging dahin, wo der Almami war. Sie schritt an ihm vorüber. Der Almami sagte: »Du sagst mir nicht guten Tag?« Sie sagte: »Ich habe es gesagt, du hast es nur nicht gehört!« Der Almami sagte: »Du gehst heute aus? Das ist doch sonst nicht deine Gewohnheit!« Die Hure sagte: »Du fragst mich nach dem Verwunderlichen und begehst doch selbst das Verwunderliche, daß du nie zu mir kommst wie die anderen Männer dieser Stadt!« Der Almami sagte: »Ich würde schon kommen, aber es sind immer soviel Männer bei dir.« Die Hure sagte: »Wenn das der Grund ist! Heute um halb sieben Uhr zum Beispiel sind keine Männer bei mir!« Der Almami sagte: »Wirklich?« Die Hure sagte: »Bei deiner Gerechtigkeit!« Der Almami sagte: »Dann werde ich heute nach dem Salam um halb sieben Uhr zu dir kommen.«

Die Hure ging weiter. Sie kam am Hause des Richters vorbei. Der richtete an sie die gleiche Frage wie der Almami. Sie unterhielten sich in gleicher Weise und verabredeten, daß der Richter um acht Uhr bei ihr niemand antreffen würde – »bei seiner Gerechtigkeit«.

Die Hure ging weiter. Sie kam am Hause des Bürgermeisters vorbei. Der richtete an sie die gleiche Frage wie der Almami und der Richter. Sie unterhielten sich in gleicher Weise und verabredeten, daß der Bürgermeister um Mitternacht bei ihr niemand antreffen würde – »bei seiner Gerechtigkeit«.

Dann suchte die Hure ihren jüngeren Bruder auf und sagte zu ihm: »Komm heute nacht nach Mitternacht zu mir, dann wirst du Gelegenheit erhalten, mit den Leuten, die dir die hundert Peitschenhiebe geben ließen, abzurechnen.«

Der Almami hatte kaum sein Gebet vor der Gemeinde gesprochen, als er auch, ohne erst zu essen, schleunigst in das Haus der Hure eilte. Er schleuderte seine bunten Kleider in eine Ecke und kam zu der Hure auf das Bett. Die Hure scherzte mit ihm, ohne ihm Befriedigung zuteil werden zu lassen, bis acht Uhr. Da hörte man Schritte kommen. Der Almami fragte hastig: »Kommt da jemand?« Die Hure sagte: »Ist es denn schon acht Uhr, dann ist es der Richter.« Der Almami fragte: »Kommt der öfter zu dir?« Die Hure sagte: »Nein, er kommt heute zum erstenmal!« Der Almami sagte: »Ach, der darf mich nicht sehen! Verstecke mich!« Es standen drei große Koffer im Zimmer. Die Hure sagte: »Komm hier hinein!« Sie öffnete einen Koffer, und der Almami kroch schleunigst, nackt wie er war, hinein. Die Hure schloß zu, zog den Schlüssel ab und steckte ihn zu sich.

Der Richter kam herein. Er warf seine Amtskleider eilig in einen Winkel und kam zu der Hure aufs Bett. Die Hure scherzte mit ihm, ohne ihm Befriedigung zuteil werden zu lassen, und trieb dies Spiel bis Mitternacht. Da hörte man Schritte kommen. Der Richter fragte hastig: »Kommt da jemand?« Die Hure sagte: »Ist es denn schon zwölf Uhr? Dann ist es der Bürgermeister.« Der Richter fragte: »Kommt der öfter zu dir?« Die Hure sagte: »Nein, er kommt heute zum erstenmal.« Der Richter sagte: »Ach, der darf mich nicht sehen! Verstecke mich!« Die Hure stellte darauf einen zweiten Koffer auf den ersten, in dem der Almami verborgen war. Sie sagte: »Komm hier herein.« Der Richter kroch, nackt wie er war, hinein. Die Hure schloß zu, zog den Schlüssel ab und steckte ihn zu sich.

Der Bürgermeister kam herein. Er stellte seine Lanze an die Seite, warf seine Kleider eilig in einen Winkel und kam zu der Hure ins Bett. Die Hure scherzte mit ihm, ohne ihm Befriedigung zuteil werden zu lassen, und sie trieb das

Spiel, bis draußen Schritte ertönten. Der Bürgermeister fragte hastig: »Kommt da jemand?« Die Hure sagte: »Das wird mein jüngerer Bruder sein!« Der Bürgermeister sagte: »Der, den wir zu hundert Peitschenhieben verurteilten?« Die Hure sagte: »Derselbe.« Der Bürgermeister sagte: »Ach, der darf mich hier nicht sehen! Verstecke mich!« Die Hure stellte darauf einen dritten Koffer auf den zweiten, in dem der Richter war. Sie sagte: »Komm hier herein!« Der Bürgermeister kroch, nackt wie er war, hinein. Die Hure schloß zu, zog den Schlüssel ab und band ihn mit den anderen beiden zusammen.

Die Hure hieß ihren Bruder hereintreten. Sie sagte: »Ich habe dir versprochen, dir die drei Männer zu überantworten, die dich zu der unwürdigen und unverdienten Strafe verurteilt haben. Hier siehst du nun die Kleider und Abzeichen dieser Männer in den Winkeln liegen. Dort steht die Lanze des Bürgermeisters. In diesen drei Koffern sind die drei Leute selbst. Hier hast du die Schlüssel zu den Koffern!« Der Bruder sagte: »Die Koffer sind zu schwer, die kann ich nicht fortschleppen, ich will aber die Kleider und die Schlüssel zu den Koffern zu mir nehmen, um bei dem Richter einer benachbarten Stadt zu klagen.«

Er nahm die Sachen und ging damit von dannen.

Am anderen Morgen erwartete die versammelte Gemeinde der Gläubigen den Almami, auf daß er das Gebet beginne. Aber er kam nicht. Darauf wurden die Leute unruhig und sagten: »Wir wollen zum Richter gehen, damit der den Almami suchen läßt.« Die Volksmenge strömte zum Richter. Die Leute des Richters sagten: »Seit gestern abend haben wir den Richter nicht mehr gesehen.« Darauf machte sich die Menge auf, und alle Welt lief nun zu dem Quartier des Bürgermeisters. Sie riefen: »Der Bürgermeister muß das regeln! Der Bürgermeister muß den Almami und den Richter suchen lassen.« Im Gehöft des

Bürgermeisters waren nur die Frauen daheim. Die sagten mürrisch: »Er war in der letzten Nacht bei keiner von uns.« Als die Menge das hörte, bemächtigte sich ihrer große Angst.

Inzwischen konnte der Bürgermeister, der im obersten Koffer im Hause der Hure war, seine Notdurft nicht mehr anhalten, denn er hatte in der letzten Nacht recht viel getrunken. So begann er denn ordentlich zu pissen, das Wasser lief durch die Ritzen in den zweiten Koffer auf den Richter, und der rief: »Bürgermeister, halt an!« Der Bürgermeister erkannte den Richter an der Stimme und sagte: »Bist du auch da?« Darauf hielt auch der Richter seine Notdurft nicht mehr in Schranken und pinkelte, so daß der Almami im untersten Koffer ein zweites Bad erhielt und rief: »Hör auf, Richter, hör auf! Ich, der Almami, bin ja unter euch!« Darauf sagte der Bürgermeister: »Wenn wir alle drei hier sind, dann wollen wir doch schreien!« Der Almami sagte: »Wir wollen nicht schreien!« Der Bürgermeister begann aber aus seinem Koffer heraus zu schreien.

Das Schreien hörte die Menge, die ängstlich durch die Straßen eilte. Einige Leute sagten: »Kommt, bei der Hure prügeln sich zwei Männer!« Alles kam angerannt. Die Leute sahen keinen Menschen im Hause, aber die Pisse, die aus dem Koffer gelaufen war. Sie hörten stöhnen und rufen.

Da brachen die Leute die drei Koffer auf, und der Bürgermeister, der Richter und der Almami kamen ganz nackt herausgekrochen.

Der Flötenmann

Westsudan, Mande

Ein Mädchen wollte niemand heiraten. Das hörte ein Mann, der das Mädchen arg leiden mochte. Da verwandelte er sich in eine Flöte und legte sich in dieser Gestalt vor die Haustüre des Mädchens. Das Mädchen fand die Flöte, nahm sie auf, lief zur Mutter und zeigte sie ihr. Die Mutter sagte: »Du hast eine hübsche Flöte gefunden. Niemand hat wohl eine so hübsche Flöte im Dorfe wie du.« Das Mädchen nahm die Flöte auf und mit in ihr Haus. Sie steckte sie in die Wand.

Abends badete sich das Mädchen. Da begann die Flöte zu sprechen und sagte: »Ich möchte mich auch baden.« Das Mädchen sprang auf, aus dem Hause, zur Mutter und sagte: »Mutter, die Flöte hat eben gesagt: ›Ich möchte mich auch baden.‹ Mutter, die Flöte ist sicher ein Mann.« Die Mutter sagte: »Laß sie nur. Du hast die hübscheste Flöte im Dorfe.« Das Mädchen ging zurück in sein Haus.

Das Mädchen legte sich auf seine Tara, das Bett. Die Flöte in der Wand sagte. »Ach, ich möchte mich auch auf die Tara legen!« Das Mädchen sprang auf, aus seinem Hause und zur Mutter und sagte: »Mutter, die Flöte hat eben gesagt: ›Ach, ich möchte mich auch auf die Tara legen!‹ Mutter, die Flöte ist sicher ein Mann.« Die Mutter sagte: »Laß gut sein! Du hast die hübscheste Flöte im Dorfe. Lege sie nur ruhig auf deine Tara.« Das Mädchen ging zurück in sein Haus.

Das Mädchen nahm die Flöte von der Wand, legte sich auf die Tara und die Flöte neben sich. Die Flöte sagte: »Ach, ich möchte zwischen deinen Brüsten liegen!« Das

Mädchen sprang auf, aus dem Hause, zur Mutter und sagte: »Mutter, die Flöte hat eben gesagt: ›Ach, ich möchte zwischen deinen Brüsten liegen!‹ Mutter, die Flöte ist sicher ein Mann.« Die Mutter sagte: »Laß gut sein! Du hast die hübscheste Flöte im Dorfe; lege sie ruhig zwischen deine Brüste.« Das Mädchen ging zurück in sein Haus.

Das Mädchen legte sich auf die Tara, sie nahm die Flöte und legte sie auf den Busen zwischen die Brüste. Da ward aus der Flöte ein großer, kräftiger Mann mit einem mächtigen Fosso, den steckte er in die Bie des Mädchens und beschlief es dann. – Am anderen Morgen ging das Mädchen zu seiner Mutter und sagte: »Nun bin ich doch verheiratet, denn die Flöte war natürlich doch ein Mann. Aber es ist gut so.« Da sagte die Mutter: »Siehst du!«

Der schäbige Liebhaber

Nupe

Ein Mann heiratete eine Frau. Die Frau hieß Mamuna. Der Mann hatte einen Freund, der hieß Goschi. Mamuna war sehr schön. Goschi war viel im Gehöft seines Freundes. Goschi wollte gern Mamuna besitzen. Goschi ging zu einem Boschi und bat ihn, es zu machen, daß sein Freund für einige Zeit verreise. Der Boschi machte es, daß der Ehemann eines Tages seine Sachen packte und in ein anderes Land ging.

Als der Ehemann in ein anderes Land gegangen war, kam Goschi zu Mamuna und sagte: »Mamuna, ich möchte dein Freund sein. Mamuna, laß mich bei dir schlafen!« Mamuna sagte: »Du bist der Freund meines Mannes. Da kann ich nicht deine Freundin werden und bei dir schlafen.« Goschi bat Mamuna. Goschi schenkte Mamuna 20 000 Kauri. Mamuna hat nun schon mehrere Tage ihren Mann nicht gesehen. Mamuna sagte zu Goschi: »Komme heute nacht zu mir!« Abends kam Goschi zu Mamuna. Goschi schlief bei Mamuna. Goschi beschlief nun Mamuna alle Tage.

Freunde kamen in das Land, in das Mamunas Mann gegangen war. Freunde sagten zu Mamunas Mann: »Dein Freund Goschi kommt alle Abende in dein Haus und beschläft deine Frau Mamuna.« Mamunas Ehemann packte seine Sachen. Er ging sogleich nach seinem Orte zurück. Er kam nachts in seinem Orte an. Er ging nach seinem Gehöft. Mamuna hörte ihn kommen. Mamuna hörte ihren Mann kommen. Goschi lag bei ihr. Mamuna sagte: »Goschi, steh auf, mein Mann kommt! Ich will dich verstekken.« Mamuna versteckte Goschi in dem Speichertopf, in dem sie ihre Sachen hatte. Sie deckte ihn mit ihren Decken und Kleidern zu.

Der Ehemann kam herein. Der Ehemann setzte seine Sachen hin und sagte: »Ich höre, Mamuna, daß du nicht allein schläfst!« Der Ehemann untersuchte das Bett. Der Ehemann sah in alle Winkel. Der Ehemann fand nichts. Er blieb bei seiner Frau. Am anderen Tag sagte der Ehemann zu Mamuna: »Morgen werde ich deinen Edo nehmen und ihn ins Haussaland tragen und verkaufen. Wir werden viel Geld damit verdienen.« Mamuna sagte: »Wieviel Geld willst du denn von den Haussaleuten dafür haben?« Der Ehemann sagte: »Ich will dafür 200 000 Kauri haben.« Mamuna sagte: »Ich habe immer alle meine Sachen darin, mein Korn, meine Decken, meine Kleider. Ich möchte ihn behalten und dir dafür 200 000 Kauri geben.« Der Ehemann sagte: »Es ist mir recht.« Nachher ging der Ehemann hinaus.

Mamuna machte sogleich den Edo auf. Goschi kam heraus. Mamuna sagte: »Ich habe meinem Mann dafür 200 000

Kauri bezahlt. Ich muß die 200 000 Kauri leihen. Du gibst sie mir doch wieder.« Goschi sagte: »Du wirst das Geld schon wieder erhalten.« Goschi lief aus dem Hause. Nach einiger Zeit begegnete Mamuna Goschi auf der Straße. Mamuna sagte zu Goschi: »Du hast mir die 200 000 Kauri noch nicht wiedergegeben, die ich für dich bezahlt habe!« Goschi sagte: »Warum hast du denn die 200 000 Kauri bezahlt? Ich habe nicht von dir verlangt, daß du sie zahltest. Hättest du mich nicht versteckt, so hätte ich mich mit deinem Manne geschlagen, und alles wäre erledigt gewesen.« Mamuna sagte. »Es ist gut!«

Mamuna kam nach Hause. Sie sagte zu ihrem Manne: »Packe morgen deine Sachen. Sage, du gingst in ein anderes Land. Geh weg und verstecke dich im Nachbarhaus; dann werden wir einen Dieb fangen.« Der Mann sagte: »Es ist recht.« Der Mann packte am anderen Morgen seine Sachen. Am Mittag kleidete Mamuna sich sehr schön und ging weg. Sie traf Goschi. Sie sagte zu Goschi: »Heute verreist mein Mann für drei Monate in ein anderes Land.« Goschi sah Mamuna an. Mamuna war schön gekleidet. Mamuna hatte schöne Kleider. Mamuna hatte Perlen um. Mamuna war schön.

Goschi sagte: »Laß mich heute zu dir kommen. Laß mich bei dir schlafen!« Mamuna sagte: »Nein, ich lasse dich nicht zu mir kommen. Ich habe 200 000 Kauri für dich bezahlt, und du hast mir das Geld nicht wiedergebracht.« Goschi sagte: »Ich werde dir das Geld morgen bringen. Ich verspreche es dir. Aber laß mich heute abend bei dir schlafen.« Mamuna sagte. »Es ist gut! Komm dann heute abend zu mir!«

Am Abend ging Goschi zu Mamuna. Er kam in Mamunas Hof. Mamuna stand am Reibstein und mahlte Korn. Mamuna hatte alle Kleider abgelegt. Mamuna war nackt. Mamuna war sehr schön. Goschi sagte zu Mamuna:

»Komm herein auf die Matte; wir wollen beieinander liegen; ich will dir beiliegen!« Mamuna sagte: »Laß mich erst diese Arbeit fertig machen. Setze dich so lange da hinter mich!« Goschi setzte sich. Goschi sah Mamuna zu. Mamuna war sehr schön. Mamuna war nackt.

Mamuna sagte: »Mein Mann sagt, ein Mann, dessen Füße in Fußeisen geschlagen sind, kann nicht eine Frau beschlafen.« Goschi sagte: »Der Mann kann es doch!« Mamuna sagte: »Nein der Mann kann es sicher nicht!« Goschi sagte: »Hast du Fußeisen da, so lege sie mir um, und ich will es dir zeigen!« Mamuna sagte: »Ich will doch erst meine Arbeit fertig machen.« Goschi sagte: »Nein, hole die Fußeisen. Wir wollen es gleich machen.« Mamuna sagte: »Es soll mir recht sein.« Mamuna ging hinein. Goschi folgte ihr. Mamuna nahm die Fußeisen und legte sie Goschi an. Als Goschi die Fußeisen anhatte, schrie Mamuna: »Ein Dieb! Ein Dieb! Ich habe einen Dieb!« Goschi rief: »So sei doch still!« Der Ehemann Mamunas kam herein. Er packte Goschi. Goschi ward zum König geschleppt. Goschi mußte viel Geld zahlen und wurde geschlagen.

Einführung in den Geschlechtsgenuß

Nupe

Ein Mann heiratete eine Frau. Die Frau gebar ein Kind. Das war ein Knabe. Der Knabe wuchs heran. Der Knabe ward groß. Als der Bursche erwachsen war, sagte der Vater zu ihm: »Ich will dir ein Mädchen zur Frau geben, denn du bist im Alter zu heiraten.« Der Bursche sagte: »Ich will nicht heiraten!« Der Vater sagte: »Du bist alt genug dazu.« Da nahm der Bursche Bogen und Pfeil und ging fort. Er ging in den Busch; er ging in ein anderes Land. Fünf Jahre blieb er so im Busch und ward ein Jäger.

Als die fünf Jahre um waren, gingen der Vater und die Mutter in die Stadt und fragten allenthalben: »Wer will in den Busch gehen, meinen Sohn zurückzurufen? Wer will in den Busch gehen, meinen Sohn zurückzurufen?« Eine Frau kam und sagte: »Weshalb ist dein Sohn in den Busch gelaufen?« Der Vater sagte: »Mein Sohn ist in den Busch gelaufen, weil ich ihm ein junges Mädchen zur Frau geben wollte.« Die Frau fragte: »Ist das alles?« Der Vater sagte: »Ja, das ist alles.« Die Frau sagte: »Dann will ich hingehen und ihn suchen.«

Die Frau legte ihre Frauenkleider ab. Sie zog Hosen an; sie zog einen Burnus über; sie hängte eine Tasche um; sie nahm Bogen und Pfeil. Sie ging in den Busch, dahin, wo der Bursche sich aufhielt. Sie fand den Burschen. Der Bursche sah sie. Er wußte nicht, daß sie eine Frau war. Er hielt sie für einen Mann. Die Frau schloß Freundschaft mit dem Burschen. Sie gingen zusammen zur Jagd.

Sie waren zusammen auf der Jagd. Die Frau rief: »Ich habe auf einen Büffel geschossen.« Der Bursche kam und sagte: »Was, du hast auf einen Eja geschossen?« Die Frau sagte: »Ja.« Der Bursche sagte: »So müssen wir folgen. Geh du links, ich gehe rechts.« Die Frau ging links. Der Bursche ging rechts. Nach einiger Zeit schrie die Frau: »Der Eja hat mich hingestoßen. Hilf mir.« Die Frau warf ihre Kleider ab, warf die Tasche darauf und legte sich selbst mit ausgebreiteten Beinen daneben. Sie schrie. Der Bursche kam zu ihr. Er sagte: »Was ist?« Die Frau sagte: »Der Eja hat mich arg gestoßen.« Der Bursche fragte: »Wo hat er dich gestoßen?« Die Frau sagte: »Er hat mich nicht am Kopfe gestoßen. Er hat mich nicht an diesem Arme gestoßen. Er hat mich nicht an jenem Arme gestoßen. Er hat mich nicht an diesem Beine gestoßen. Er hat mich nicht an jenem Beine gestoßen. Er hat mich dazwischen gestoßen. Er hat alles hineingedrückt.« Der Bursche sah, daß die Stelle anders war als bei ihm. Er sagte: »Das ist schlimm!«

Die Frau sagte: »Geh dort zu meiner Tasche. Es ist eine Flasche mit Medizin darin. Reibe mir die Stelle ein.« Der Bursche ging zu der Flasche. Es war eine Flasche mit Öl darin. Er nahm das Öl. Er rieb die Stelle der Frau ein. Die Frau sagte: »Wenn die Medizin gut ist, muß es erst bei dir wachsen.« Der Bursche rieb die Vagina der Frau ein. Da schwoll sein Glied an. Die Frau sagte: »Hat es bei dir eine Wirkung?« Der Bursche sagte: »Ja, es hat bei mir gewirkt.« Die Frau sagte: »So reibe deinen Penis weiter. Wenn der Versuch gelingt, so kommt mein Eingedrücktes auch wieder heraus.«

Der Bursche legte sich nun auf die Frau. Er steckte seine Rute in ihre Scham. Er beschlief sie wohl fünf Minuten lang, dann fragte er die Frau: »Woher kommst du?« Die Frau sagte: »Ich komme hier aus dem Busch!« Der Bursche sagte: »Gut, wenn du irgendwohin gehst, muß ich mit dir gehen, um dir immer die Medizin machen zu können.« Die Frau sagte: »Ich muß fortgehen; ich muß in die Stadt. Der Bursche sagte: »Gut, dann werde ich dir folgen!« Die Frau ging voraus in die Stadt. Sie ging zu dem Vater des Burschen und sagte: »Guten Tag.« Der Vater sagte: »Ich danke dir! Guten Tag!« Die Frau sagte: »Dein Sohn wird auch bald kommen; er folgt mir.« Der Vater war sehr glücklich. Er sagte: »Ich will dir danken!« Die Frau sagte: »Es ist gut; aber gib deinem Sohn, sobald er kommt, nur schnell eine Frau, denn sonst läuft er wieder in den Busch zurück, um eine Medizin zu suchen!« Der Vater sagte: »Das soll geschehen!«

Der Bursche kam. Der Vater gab ihm sogleich eine junge Frau. Der Bursche war sehr froh und blieb von da an daheim.

Amazonensage

In alter, alter Zeit waren die Frauen in einem Lande für sich und die Männer in einem Lande für sich. Die Stadt der Männer war sehr, sehr groß. Die Stadt der Frauen war sehr, sehr groß.

Einmal ging ein Jäger aus. Er ging weit durch das Land. Er kam in das Land der Frauen. Die Frauen sahen den Mann. Die Frauen fielen über den Mann her, und die Frauen schlugen den Mann. Der Mann rannte schnell fort. Der Mann flüchtete in seine Stadt. Der Mann lief zu seinem König und sagte: »Ich bin weit, weit fortgegangen. Ich bin in ein anderes Land gekommen. In dem anderen Lande fielen die Menschen über mich her und schlugen mich. Ich rannte, so schnell ich konnte, von dannen.« Der König fragte den Jäger: »Wie waren denn die Leute, die dich wegtrieben?« Der Jäger sagte: »Die Leute waren anders als wir. Sie hatten hier ein Stück Fleisch und hatten hier ein Stück Fleisch. Dann hatten die Leute lange, lange Haare. Es war ein schönes, schönes Volk.«

Der König sagte zu dem Jäger: »Ich möchte dieses Volk sehen. Wie kann ich dieses Volk sehen?« Der Jäger sagte: »Man kann die Leute nicht sehen. Jeder Mann, der nur immer dort hinkommt, wird von diesen Leuten geschlagen und vertrieben werden.« Der König sagte: »So fangt doch einige und bringt mir diese hierher!« Der Jäger sagte: »Mein König! Das ist nicht möglich. Das ist nicht möglich!« Der König sagte: »So kämpft mit ihnen. Kämpft oder tut mit ihnen, was ihr wollt. Ich muß aber einige von diesen Leuten sehen!« Der Jäger sagte: »So werden wir es auch nicht können, denn diese Leute sind wohl stärker als wir. Laß mich aber jetzt gehen. Ich will diese Sache bis morgen bedenken und dann wiederkommen.« Der König sagte: »Das ist gut.« Der Jäger ging nach Hause.

Am anderen Tage kam der Jäger wieder zum König und sagte: »Du willst einige von diesen Leuten sehen?« Der König sagte: »Ja, ich will einige von diesen Leuten sehen!« Der Jäger sagte: »Wenn du mir guten Honig und Zuckerrohr besorgen kannst, will ich einen Versuch machen, dir diese Leute oder einige von ihnen herzubringen.« Der König sagte: »Honig und Zuckerrohr sollst du haben. Ich werde sogleich danach senden.« Der König sandte zwei Leute in den Busch, um Honig zu suchen. Die beiden Leute gingen in den Busch. Die Leute fanden Honig. Sie brachten eine große Kalebasse voll Honig zum König. Der König sandte Honig zu dem Jäger. Der Jäger kochte den Honig mit Wasser. Er nahm auch Wachs, in dem noch Honig war, und steckte es in seine Schultertasche. Das Honigwasser gab er aber dem König. Dann ging der Jäger hinaus und schnitt sehr süßes Zuckerrohr ab. Das Rohr schnitt er in kleine Stücke und steckte sie in seine Maeni, seinen Schultermattensack. Damit machte sich der Jäger wieder auf den Weg.

Der Jäger ging denselben Weg, den er zuerst gegangen war. Der Jäger kam wieder in das Land der Frauen. Die Frauen sahen den Jäger, sie liefen auf ihn zu. Sie wollten ihn fangen und schlagen. Der Jäger rief: »Schlagt mich nicht! Ich habe etwas ganz Besonderes. Ich habe etwas sehr, sehr Süßes, das will ich eurer Königin geben. Ich bin geschickt von einem anderen König!« Die Frauen sagten: »Der andere König ist uns ein Nichts. Zeige aber einmal das sehr, sehr Süße her. Denn wenn wir dich zur Königin bringen und die Sache ist dann nicht so süß und unwahr, dann tötet die Königin dich und wird auch über uns unwillig!« Der Jäger sagte: »Ich will euch gern ein wenig geben, denn ich habe genug davon bei mir.« Der Jäger brach ein wenig von der gefüllten Wabe ab und gab es den Frauen. Die Frauen nahmen es. Die Frauen versuchten es. Die Frauen sagten: »Das ist wahr! Das ist ganz ausgezeichnet.« Die Frauen kosteten noch ein wenig davon und fragten: »Was ist das?« Der Jäger sagte: »Das ist der Tschöki des Penis meines Königs. Den soll ich eurer Königin bringen.« Die Frauen fragten: »Hast du denn den Eba deines Königs auch bei dir?« Der Jäger sagte: »Ja, den Penis meines Königs habe ich auch bei mir. Der ist hier oben in der Schultertasche und macht da seinen Tschöki. Er macht da den Tschöki, den ihr eben versucht habt.« Die Frauen sagten untereinander: »Dann wollen wir diesen Mann zu unserer Königin bringen. Denn was er da von seinem König bringt, ist so gut, daß unsere Königin es unbedingt versuchen muß.« Die Frauen sagten untereinander: »Ja, unsere Königin muß den Penis des Königs und seinen Tschöki versuchen.«

Die Frauen sagten: »Komme mit uns!« Die Frauen nahmen den Jäger in ihre Mitte und brachten ihn in die Stadt. Sie brachten ihn in das Haus der Königin. Die Königin sagte: »Was ist das für ein Mensch? Was willst du?« Der Jäger sagte: »Ich bin aus einem anderen Lande. Mein König sendet mich. Mein König sendet dir, der Königin, ein Geschenk. Ich bringe dies Geschenk. Das Geschenk ist sehr süß.« Die Königin sagte: »Was ist das?« Die Frauen, die den Jäger gebracht hatten, sagten: »Töte ihn nicht, denn sein Geschenk ist in der Tat sehr süß. Er hat den Eba seines Königs mitgebracht. Den Eba hat er in seiner Tasche. In der Tasche macht der Eba seinen Tschöki. Wir haben nur den Tschöki versucht. Aber auch dieser Tschöki übertrifft an Süße alles, was wir essen. Töte den Mann nicht!« Die Königin besah den Jäger.

Die Königin sagte zu dem Jäger: »Dann gib her, was

dein König mir Süßes schickt. Ich will es versuchen.« Der Jäger sagte: »Meine Königin, laß uns in das Haus gehen.« Die Königin sagte: »Es ist gut, wir wollen in das Haus gehen! Ihr Frauen könnt in der Katamba bleiben.« Die anderen Frauen blieben in der Katamba, im Durchgangshaus. Die Königin ging mit dem Jäger in ihr Haus. Die Königin setzte sich auf ihr Bett. Der Jäger setzte sich neben sie auf das Bett. Die Königin sagte: »Nun gib her.« Der Jäger sagte: »Versuche den Tschöki-ba!« Der Jäger brach ein gutes Stück Wabe ab und gab es der Königin. Die Königin nahm es in den Mund. Die Königin sagte: »Das ist süß.« Die Königin kaute es. Die Königin sagte: »Das ist ausgezeichnet. Gib mir mehr!« Der Jäger gab der Königin den Rest der Wabe. Die Königin aß die Wabe auf. Die Königin sagte: »Das ist ausgezeichnet. Das ist also der Tschöki des Eba! Was ist nun ein Eba? Kann ich nicht einen Eba bekommen?«

Der Jäger sagte: »Du willst einen Eba versuchen? Gewiß habe ich Eba bei mir. Bei uns hat jeder einen Eba. Ich habe aber auch die Eba meiner verstorbenen Ahnen bei mir! Versuche erst einmal die Eba der Dako.« Die Königin sagte: »Es ist recht! Gib mir nur her!« Der Jäger griff in seine Tasche und nahm ein Stück Zuckerrohr heraus. Der Jäger gab der Königin ein Stück Zuckerrohr und sagte: »Kaue diesen Eba meines Dako.« Die Königin nahm das Zuckerrohr und kaute es. Die Königin sagte: »Das ist gut. Das ist sehr gut. Das ist süß. Gib mir mehr davon.« Der Jäger gab der Königin alle Zuckerrohre, die er bei sich hatte. Die Königin aß alles auf. Die Königin kaute alles Zuckerrohr. Sie sagte: »Gib mir noch mehr Eba deiner Dako.« Der Jäger sagte: »Mehr Eba meiner Dako habe ich nun nicht bei mir. Denn jeder meiner Dako hat nur einen Eba gehabt, wie ein jeder Mensch bei uns nur einen Eba hat und nicht mehr.«

Die Königin sagte: »Jeder Mensch hat bei euch einen Eba, den man essen kann?« Der Junge sagte: »Ja, jeder Mensch hat bei uns einen Eba, den man essen kann. Man kann den Eba eines Menschen aber nicht nur einmal essen. Sondern man kann den Eba immer wieder essen, jeden Tag ein- oder zweimal.« Die Königin fragte den Jäger: »Hast du denn auch einen Eba?« Der Jäger sagte: »Ja, ich habe auch einen Eba.« Die Königin sagte: »Kann ich nicht deinen Eba auch einmal essen?«

Der Jäger sagte: »Du kannst meinen Eba einmal essen. Aber man ißt den Eba eines lebenden Menschen anders.« Die Königin fragte: »Wie ißt man den Eba eines lebenden Menschen?« Der Jäger sagte: »Soll ich es dir zeigen?« Die Königin sagte: »Ja, zeige es mir!« Der Jäger sagte: »Dann lege dich auf das Bett.« Die Königin legte sich auf das Bett. Das Bett der Königin war sehr schön. Der Jäger legte sich zu der Königin. Er legte sich neben die Königin. Der Jäger sagte: »Schlage deine Beine über mich.« Die Königin legte das eine Bein über den Jäger. Der Jäger sagte: »Fühle hierher.« Die Königin faßte den Eba des Jägers. Die Königin führte den Eba des Jägers in ihre Vagina. Der Jäger beschlief die Königin. Die Königin sagte: »Ist das süß! Ist das süß!« Die Königin sagte: »Das übertrifft die Süßigkeit aller Ebas der Dako! Laß mich deinen Eba noch einmal essen!« Darauf beschlief der Jäger die Königin noch ein zweites Mal.

Die Königin sagte: »Bei euch hat ein jeder einen solchen Eba? Und man kann ihn immer wieder genießen?« Der Jäger sagte: »Ja, bei uns hat ein jeder einen solchen Eba. Der Eba meines Königs ist aber noch viel süßer als der meine.« Die Königin sagte: »Ich möchte den Eba deines Königs auch einmal essen.« Der Jäger sagte: »Wenn du den Eba meines Königs essen willst, so komme zu ihm. Ich will morgen sogleich zu ihm gehen und sagen, daß du kommst!« Die Königin sagte: »Ja, du kannst zu deinem König gehen und kannst ihm sagen, daß ich mit meinen Frauen zu ihm kommen will, seinen Eba einmal zu essen. Bleibe erst aber noch bei mir, denn ich will noch einige Male deinen Eba essen.« Der Jäger blieb noch zwei Nächte bei der Königin und beschlief sie jede Nacht.

Der Jäger sagte: »Nun will ich zu meinem König zurückgehen.« Die Königin sagte: »Bleibe noch zwei Nächte bei mir, damit ich deinen Eba noch essen kann.« Der Jäger sagte: »Ich kann nicht länger bleiben. Sonst wird mein König über mich böse. Mein König wird mich dann strafen. Willst du, daß mein König mich straft? Habe ich dir nicht Süßes gebracht?« Die Königin sagte: »Du hast mir mehr Süßes gebracht, als ich vorher wußte. Ich will nicht, daß dein König dich straft, aber bleibe noch bei mir.« Der Jäger sagte: »Kannst du nicht leicht zu uns kommen? Wirst du dann nicht noch mehr Süßes haben als von mir?« Die Königin sagte: »Es ist gut, gehe also zu deinem König zurück. Ich will mit dir gehen!« Der Jäger sagte: »Laß mich vorausgehen und dem Könige sagen, daß du kommst.« Die Königin sagte: »Es ist gut, geh voraus und sage zu deinem König, daß ich komme. Sage ihm, daß ich mit meinen Leuten komme. Sieh zu, daß meine Frauen auch den Eba kennenlernen, denn bei euch hat ja ein jeder seinen Eba.« Der Jäger sagte: »Jede deiner Frauen soll einen Eba versuchen. Es hat keine Schwierigkeit. Wir haben genug davon.« Die Königin ging zu ihren Frauen heraus und sagte: »Ich habe den Eba versucht. Er übertrifft an Süße alles. Der Jäger geht nun voraus und sagt seinem König, daß ich komme und euch mitbringe. Der Jäger wird für jede von euch einen Eba haben, wenn wir kommen.« Die Frauen riefen: »Jede von uns wird einen süßen Eba haben! Jede von uns wird einen Eba haben!« Der Jäger ging.

Der Jäger ging über das Land zurück. Der Jäger kam

wieder in seine Stadt. Der Jäger ging zu seinem Könige. Der Jäger sagte zu seinem König: »Ich bin wieder bei diesen Leuten gewesen.« Der König sagte: »Werde ich diese Leute sehen können?« Der Jäger sagte: »Ich habe mit diesen Leuten Freundschaft geschlossen. Die Königin will mit ihren Leuten kommen. Die Königin will deinen Penis essen. Die anderen Frauen wollen auch die Penisse kennenlernen. Sorge also, daß, wenn die Leute kommen, jeder von unseren mit einer von denen zur Seite gehen und daß die zwei dann ungesehen von den anderen miteinander schlafen können. Das andere wird dann alles werden. Es ist ganz einfach und sehr angenehm.« Der König sagte: »Hast du es versucht? Ist es nicht unangenehm?« Der Jäger sagte: »Es ist sehr angenehm. Es ist so angenehm wie sonst nichts.« Der König sagte: »Dann will ich alle Leute zusammenrufen und es ihnen sagen, wie du angabst. Wann kommen die Leute?« Der Jäger sagte: »Ich kann sogleich zurückgehen und sie rufen!« Der König sagte: »Ja, gehe nur schnell.« Der Jäger ging wieder zurück.

Der Jäger kam wieder zu den Frauen. Der Jäger sagte zu der Königin und ihren Frauen: »Mein König bittet euch, nun zu ihm zu kommen. Eine jede von euch wird nicht nur den Schmutz des Penis, sondern einen eigenen Penis erhalten.« Die Königin sagte: »Es ist gut. Wir wollen jetzt schnell gehen.« Die Frauen sagten: »Jede von uns wird einen süßen Eba haben! Jede von uns wird einen süßen Eba haben!« Die Königin sagte: »Wir wollen zwei Monate lang bei den Männern bleiben, dann werden wir wieder zurückgehen!« Die Frauen packten ihre Kalebassen und nahmen sie auf den Kopf. Der Jäger ging mit den Frauen fort.

Der Jäger kam mit der Königin und den Frauen in die Stadt des Königs. Der König empfing die Königin. Alle Männer waren mit dem König. Der König führte die

Königin in sein Haus. Jeder Mann nahm eine Frau mit in sein Haus. Der König beschlief die Königin. Jeder Mann beschlief eine Frau. Die Frauen sagten: »Das übertrifft an Süße alles andere.« Die Königin sagte zum König: »Ich will zwei Monate lang bei dir bleiben, dann will ich mit meinen Frauen wieder zurück in meine Stadt gehen.«

Die Königin blieb mit ihren Frauen zwei Monate lang in der Stadt der Männer. Als die zwei Monate vorüber waren, sagte die Königin. »Wir wollen noch zwei Monate hier im Lande bleiben. Dann will ich mit meinen Frauen wieder in unsere Stadt gehen.« Die Königin blieb mit ihren Frauen noch zwei Monate in der Stadt der Männer. Als die zwei Monate verstrichen waren, sagte die Königin: »Wir wollen noch zwei Monate bleiben.« Die Frauen bleiben noch im Lande der Männer.

Die Frauen wurden schwanger. Die Frauen gebaren Kinder. Die Kinder wuchsen heran. Die Kinder schliefen auch wieder miteinander und gebaren Kinder. Es blieb so. Männer und Frauen gingen nicht wieder auseinander. Die Frauen gingen nicht wieder von den Männern fort.

Nachwort

»Da brauchte ich nicht erst lange zu drängen und zu quälen: ›Erzählt! Erzählt! Erzählt!‹ Ich brauchte nur zu sagen: ›Eine gute Geschichte zwanzig Braßstangen, eine schlechte fünf oder nichts und eine sehr gute vierzig, fünfzig und mehr!‹ Da sahen die Muntschi sich erstaunt an. Da blickten sie prüfend zu mir auf. Dann erzählte gleich einer probeweise ein Stückchen, heimste sein Geld ein, und nun kamen nach vierzehn Tagen mehr Geschichtenerzähler, als ich abzuhören vermochte. Und wie sie erzählten! Das war ein Leben, eine Mimik, eine Bewegung mit Armen und Augen und mit dem Körper! Mit dem sterbenden Tiere, von dem sie erzählten, warfen sie sich auf die Erde; mit dem entrüsteten König sprangen sie auf; mit dem Erschreckten prallten sie zurück, und mit dem Weinenden weinten sie. Dichtkunst und Mimik waren eins, frisch, lebendig, effektvoll.«

Aus dem Zitat geht zweierlei hervor: Daß Leo Frobenius selber ein begabter Erzähler war, und daß er für seine Geschichten auch zahlte. Beides wurde ihm nicht immer zum Vorteil angerechnet. Da er sich vor Ort nur Notizen machte und die Geschichten erst später, zu Hause, aufschrieb, sei nicht zu unterscheiden, was original sei und was von Frobenius stamme. Und weil er für seine Geschichten zahlte, habe er keine Garantie, nicht spontanen Erfindungen aufgesessen zu sein.

Immerhin: Augenfällig ist die Vielfalt der Erzähltraditionen, die Frobenius wiedergibt. Die Geschichten sind offensichtlich viel stärker von ihrer Herkunft als von ihrem Überbringer und Übersetzer geprägt. Sie stammen aus weit auseinander liegenden Gebieten, von den mündlichen Überlieferungen der Kabylen im nordafrikanischen Atlasgebirge mit ihrer Nähe zum Mittelmeer und zu Europa oder den islamisch geprägten ›1001-Nacht-Erzählungen‹ Kordofans über die Heldenepen, die von den Sängern im Sahel tradiert wurden, bis zu den Mythen, magischen Geschichten und Fabeln kleiner Pygmäenvölker im Kongobecken.

Leo Viktor Frobenius (1873–1938) war ein Autodidakt. Seine Afrikabegeisterung begann mit einer dieser heute unbegreiflichen, aber damals beliebten »Völkerschauen«, bei denen im Zoo fremde Menschen ausgestellt wurden. Im Frankfurter Zoo begegnete Frobenius nach seinen eigenen Worten jenem »Duft von Hammelfett, brennendem Holz und fremden Leibern«, der ihn mit einem »gewaltigen Verlangen nach jenem Lande, aus dem alles stammte«, erfüllte. Der sinnliche Zugang, das – heute würde man sagen: ›ganzheitliche‹ – Interesse an allen Äußerungen einer Kultur, von der Landwirtschaft bis zur Literatur, von den Mythologien bis zum Liebesleben unterschied ihn von seinen akademischen Kollegen, die ihn teilweise ebenso heftig ablehnten wie andere ihn bewunderten.

Frobenius war ein geradezu besessener Reisender. Zwölfmal war er unterwegs auf einer Expedition. Immer mit Notizbuch und Stift bewaffnet, hat er notiert, gezeichnet und gesammelt (berühmt ist seine Felsbildersammlung). Und nie hat er es versäumt, sich die Sagen, Mythen und Geschichten der Völker erzählen zu lassen, bei denen er Gast war. Zurück in Deutschland, schrieb er sie nieder, deutete sie, ergänzte sie mit ethnologischem Hintergrund und publizierte sie. Herausgekommen ist dabei unter anderem die zwölfbändige »Sammlung Atlantis, Volksmärchen und Volksdichtungen Afrikas«, aus der die vorliegende Auswahl stammt.

Die Sammlung hat ihren Namen von der These Frobenius' erhalten, in Afrika sei noch die Kultur von Atlantis lebendig. Der Mythos von Atlantis und seinem Untergang wird durch Platon überliefert, im »Kritias« erzählt er diese aus Ägypten stammende Geschichte von der Insel mit der prächtigen Burg und dem »wackeren Geschlecht«, die inzwischen untergegangen sei. Für Frobenius ist Atlantis keine Insel, sondern eine einheitliche Kultur im Atlantik, die der griechischen Antike vorausgeht. Diese Kultur beziehungsweise Reste davon – denn inzwischen ist sie doch schon »manches Jahrhundert« zerfallen, von Europa »ermordet und zerstört« – findet Frobenius in Afrika:

»Das ist es! Hierin liegt für uns Sinn, Bedeutung dieser Dinge, es leben in diesem Erdteil Afrika heute noch die Kulturen, deren unverstandene Scherben wir bei uns mühsam aus dem Schutte ausgraben. Sie leben noch und sprechen; sie sprechen nicht nur mit dem Munde, sie sprechen mit der Seele, als lebendige Wesen, sprechen zu jedem, der eine Seele hat und nicht durch den Verstand und technische Verstandesarbeit verknöchert ist.

Glücklich unsere Zeit, die diese monumentale Erfahrung innerlich machen durfte.

Atlantis, altes Atlantis, ich grüße dich!«

Auch wenn diese These inzwischen nicht mehr von Bedeutung ist, bleibt die »Sammlung Atlantis« ein reiches und faszinierendes Werk. Und es zeugt vom Verdienst Frobenius', als erster »Afrika« zum Sprechen gebracht und seinen bis dahin als geschichtslos betrachteten Kulturen eine weltgeschichtliche Rolle zugeschrieben zu haben. »Frobenius hat Afrika seine Würde zurückgegeben«, hat der senegalesische Präsident Leopold S. Senghor von ihm gesagt.

Große Wissenschaftler blieben faszinierend, auch wenn ihre Thesen widerlegt seien, meint der Ethnologe Hans-Jürgen Heinrichs, und Frobenius sei einer der »einflußreichsten und zugleich schillerndsten Kulturanthropologen, Kulturhistoriker und Forschungsreisenden dieses Jahrhunderts«.

Das vorliegende Taschenbuch ist eine Leseausgabe ohne wissenschaftliche Absichten. Die Texte werden aber so original wie möglich wiedergegeben, angepaßt sind Orthographie und Zeichensetzung, gelegentlich ist eine Worterklärung eingefügt oder eine offensichtliche Verschreibung korrigiert. Die Auswahl wird eingeleitet von einer Geschichte über die »Kunst des Märchenerzählens«, die die Kraft der Liebe und des Geschichtenerzählens zugleich beschwört, um dann die Reise durch die ganze erotische Vielfalt von ›Atlantis‹ anzutreten, dem erzählerischen Reich des Leo Frobenius.

Erwin Künzli

Literatur aus aller Welt im Unionsverlag

Tschingis Aitmatow **Kindheit in Kirgisien**
Aitmatow erzählt von einer Jugend, die ebenso reich wie schwer war: überschattet von Stalins Säuberungen, ausgesetzt den Tragödien des Krieges, aber auch getragen vom Zusammenhalt und der reichen Tradition seiner Sippe und seines Dorfes.

Humberto Ak'abal **Trommel aus Stein**
In wenigen Worten bringt uns Humberto Ak'abal die Kultur der Maya näher. Denn im K'iche, der Sprache seines Volkes, wird das wichtigste knapp gesagt. So verlangt es die Tradition. Im Klang der Silben, im Rhythmus der Sprache, in der konzentrierten Andeutung liegt ihre Wahrheit.

Monireh Baradaran **Erwachen aus dem Alptraum**
Neun Jahre lang lebte Monireh Baradaran in den berüchtigten Gefängnissen von Teheran. Ihr Bericht geht an die Grenzen dessen, was Menschen ertragen können. Von den Frauen, ihren Mitgefangenen, zeichnet sie genaue, einfühlsame Porträts und geht dem Rätsel nach, wie Menschen sich verändern, Freunde zu Feinden, »Helden« zu »Verrätern« werden.

Anne Cameron **Töchter der Kupferfrau**
Ein Zyklus von Geschichten zur Entstehung der Menschen nach den Überlieferungen der Nootka-Indianerinnen auf Vancouver Island: Kupferfrau ist die Urmutter, ihre Kinder zeugen die Menschen. Frauen planen und bauen das Haus, entwickeln die Gemeinschaft, schaffen eine solidarische Welt. Dann kommen die weißen Eroberer.

Assia Djebar **Weit ist mein Gefängnis**
Dieser Roman wächst aus dem Raunen der Frauen und dringt in vergangene Epochen vor. Jede Welt öffnet eine Tür, und dahinter liegt eine noch ältere verborgen. Assia Djebar erschließt autobiographisch als auch historisch das Algerien, das tief in ihr verborgen liegt.
